KB141597

대학로
공연장 안내도

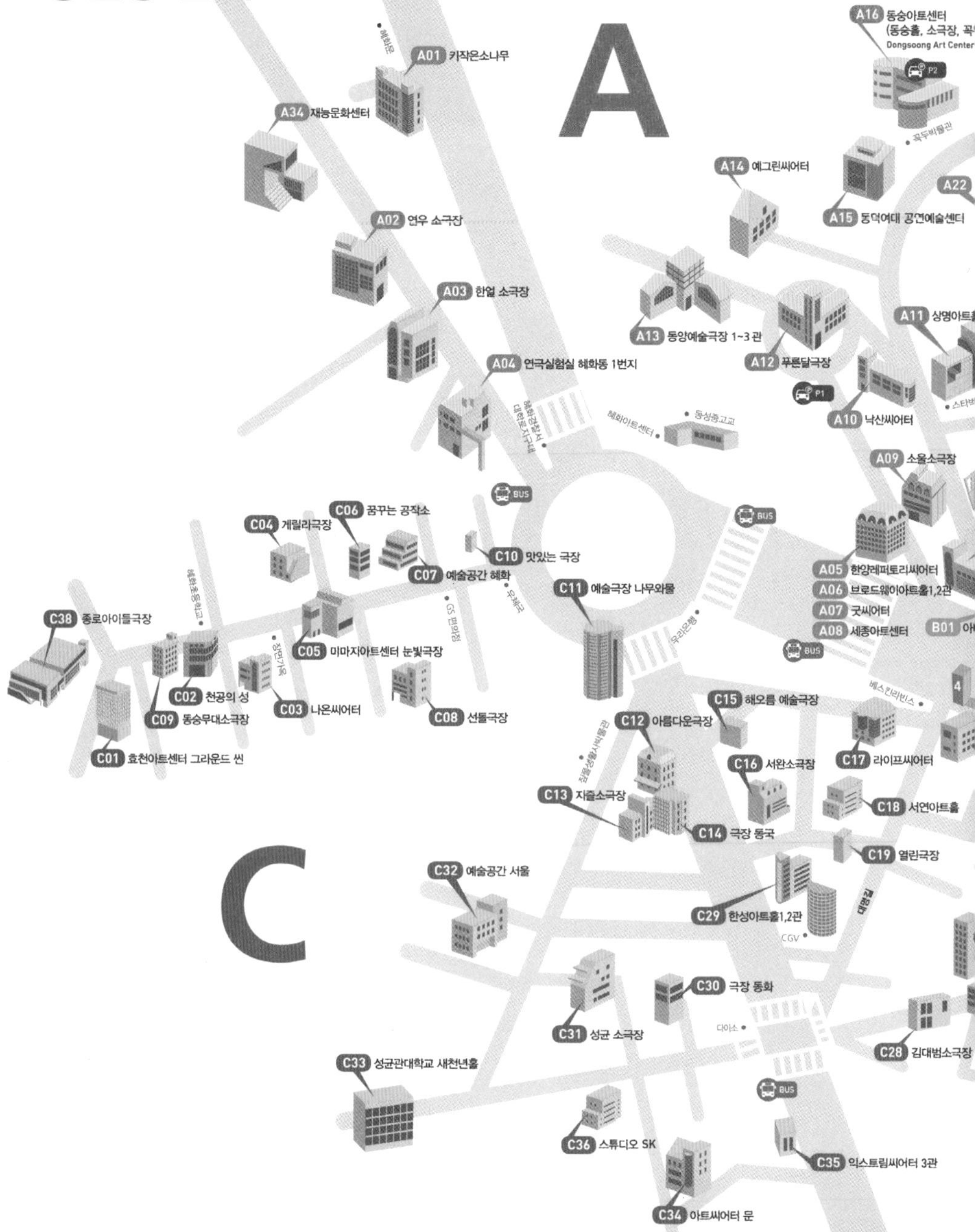

A
C
A01 키작은소나무
A02 연우 소극장
A03 한얼 소극장
A04 연극실험실 혜화동 1번지
A05 한양레퍼토리씨어터
A06 브로드웨이아트홀1,2관
A07 굿씨어터
A08 세종아트센터
A09 소울소극장
A10 낙산씨어터
A11 상명아트
A12 푸른달극장
A13 동양예술극장 1~3관
A14 예그린씨어터
A15 동덕여대 공연예술센터
A16 동숭아트센터
(동숭홀, 소극장, 꼭
Dongsoong Art Center
A22
A34 재능문화센터
B01
C01 효천아트센터 그라운드 씬
C02 천공의 성
C03 나온씨어터
C04 게릴라극장
C05 미마지아트센터 눈빛극장
C06 꿈꾸는 공작소
C07 예술공간 혜화
C08 선돌극장
C09 동숭무대소극장
C10 맛있는 극장
C11 예술극장 나무와물
C12 아름다운극장
C13 자유소극장
C14 극장 동국
C15 해오름 예술극장
C16 서완소극장
C17 라이프씨어터
C18 서연아트홀
C19 열린극장
C28 김대범소극장
C29 한성아트홀1,2관
C30 극장 동화
C31 성균 소극장
C32 예술공간 서울
C33 성균관대학교 새천년홀
C34 아트씨어터 문
C35 익스트림씨어터 3관
C36 스튜디오 SK
C38 종로아이들극장
P1
P2
BUS
혜화문
꼭두박물관
혜화아트센터
동성중고교
혜화경찰서 대학로지구대
스타벅
GS 편의점
우체국
우리은행
베스킨라빈스
CGV
다이소

B
D
A18 단막극장
B38 올씨어터
B37 피가로 아트홀
B36 위로홀
B35 탑아트홀
B34 키득키득아트홀
A19 대학로 뮤지컬센터 (대극장, 소극장, 공간 피꼴로)
Daehangno Musical Center
B30 세우아트센터
B29 정보소극장
B31 소극장 혜화당
B32 CJ문화재단 아지트 대학로
B33 하모니아트홀
B28 학전블루
B27 댕로홀
B26 서울콘서트홀
A24 수현재 씨어터
A25 DCF대명문화공장 1,2관
10X10
B20 가톨릭관동대학교 방송문화예술센터
B21 대학로 TOM 1, 2관
B18 두레홀3관
B19 휴먼시어터
A26 두레홀4관
B22 틴틴홀
B23 올래홀
B24 유니플렉스1~3관
Uniplex
B25 브로드웨이 아트홀 3관
A27 JH아트홀
B17 대학로예술극장 (대극장, 소극장)
Daehangno Arts Theater
B14 가든씨어터
B15 드림시어터
B16 이수스타홀
B39 지구인 씨어터
B13 대학로 연극 순위아트홀
B11 뮤지컬 더청춘 전용관
B04 레몬아트홀
B05 아츠플레이씨어터
B06 여우별씨어터
B07 바탕골소극장
B08 해피씨어터
B12 아르코예술극장 (대극장, 소극장)
Arko Arts Theater
B02 익스트림씨어터1관
B09 공간아울
B10 샘터파랑새극장1,2관
B40 이음센터
4호선 혜화역
HyeHwa Station
KFC
Ticket
D01 좋은공연안내센터
D02 마로니에 다목적홀
D03 마로니에 야외공연장
학림다방
C22 소극장 축제
C23 아트홀 마리카 1~3관
C37 콘텐츠룸
서울대병원
마로니에 공원
Maronie Park
예술가의 집
Artist House
아르코 미술관
한국방송통신대학교
서울사범대 부속초등학교
D15 연진아트홀
P10
낙산공원
이화벽화마을
梨花洞壁畵村
Ihwa-dong Mural Village
D23 예술공간오르다
D14 마로니에극장
D12 우리네극장
D16 호은아트홀
D13 콘텐츠박스
D32 중앙대 공연예술원 스튜디오 씨어터
이화장
D21 대학로 예술극장3관
D22 문화공간 엘림홀
D17 소극장 다르게놀자
D18 봄날아트홀
D28 혜화 최일화스튜디오
D24 삼형제극장
D25 환상극장
D11 대학로 아트홀
D10 세익스피어극장
D26 설치극장 정미소
D09 쁘띠첼씨어터
D20 마당세실극장
D08 아트원씨어터1~3관
D19 이랑씨어터
D07 디마떼오홀
D27 이수아트홀
D33 익스트림씨어터2관
이화동주민센터
D05 알과핵 소극장
D06 SH아트홀
D04 미마지아트센터 물빛, 풀빛극장 (오아시스 극장)
D29 예술마당1~4관
Artmadang
D30 청운예술극장
D31 홍익대 대학로 아트센터 (대극장, 소극장)
BUS
P3
P4
P5
P6
P7
P8
P9
P11
P12
P13
P14
P15
P16
P17
P18
P19
P20

연극 동네
대학로는 재밌다

초판 1쇄 찍은날 2016년 11월 25일
초판 1쇄 펴낸날 2016년 11월 30일

지은이 정중헌

펴낸이 최윤정
펴낸곳 도서출판 나무와숲 | 등록 2001-000095
주 소 서울특별시 송파구 올림픽로 336 1704호(방이동, 대우유토피아빌딩)
전 화 02)3474-1114 | 팩스 02)3474-1113 | e-mail : namuwasup@namuwasup.com

ISBN 978-89-93632-57-6 03810

* 값은 뒤표지에 있습니다.

연극동네 대학로는 재밌다

문화 기자 **정중헌**의

facebook 공연 리뷰

SNS로 연극예술에 선플을 달고 싶었습니다

나의 은퇴 생활은 2013년 초부터 시작되었다. 2006년 10월 말, 만 60세에 37년간 재직했던 조선일보사에서 정년퇴임했다. 2007년 봄 학기부터 서울예술대학교에서 교수와 부총장으로 만 5년을 일하다 또다시 65세정년을 맞았지만 학교 측 배려로 1년 더 강의하고 캠퍼스를 떠났다.

이제 은퇴한 지 4년이 다 되어 간다. 처음 몇 달은 오라는 곳이 별로 없었다. 그래서 혼자 등산을 가거나 영화를 관람했다. 65세가 넘으니 경로 할인이 되어 입장료의 절반 값에 내가 좋아하는 한국 영화를 볼 수 있어 좋았다.

낮 시간에는 미술관, 박물관에도 자주 다녔다. 집 근처에 국립중앙박물관이 있어 기획전을 보러 다녔고, 예술의 전당 한가람미술관이나 DDP 등의 해외특별전도 자주 관람했다. 좋은 전람회를 보면 눈이 시원했고 정신과 영혼이 맑아지는 느낌이 들었다. 저녁에는 연극이나 뮤지컬 등 공연도 보러 다니고, 이런저런 모임에 나가 담소도 하고 가까운 벗들과 술자리도 자주 가졌다.

그런데 뭔가 좀 부족했다. 보고 느끼고 즐겼는데 그 여운이나 감동도 잠시뿐, 자고 나면 지워지고 남는 게 없었다. 좋은 영화나 공연, 격조 높은 미술전을 보면 그 작품성이나 내용을 글로 써서 널리 알리고 싶은데 은퇴하고 나니 그럴 기회가 주어지지 않았다. 활자 매체의 저널리즘 비평은 자취를 감춘 지 오래전이고, 인터넷을 활용하자니 내 감각과 맞지 않는 데다 백가쟁명의 다양한 목소리에 묻혀 버리는 것도 싫었다.

TV 드라마 비평이라도 유지하기 위해 동년배 평론가 셋이 '드라마 뷰'(www.dramaview. co. kr)라는 인터넷 사이트를 개설해 부정기적으로 평을 싣고 있는데, 시간 품을 판 데 비하면 일반인들과의 접촉도가 매우 낮다. 평생 글쟁이(기자)로 살아왔고 지금도 잘할 수 있는 일이 글쓰기인데 글을 써도 발표할 지면이나 공유할 매체가 없으니 좋은 여운이나 감동도 혼자 가슴에 묻어야 하는 현실이 답답하게 느껴졌다.

이럴 즈음에 페이스북(facebook)을 접하게 되었다. 2004년 2월 4일 개설된 페이스북은 미국의 소셜 네트워크 서비스(Social Network Service, SNS) 중 하나로 '친구맺기'를 통하여 많은 이들과 웹상에서 만나 각종 관심사와 정보를 제공하고 사진 등 다양한 자료를 공유할 수도 있어 인기다. 2011년에 이 계정에 가입한 나는 해를 거듭하면서 페이스북을 활용한 실시간 소통과 공유로 SNS의 위력에 빠져들게 되었다.

처음에는 페북에 문화 현장의 소식을 실시간으로 전하거나 여행기 등 내 관심사를 다양하게 전파했다. 그러다가 차츰 SNS를 활용한 저널리즘 비평에 관심을 갖게 되었다. 저널리즘 비평이란 신문이나 방송 등 대중매체를 통한 평으로, 작품에 대한 정보와 함께 좋은지 나쁜지를 짤막하지만 강렬한 문체로 전하는 리뷰나 에세이 형식을 말한다. 초기에는 미술전시회나 영화 후기를 전하다가 공연예술, 그중에서도 연극 공연을 보고 바로 그 감흥을 실시간으로 페북에 올리는 작업에 열중하게 되었다.

왜 연극인가? 한마디로 연극이 재미있기 때문이다. 우리에게는 세계에 자랑할 만한 연극동네 대학로가 있다. 수많은 소극장에서 하루에도 수십 편의 막이 오르는 공연의 메카이자 젊음과 열정이 넘치는 명소다. 대학로에 가는 것이 즐거웠고, 어떤 공연을 보더라도 차이는 있으나 연극 보는 재미가 있다.

은퇴 후 기자 시절에 알던 배우나 연출가 등 지인들의 초대로 대학로 연극을 가끔 보았는데 그 횟수가 점점 늘어났다. 스마트폰의 페이스북에 내 나름의 짧은 관극 평을 올린 것이 대학로 연극동네 사람들 사이에 메신저 역할을 하면서 인적 네트워크가 형성된 것이다.

저녁에 대학로에 나가 어떤 작품일까 기대에 젖어 공연을 보고, 막이 내리면 무대에 출연했던 배우·스태프들과 한잔 술을 나누며 관극 토론을 하는 재미는 경험자만이 알 수 있는 연극의 매력이 아닐 수 없다.

그래서 연극을 보고 난 후 페북에 리뷰를 더 성실히 올리기 시작했다. 저널리스트의 시각에서 비평을 하되 가급적 잘한 점을 부각시키는 선플을 달기로 한 것이다. 다른 예술 장르에 비해 연극 공연은 아직 홍보가 잘 되지 않고 제작 여건도 열악해 관객이 많지 않을 때가 있다. 내가 가진 작은 펜의 힘이 한 사람의 애호가라도 그 공연에 가게 할 수 있고, 출연자나 스태프들에게 작은 힘이라도 줄 수 있으면 그것으로도 나는 보람을 느낀다.

어느새 내 나이가 칠십을 넘었다. 연극이 아무리 좋아도 극장에 갈 날이 그렇게 많지는 않을 것이다. 기침이 나거나 소변을 참기 어려우면 관극이 힘들게 되고 다른 관객에게도 피해를 줄 수 있으니 무탈하게 볼 수 있는 지금이 전성기라고 할 수 있다.

앞으로도 가능한 한 대학로에 자주 들러 소극장 연극을 많이 보려고 한다. 그리고 페북을 통해 보다 많은 사람들에게 연극을 알리는 일에 충실할 것이다.

2016년 10월
서울 이촌동에서

정 중 헌

차 례

대학로 극장

명동예술극장

장충동 국립극장 · 서계동 국립극장

예술의 전당 · 세종문화회관

그 밖의 연극 무대

뮤지컬 촌평

연극 축제와 행사들

부 록

일러두기

- 여기 실린 리뷰들은 필자가 2013년부터 2016년 11월 11일까지 공연된 작품들을 대상으로 한 것입니다.
- 작품의 선정 기준은 따로 없으며 발길 가는 대로 본 공연들입니다.
- 게재 순서는 최근 공연된 작품부터 역순으로, 극장별로 묶었습니다.
- 사진 설명에 배우들의 이름을 다 넣지 못한 점 양해 드립니다.
- 게재된 사진은 필자가 직접 촬영한 것을 우선으로 했으나 일부는 인터넷 등에서 퍼온 것도 있습니다.

대학로 극장

80대 노배우 오현경의 연극 인생 60년을 심도 있게 형상화한 올해의 수작

<언더스터디> _ 극단 풍등

2016.11.4 ~ 11.13
대학로예술극장 대극장

2016년 11월 11일 오후 2시 46분

80대의 노배우 오현경을 위한 맞춤형 연극. 어제 대학로 예술극장 대극장에서 관람한 〈언더스터디〉는 무대인생 60년의 배우 오현경의 오마주 공연으로 손색이 없는, 배우의 세계를 잘 형상화한 올해의 수작이었다. 지난 세월 여러 대배우들의 은퇴 또는 고별 공연을 지켜보았지만 이처럼 배우 밀착형 내용으로 배우세계를 관객들에게 공감시킨 작품은 흔치 않았다.

배우 겸 극작가 전형재는 노배우의 아름다운 퇴장과 배우세계의 구도와도 같은 숙명을 잘 투영시킨 인

작 전형재 연출 송미숙 예술감독 오세곤 드라마터그 최명희 무대감독 김종호 무대디자인 박미란 조명 이상근 분장 박팔영 의상 장주영 음악 정영진 조연출 심현우 진행 정준환 사진 이강물 기획·홍보 덕우기획 김혜연 출연 오현경 류태호 정상철 차유경 최태용 김대건 반상윤 조아라 이승현 장찬호

간미 나는 희곡으로 무대와 객석의 공감대를 형성했다. 유사시 대역을 하는 언더스터디를 내세워 노배우에 대한 존경과 신뢰를 극대화한 점도 좋았지만 극중극 형식으로 셰익스피어의 〈베니스의 상인〉, 〈리어왕〉, 〈햄릿〉, 〈줄리어스 시저〉의 명대사를 적절히 활용해 연극의 맛을 살렸다. 인용이 좀 과하다 싶었는데 오현경·류태호는 리어와 바보 광대를 극 속에 멋지게 녹여내 빛을 발하게 했다.

송미숙 연출, 차분하면서도 가끔 폭소 나오게 해

희곡 중 가장 인상에 남는 대사는 "나는 연극배우이다" 등 '배우의 존재감'에 관한 것이었다. 송미숙 연출의 대극장 무대는 차분하면서도 가끔 폭소를 나오게 하여 지루할 틈을 주지 않았다. 분장실을 중심으로 위층

원로 배우 오현경을 위한 헌정 무대 <언더스터디>에서 멋진 앙상블을 보여준 배우들. 앞줄 왼쪽부터 정상철·오현경·차유경·류태호.

에 무대, 밖은 현실로 설정해 배우의 전모를 보여준 구도가 안정적이었다. 배우들은 환영(무대)과 현실(외부 세계)의 경계인 분장실에서 그들 세계의 실상과 속내를 잘 보여주었다.

언더스터디를 통해 본 노배우의 일생과 아름다운 퇴장

이 작품은 제목 그대로 언더스터디를 통해 본 노배우의 일생과 아름다운 퇴장이다. 자신의 얘기와도 같은 이 연극에서 백발의 노배우 오현경은 차분하면서도 명료한 화술과 절제된 연기, 무엇보다 여백을 채우는 아우라로 '명배우의 존재감'을 보여주었다. 〈베니스의 상인〉 무대에서 샤일록을 연기하면서 일부러 대사를 더듬는 연기는 일품이었다. 또 힘보다는 여유와 관록으로 분위기를 이끌고 상대 배우를 배려하는 미덕까지 발휘했다.

이 작품에서 오현경을 가장 빛나게 한 배우는 언더스터디 정환 역을 맡은 류태호였다. 그는 자신을 낮추고 스승을 끝까지 신뢰하는 인간미 넘치는 캐릭터뿐 아니라 셰익스피어의 대사를 맛깔나게 펼쳐 극의 동력을 살려냈다. 여기에 진정성까지 뿜어내 관객의 눈시울을 뜨겁게 했다. 오현경과 류태호의 연기 호흡을 보는 것만으로도 이 연극은 충분히 감동적이었다.

여기에 공작 역의 정상철은 대사 한 마디로 배역을 똑 따먹었고, 딸 오마리 역의 차유경은 무대에서 다진 맛깔나는 대사로 현실 부분을 잘 커버해 주었다. 그 밖에도 실험극장과 인연 있는 배우들이 앙상블을 이루었는데, 단지 연기와 대사의 톤이 잘 맞지 않은 점이 좀 아쉬웠다.

병마와 싸워 이긴 노배우 오현경이 무대에 올라가 관객 앞에서 퇴장 인사를 하는 장면은 이 연극의 압권이었다. 독백이 좀 더 감동적이었으면 하면서도 "이렇게 어두컴컴한 객석에서 저와 함께 감정의 교류를 하면서 저로 하여금 배우로서의 자존심을 갖게 해주신 여러분께 진심으로 감사드립니다" 하는 대사에 나도 그만 눈물을 흘리고 말았다. 박정자·손숙·윤석화 등 여배우 트리오와 분장실로 찾아가 뵌 오현경 선생은 해맑고 행복해 보였다.

분장실에서
오현경 선생과 함께.

"연극은 예술이다"를 입증한 판두르 연출의 상상력 넘치는 무대

<파우스트> _ 슬로베니아 류블랴나 국립극단

2016.10.29 ~ 10.30
아르코예술극장 대극장

2016년 10월 31일 오전 12시 19분

토마스 판두르를 아시나요? 오늘 2016 서울국제공연예술제(SPAF) 피날레 작품으로 아르코예술극장 대극장에서 관람한 〈파우스트〉는 연극이 얼마나 멋진 예술이며 정제된 수제품인가를 새삼 깨닫게 해주었다. 판두르인 줄 몰랐다.

그런데 무대 전체가 물이었다. 14년을 거슬러 올라간 2002년 11월. 슬로베니아의 천재 연출가 판두르는 LG아트센터에서 단테의 〈신곡〉을 반길 물 위에서 공연했고, 나는 연극기자로 〈단테 신곡〉 서울 공연의 충격을 조선일보 칼럼에 썼다.

원작 요한 볼프강 폰 괴테 연출 토마스 판두르 출연 이고르 사모보르 브란코 슈투르베이 바바라 체라르 폴로나 유 브란코 조단 우로스 퓌르스트 로버트 코르섹 필립 사모보르 잔 페르코 마티츠 룩시치

관객들, 지옥에 떨어진 듯한 전율 체험

"39세의 연출가 토머스 판드루의 넘치는 상상력과 파격의 무대 미학은 관객을 압도했다. 3층 높이의 벽을 두른 바닥 전체를 물로 채운 '지옥'편의 스펙터클한 무대는 관객을 초현실의 세계로 이끌었다. 물속을 시체처럼 떠다니고 허공에 매달려 절규하는 벌거벗은 배우들의 고난도 연기에 관객들은 마치 지옥에 떨어진 듯한 전율을 체험했다."

이번에도 물이었다. 아르코예술극장 대극장에서의 공연은 처음부터 끝까지 물 위에서 전개됐다. 〈파우스트〉. 괴테의 명작. 고전 중의 고전을 텍스트로 이해하기도 버거운데 판두루는 해냈다.

판두르를 기억하시는 분이 있나요? 애석하게도 그는 지난 4월 노벨문학상 수상 작가 가브리엘 마르케스의 소설 〈고독의 백년〉 무대를 연습하던 도중 심장마비로 세상을 떠났다. 이번 서울 공연은 죽기 전 마지막으로 초청받은 해외 무대여서 더욱 의미가 깊고 짙은 애도의 염을 가지게 한다.

이고르 사모보르를 비롯한 배우들은 정확한 발성과 자로 잰 듯한 동작으로 완벽한 연기를 보여주었다.

어떤 작품이든 흠이 있게 마련이다. 그런데 판두르의 〈파우스트〉는 연기는 물론이고 무대미술, 조명, 음악에 이르기까지 흠잡을 데가 없었다. 기원전 5세기 그리스에서 진화된 연극은 신에게 바치는 제의로 출발했지만 25세기를 흐른 지금에도 동구에서는 신성한 예술로 계승되고 있다. 이고르 사모보르를 비롯한 배우들은 정확한 발성과 자로 잰 듯한 동작으로 완벽한 연기를 보여주었다.

현대인의 소외와 행복에 대한 갈망 진지하게 다뤄

영상 시대에 연극은 죽었을까? 〈파우스트〉를 보고 나서 연극은 여전히 예술로 창조할 영역이 무한대라는 것을 느꼈다. 판두르는 현대인을 괴테 시대로 끌어올려 연극에 외경심을 갖게 했고 완벽성으로 관객을 압도했다. 자주 접하는 아르코대극장이 이처럼 신비스러울 수가 없었다. "천국을 빼고는 모두가 지옥"이라는 대사처럼 악마에게 영혼을 팔아 버린 중세 시대의 소설에 기반을 둔 공연이지만 현대인의 소외 감정과 행복에 대한 갈망의 화두를 진지하게 다루고 있다.

150년 전통의 슬로베니아 류블랴나 국립극단의 숭고한 전통에 이제 고인이 된 토머스 판두루의 혼이 담긴 마지막 작품 〈파우스트〉의 연극 예술성은 결코 잊히지 않을 것이다. 판두르가 연출한 단테의 〈신곡〉 서울 공연의 충격을 칼럼으로 쓰면서 나는 "상상을 초월한 연극, 신들린 배우들의 열연"이라고 기록했는데 오늘 14년 후에 그보다 더 완성된 공연예술의 감동을 체감했다.

공연예술아카데미 수강생 9명의 팀워크가 돋보인 법정극

<9인의 배심원들> _ 공연예술아카데미

2016년 10월 29일 오후 9시 10분

대학로 워크숍 예술공간 오르다에서 본 <9인의 배심원들>은 극장 나무 협동조합이 주관한 공연예술아카데미 수강생 9명이 펼친 공연이라 입장료도 받지 않았다. 지춘성·장용철 배우 등이 연기 지도를 하고 박장렬이 연출했다.

2016. 10. 27 ~ 29
예술공간 오르다

시드니 루멧 감독의 영화 <12인의 성난 사람들> 원작인 레지날드 로즈의 대본이 워낙 탄탄한 법정극이지만 수강생들의 팀워크로 웬만큼 재미를 살려냈다. 권남희 배우처럼 기성도 있고 이제 연기를 시작하는 초년생도 있지만 이들이 앙상블을 이뤄낸 것은 하고자 하는 의욕과 열정이 배어났기 때문이다. 김대현이 중심 역할을 잘 해냈다. 나도 요즘 희곡 읽기 모임에서 배우고 있지만 대학보다 수준 높은 연극 아카데미가 늘었으면 하는 바람이다.

원작 레지날드 로즈 연출 박장렬 출연 곽현경 권남희 김나라 김대현 서이주 송지나 이재영 장미지 조현지 채수연 최지환

관객의 상상력을 한껏 확대시킨 이성열 연출의 〈벚꽃동산〉

<벚꽃동산> _ 극단 백수광부

2016. 9.30 ~ 10.16
나온 시어터 극장

2016년 10월 16일 오후 7시 37분

커튼콜은 없었다. 벚꽃동산의 집사 피루스는 숨을 거둔 채로 무대에 홀로 남았다. 그 위로 혜화동의 실시간 거리 영상이 덧없이 흘렀다. '사라지는 것들의 향기'. 극단 백수광부가 20주년 기념으로 나온극장에 올린 이성열 연출의 〈벚꽃동산〉은 이 가을 깊은 여운을 남겼다. 나이가 들어서일까. "시간이 다 가버렸어. 얼마 산 것 같지도 않은데…." 피루스가 토해낸 대사가 가슴에 꽂혔다.

거대한 장원이 배경인 〈벚꽃동산〉을 소극장에서 공연하는 게 무리지만 이성열 연출은 배경과 소도구, 인형과 장난감 등 아기자기한 소품들로 관객의 상상력을

원작 안톤 체홉 연출 이성열 출연 이지하 이태형 임진순 박윤정 김두은 송명기 박찬서 정훈 박하영 양윤혁 민해심 백정희 주예선 윤상원

한껏 확대시켰다. 1막의 어린이 방은 특히 소품과 장난감들이 유년의 추억을 떠올리게 했다. 소품을 치우고 벽화를 활용한 2막부터 무대 공간이 넓게 활용됐다. 옛 영화는 사라지고 사랑도 맺어지지 않은 채 동산을 떠나는 인물들. 그들의 뒷모습에서 사라져가는 것들과 함께 나를 반추해 보는 시간이었다. 소극장의 체홉 극은 다양한 캐릭터의 배우들이 해내야 하는데 한 극단의 제한된 인력으로 다양한 연령층을 소화하는 데 한계가 있었다.

소극장용으로 압축시킨 이성열 연출의 <벚꽃동산>. 사라지는 것들의 여운을 길게 남겼다.

극단 백수광부 20주년 기념작

그럼에도 류바 이지하, 피루스 임진순, 바라 박윤정, 로빠힌 이태형 등이 자신의 역할을 잘 소화해 냈다. 한 민간 극단의 20주년, 험난했을 것이다. 그럼에도 소극장 전석이 관객들로 꽉 찼다는 것은 이 극단에 대한 신뢰, 연출자 이성열의 탄탄한 연출력의 힘이라고 본다.

청소년 공연 입문용으로 권하고 싶은 무공해 창작 뮤지컬

<여행을 떠나요> _ 극단 아리랑

2016. 7. 8 ~ 8. 28
이랑씨어터

2016년 8월 20일 오후 12시 33분

소극장이 좋은 건 어떤 시도도 할 수 있다는 것이다. 연극의 묘미는 상상력을 마음껏 펼칠 수 있다는 것이다. 어제 낮 아랑시어터에서 노경식·허성윤·김성노·김명희 등 연극인들과 함께 본 <여행을 떠나요>는 남북이 통일된 후 제주에서 해저터널로 춘향의 고장 남원을 거쳐 평양에서 영변까지 특급으로 여행하는 형식이다. 발상이 좀 엉뚱하지만 제주의 해녀쇼, 남원의 첩보원 춘향전, 평양의 장한몽, 영변의 약산 진달래 등 지역 명물을 소재로 다양한 볼거리를 만들어 재미가 있다.

남북 통일 후 제주에서 해저터널로 평양, 영변까지 여행하는 형식

놀라운 일은 이 작품을 쓰고 연출한 분이 배우 고동업씨라는 사실이다. 노경식 작, 김성노 연출 <두 영웅>에서 좋은 연기를 했던 그가 꿈처럼 달리는 여행 형식의 뮤지컬을 선보였는데 상당히 다이

작·연출 고동업 조연출 박다솜 작곡 김준범 음악감독 정민아 안무 양은숙 무대미술&영상 박수양 조명디자인 민새롬 조명 김성구 음향 유니콘사운드 출연 김기홍 윤가현 이수진 김보겸 조정훈 조석준 임연주 박다솜

내밀하고 즐겁게 구성한 점이 돋보였다. 소극장 작품이지만 음악을 작곡했고 영상도 꽤 성실하게 구성했다.

배우들의 열정이 가득 묻어난 무대

이날 흥이 난 것은 관객 10명을 앞에 놓고 8명의 남녀 배우가 노래·춤·연기에 악기 연주까지 해내며 쉴새없이 움직이는데 그 표정과 동작들이 너무도 진지했기 때문이다.김기홍·윤가현·이수진·김보겸·조정훈·조석준·임연주·박다솜 등 중견과 신진들이 앙상블을 이룬 배우들의 표정엔 연극이 진정 좋아서, 배우로 연기하는 것에 자부심을 느끼며 수도하듯, 때로 제의처럼 열정적인 무대를 표출해냈다.

중간에 좀 지루한 부분만 개선하면 의미도 좋고 형식도 버라이어티하고 흥도 돋우는 무공해 창작 뮤지컬로 관심을 모을 만하다. 청소년 학생들의 공연 입문용으로 권하고 싶은 작품이다.

배우들의 다채로운 연기로 흥을 돋운 여행 형식의 뮤지컬 <여행을 떠나요>.

한윤섭의 극작술이 돋보인 가족극이자, 어머니의 사부곡

<오거리 사진관> _ 극단 떼아뜨르 고도

2016. 8.17 ~ 9.1
대학로 SH아트홀

2016년 8월 19일 오전 10시 50분

〈오거리 사진관〉. 어제 장기용·이용녀 배우가 주역을 맡은 이 연극을 보며 치매, 영정사진, 가족 등의 단어가 맴돌았다. 남의 일 같지 않은 이야기라 공감대가 큰 연극이지만 아직 숙성이 덜 된 점이 아쉬웠다. 한윤섭의 희비극 같은 뛰어난 극작술은 이 작품에서 더 빛났다. 치매에 걸린 어머니가 1년 전 치매로 세상을 떠난 남편을 자신의 생일날 오게 한다. 현실에서는 있을 수 없는 일이지만 연극은 그게 가능하다. 작가는 그 매개를 오거리사진관에 두었다. 영정사진을 찍어준 사진사(이정섭)가 연주보살이 되어 이승과 저승에 다리를 놓아준다.

작·연출 한윤섭 예술감독 정상철 출연 장기용 이용녀 이정섭 권희완 이재희 김순이 한보경 문경민 류창우 민준호

치매를 웃음 속에 녹여낸 한윤섭의 연출

이 작품은 치매는 가족의 병이라는 관점에 출발한 가족극이자 어머니의 사부곡이기도 하다. 죽은 아버지가 살아서 집으로 왔다. 이 황당한 상황에 반응하는 가족들의 행동은 우습기도 하고 슬프기도 하다. 그래서 아들·딸·며느리들의 앙상블이 매끄럽게 굴러가야 실감이 나는데 아직은 좀 빽빽하게 느껴졌다. 코미디처럼 웃기면서 울리려면 템포·순발력·받쳐줌 등이 조화를 이뤄야 하는데 그게 잘 안 되니 연극이 어렵다는 것이다.

후반 모든 것이 망상이라는 반전이 펼쳐지면서 남편을 향한 지순한 사랑이 중심을 잡아야 하는데 모처럼 주역을 맡은 이용녀가 좀 가볍지만 진정이 담긴 개성연기로 관객들을 훌쩍이게 했다. 특히 남편과 똑같이 반복되는 영정사진 촬영 장면은 이 작품의 하일라이트다. 그리고 가수 김진호가 부르는 〈가족사진〉 같은 분위기가 오버랩되는 듯한 가족사진 촬영 장면이 눈시울을 뜨겁게 했다. 기억이 사라지는 무서운 병 치매를 이처럼 웃음 속에 녹여낸 한윤섭의 역량이 돋보였다. 최근 명동예술극장에서 본 프랑스 작가의 〈어머니〉(윤소정), 〈아버지〉(박근형)와 같은 계열의 치매 소재지만 우리 정서가 배어 있어 친근하게 다가왔다. 잘 다듬으면 화제가 됨직한 작품이다.

아버지 역 장기용과 어머니 역 이용녀의 진정이 담긴 연기는 관객들을 훌쩍이게 했다.

연극도 영화처럼, 할 수 있다는 걸 보여준 미스터리 추리수사극

<그놈을 잡아라> _ 극단 드림시어터컴퍼니

2016. 7. 29 ~ 8. 28
대학로예술극장 3관

2016년 8월 13일 오후 1시 47분

영화 같은 연극. 어제 정형석 작·연출의 <그놈을 잡아라>를 관람했다. 포스터에 내건 미스터리 추리수사극답게 첫 장면부터 미장센이 쌈빡했다. 비오는 밤의 끔찍한 살인 아우라를 조명이 더욱 섬뜩하게 연출해냈다. 이명세 감독의 영화 <인정사정 볼 것 없다>가 자꾸 연상됐다. 살인사건을 수사하는 형사들과 범인을 추척하는 시나리오 작가가 벌이는 스릴러지만 소극장 공연치고는 이야기가 방대하고 여러 트릭이 깔려 있어 추리력이 약한 나 같은 관객은 한 번 봐서 이해 안 되는 부분이 적지 않다.

이를테면 2009년이라는 현재의 시점에서 이야기가 전개되지만 극의 중심은 18년 전에 벌어진 사건을 추적하는 식이다. 연출은 어디가 현재고 어느 부분이 과거인지 드러내지 않아 배우의 대사를

작·연출 정형석 기획PD 임덕희 기획PD 이훈희 조연출 유지민 음악감독 홍지연 출연 고인배 이용녀 권범택 정형석 곽수정 박기륭 김남진 김지완 한재영 구본진 이호연 권오성 이병수 허병필 박규호 이수현 전찬미 고샛별 신다나

잘 듣고 소도구를 유심히 보아야 한다. 가령 2009년(이 희곡이 씌여진 해)은 대학생 딸 역의 배우가 친구와 휴대폰으로 통화하면서 이병헌의 할리우드 데뷔작 <지아이조>나 하정우의 <국가대표> 영화를 들먹이는 것으로 감지해야 한다. 수사는 연쇄살인 쪽으로 기울지만 왜 매년 같은 날, 여자의 자궁을 파내는 살인이 자행되는지 그 이유도 관객이 추리해야 할 몫이다.

희대의 연쇄살인범을 통해 본 현대사회의 암울한 그림자

문제는 그런 희대의 살인마가 잡히지 않은 채 우리 주변에 존재하고 있다는 것이다. 연쇄살인을 하고도 태연히 택시 영업을 하는 차에 아내를 살해당한 작가가 동승해 벌이는 라스트의 아이러니, 그리고 영상 처리한 택시 번호를 비추며 끝나는 연극을 보며 현대사회의 공포가 느껴졌다. 재미있다고 해야 할까, 난해하다고 해야 할까, 좀 망설여지긴 하지만 이 공연이 2010년부터 왜 롱런하는지 여러 강점 요소가 보였다.

연쇄살인범을 추적하는 범죄 추리극 <그놈을 잡아라>.

첫째는 정형석이다. 인터넷을 찾아보니 그는 영화감독이고 공연 연출가이고 배우이며 극단 대표이기도 했다. 이 작품을 쓰고 연출하고 이날 주역까지 해내는 멀티플 인재의 저력이 관객을 모으는 힘이라고 본다. 둘째는 멀티 배역의 연기 변신을 보는 재미가 쏠쏠하다. 이날 남자 배우 박기륭과 여자 배우 곽수정이 보인 멀티 연기는 무거운 분위기의 수사극에 활력소가 되었다. 특히 목사에서 살인 혐의자까지 다양한 캐릭터를 능수능란하게 소화한 박기륭의 연기는 개성만점이었다. 연기진이 고르지 못한 점이 아쉬웠으나 고인배 같은 중진 배우가 중심을 잡아주어 신인들의 연기도 무난했다. 요즘 뜨는 배우 이용녀와 한재영의 연기를 보고 싶었는데 더블이어서 보지 못한 점이 아쉽다. 연극도 영화처럼, 소극장 공연도 대극장 스케일로 할 수 있다는 것을 보여준 이번 공연에서 좀 어둡긴 했지만 조명의 역할이 매우 돋보였다.

소통이 되지 **않는,**
그러나 **소통하려는**
젊은이들의 **자화상**

<겹에 있어도 혼자>_ 극단 청우

2016.7.7 ~ 7.31
연극실험실 혜화동 1번지

2016년 7월 19일 오전 11시 42분

젊은 사람들은 어떤지 몰라도 세상을 좀 살아본 사람들은 곁에 누가 있는데도 혼자인 것처럼 느낄 때가 있다. 오늘 소극장 혜화동 1번지에서 본 <곁에 있어도 혼자>는 제목 그대로 현대인의 부조리한 일상과 소통의 부자유를 한 편의 동화처럼 보여주었다. 역시 일본 작가 히라타 오리자의 희곡에 묘미가 있었다. 소품이지만 4인의 각자 다른 미묘한 심리 상태와 일상의 단절을 툭툭 내뱉는 단문으로, 때로는 비틀고 뭉개는 화술로 표출한 대사들이 감칠맛 있으면서 내 안의 감정선을 건드렸다.

'누가 곁에 있어도 혼자 같은 아우라' 연출

문제는 이 희곡을 어떻게 요리하느냐였는데, 신예 연출가 이은영은 수제 케이크를 빚듯이 무대 전체를 디자인하고 디테일까지 세심하게 살펴 분위기(마당)를 조성해 놓고 그 안에서 배우들이 마음껏 놀

원작 하라타 오리자 번역 이홍이 연출 이은영 무대디자인 이민영 조명디자인 Ian Lim 의상디자인 홍문기
출연 유성주 김두봉 장애실 백혜리

게 했다. 무대·조명·의상 디자이너들과 출발선부터 호흡을 맞춰 낸 이런 접근 방식이 나는 좋았다. 색채·빛·음악 등이 실내악 연주처럼 정교하면서 하모니를 이뤄야만 누가 곁에 있어도 혼자 같은 아우라를 연출해 낼 수 있기 때문이다. 4명의 배우가 서로 대화를 하지만 의미가 분절되고 소통이 되지 않는, 그러나 내면으로 따뜻한 감정이 흐르게 한 이은영의 연출 의도가 잘 살았다. 어느 날 자고 일어났더니 부부가 되어 있었다는 황당한 소재를 관객들 앞에서 풀어 나간다는 것은 쉽지 않은 작업인데 이은영 연출이 그걸 해낸 것이다.

현대인의 부조리한 일상과 소통의 부자유

하지만 응원의 박수를 치면서도 몇 가지 의문이 가시지 않았다. 희곡 자체가 일본인의 환경에서 일본적인 화법과 감정 노출, 특유의 행태들을 담고 있는데 이걸 어떻게 해석 또는 연출했느냐는 것이다. 공연이 끝난 후 연출에게 물었더니 일본 작품이라는 점을 별로 의식하지 않고 스태프들과도 보편성을 강조하고자 했다는 것이다.

그런데 나는 공연을 보면서 일본 작품을 일본풍으로 연출한 것 아닌가 하는 잡념이 들었다. 좌식 무대나 어법, 특히 한 배우의 지나친 손 제스처가 자연스러워 보이지 않았다. 가정이지만 그냥 우리 젊은 세대의 주거 생활, 일상적인 구어체로 연기했으면 어땠을까? 뉘앙스는 달라질지 몰라도 우리 이야기 같은 정서적 공감이 더 컸을 수도 있다. 유성주·백혜리 커플의 연기가 자연스러웠다면 김두봉·장애실 커플은 너무 난이도 높은 역할을 맡은 게 아닐까 하는 생각이 들었다.

소극장의 작은 연극이지만 연극에 임하는 자세가 남다른 극단 청우의 체취를 맡을 수 있었다.

극단 청우를 만든
김광보 서울시극단장과
<곁에 있어도 혼자>를 연출한
이은영과 필자.

박장렬 작·연출 블랙 리얼리즘 사회극

<집을 떠나며>_ 연극집단 反

2016.7.16 ~ 7.24
예술공간 오르다

2016년 7월 31일 오전 1시

블랙 리얼리즘. 어제 박장렬 작·연출의 〈집을 떠나며〉를 관람하며 매우 불편했는데 팸플릿을 보니 어두움과 이면을 들추어 그 어둠의 내용과 형식으로 연극을 만든다는 것이다. 세상은 다양하고 나와 다른 세계도 분명 존재할 텐데 불편했다는 것은 내가 편협해서인지도 모르겠다. 한 편의 연극에서 다룰 수 있는 소재는 얼마나 될까. 우주에서 미래까지 계량할 수 없겠지만 이 작품은 전쟁과 자본에 의해 파괴되어 가는 현상과 아픔, 국가와 사회의 폭력에 희생되어 패잔병처럼 집을 떠난다는 이야기다. 월남전의 악몽에 시달리는 아버지(장용철), 가족을 먹여

작·연출 박장렬 음악 박진규 무대감독 최지환 기획 이재화 스태프 진종민 김천 김나라 송지나 장미지 주선하
출연 장용철 정성호 김지은 원종철 김진영 김윤태 원완규

살리기 위해 매춘을 한다는 어머니(김지은), 상황을 못 견뎌 자살하는 딸(김진영), 그리고 이 모두를 지켜보며 집을 떠나는 아들(원종철), 여기에 국가와 사회의 폭력을 상징한다는 남자(김윤태). 모두가 희생자요 패잔병들이다.

국가와 사회의 폭력에 희생된 사람들의 이야기

그런데 묘한 것은 거창한 구호와 날것 같은 메시지를 걷어내면 희랍 비극 같은 비장미를 갖춘 연극이 될 수 있겠다는 것이다. 그만큼 소재가 특이하고 상황이 절박하고 클라이맥스도 멋졌다는 생각이 들었다. 배우들의 연기도 소리 지르고 뒹구는 원색 연기가 아니라 일상처럼 자연스런 멜로 연기를 했다면 처연한 아픔으로 관객을 울렸을 것 같다. 장용철 배우의 연기는 진지했고, 원종철 배우의 집을 떠날 때 흘린 눈물 한 방울도 인상적이었다. 가족이 함께 등장한 라스트 신은 드센 주제와 달리 얼마나 서정적이었던가.

<극을 떠나며>의 마지막 장면에 함께 등장한 배우들. 왼쪽에서 두 번째가 장용철, 세 번째가 원종철이다.

분장실 통해 본 **배우들**의 **민낯**과 **염원**

<분장실><분장실 청소>
_ 극단 유희(일본)+자전거날다(한국)

2016. 7. 15 ~ 7. 19
대학로 소극장 혜화당

2016년 7월 16일 오후 1시 40분

연극이란 무엇이며 배우란 무엇인가. 어제 대학로 소극장에서 분장실 관련 한·일 연극을 비교 관람하면서 이런 새삼스런 질문이 떠올랐다. 소극장 혜화당이 주최한 작은 규모의 한·일 연극 교류 페스티벌에는 4편이 공연되는데 일본 극단 유희의 초청작은 시미즈 쿠니오의 명작 〈분장실〉이었고, 이어 우리 측 자전거날다의 창작극 〈분장실 청소〉(오세혁 작, 유수미 연출)가 함께 공연됐다.

연출가 오태석을 통해 국내에서도 자주 공연된 〈분장실〉은 여배우 분장실 풍경을 통해 배우들의 배역에 대한 갈망과 설렘, 배우의 위상에 대해서 준엄하리만큼

<분장실> 작 시미즈 쿠니오 연출 배미향 출연 코바야시 사키코 스즈 미도리 마츠바 사치코 야하타 미유키
<분장실 청소> 작 오세혁 연출 유수미 출연 장항석 이승구 양신지 이다일

심리를 잘 반영해 냈다. 연희단 거리패 출신 배우 배미향의 연출로 코바야시 사키코 등 4명의 여배우가 재미를 살려 좋은 앙상블을 보여주었다.

배우들의 현실 적나라하게 풍자

내 관심은 오세혁 작 〈분장실 청소〉에 쏠렸다. 일본 〈분장실〉을 보고 교류 차원에서 창작해낸 즉흥 희곡으로 덜 다듬어진 감은 있어도 우리 연극, 우리 배우의 현실을 이처럼 적나라하고 극적으로 풍자해낸 희곡은 흔치 않다는 생각이 들었다.

재벌 한류스타 건물에 세든 극장과 분장실이 용역업체에 헐리는 순간에 뛰어든 여배우를 통해 연습하고 술 마시고, 공연하고 술 마시고, 또다시 연습하고 공연하는 우리 작은 극단의 현실과 배우들의 심상 표현이 예리한 칼날처럼 관객의 폐부를 파고들었다. 용역 역 장

배우들의 애환을 그린 <분장실 청소>에 출연한 배우들.

배우들의 배역에 대한 갈망과 설렘을 잘 드러낸 일본 작품 <분장실>.

항석·이승구, 건물주 처남 역 이다일의 연기도 좋았지만, 발군은 여배우 역 양신지였다. 사라져 가는 분장실이 아쉽고 슬픈 평범한 복장의 그녀는 분장실 철거를 온몸으로 막아내면서 클라이맥스에는 체홉의 〈갈매기〉에 나오는 니나로 분장해 멋진 독백을 들려준다.

기대하지 않았던 보석 발견

소극장 연극을 보는 재미는 이처럼 기대하지 않은 보석을 발견하는 데 있다. 누구보다 연극 현장을 몸으로 뛰고 있는 유수미의 연출은 배우들의 절박함을 연극적으로 잘 그려낼 수 있었다고 본다. 두 작품 모두 체홉의 〈갈매기〉 대사로 운을 맞춘 것도 특이했다. 왜 대학로에는 타산이 맞지 않는 연극이 끊임없이 공연되며, 왜 배우들은 대리운전을 해가며 무대에 서는 것일까. 〈분장실 청소〉보다 〈분장실 철거〉라는 제목이 어울리는 이 작품은 그 해답을 찾는 몸부림 같았다.

달동네 주민들의 애환을 그린 서민극

<미씽 미쓰리> _ 연극집단 反

2016년 7월 5일 오후 1시 1분

2016. 7.1 ~ 7.10
예술공간 오르다

〈미씽 미쓰리〉. 연극집단 반 20주년 기념으로 박장렬이 연출한 공연을 어제 소극장 예술공간 오르다에서 보았다. 달동네의 애환을 그린 서민극으로 잔잔한 재미를 주었다. 연극을 보며 늘 느끼는 생각은 어느 연극이나 볼 만하다는 것이다. 인간의 삶과 인생의 명암이 담겨 있기 때문이다. 다만 그 주제를 어떻게 접근하고 표현하느냐에 따라 우열이 가려진다.

연극집단 反 20주년 기념작

〈미씽 미쓰리〉는 달동네 주민들의 가족 같은 삶을 보여주며 수선집 미쓰리의 기적 같은 솔로 탈출과 재개발에 따른 반목과 투쟁을 함께 그렸다. 희곡을 누가 썼는지 밝히지 않았지만 조금 더 다듬으면 좋았겠다는

연출 박장렬 작 공동창작 기획 이재화 조연출 김병수 음악 박진규 출연 김담희 권남희 한필수 정종훈 이창익 문창완 진종민 송현섭 김천 이가을 이재영 송지나 하서미 스태프 진종민 김나라 송지나 장미지 주선하 최지환 이재영 하서미

생각이 들었다. 우발적인 사랑, 재개발에 따른 가족 간의 불화, 대형 슈퍼 건설을 막으려는 투쟁 등 여러 얘기가 섞여 인물 각자의 캐릭터가 분명하게 살지 못한 점이 아쉬웠다.

달동네 재개발에 따른 반목과 투쟁 그린 작품

연극으로도 현실 발언을 할 수 있지만 극중 대사처럼 사회는 쉽게 변하지 않는다. 무대 뒷면에 통로를 마련해 산동네 오르막길로 설정한 아이디어가 좋았다. 김담희·권남희·문창완·한필수·정종훈·이창익 등 13명의 배우가 각자의 캐릭터를 살려 우리네 삶을 돌아보게 했다.

달동네 서민들의 애환과 수선집 미쓰리의 솔로 탈출을 그린 <미씽 미쓰리>.

황동근 연출, **여무영** 연기의 **샤무엘** 베케트 **모노드라마**

<크랩의 마지막 테이프> _ 서울연극앙상블

2016년 7월 1일 오전 11시 13분

〈크랩의 마지막 테이프〉. 황동근이 연출하고 여무영(염우형)이 연기한 샤무엘 베케트의 모노드라마를 어제 노을 소극장에서 관람했다.

내가 다닌 고교와 대학의 동문 중 연극 하는 선후배가 적지 않은데, 이번 공연은 학연으로 초대받았다. 연출의 황동근과 배우 여무영은 배재고 후배이자 서울예술대학교 교수로 함께 일했다. 같은 학연의 오명석·배종철 선배도 함께 관람해 후배들을 격려했다. 대학로에 소극장이 많다 보니 어디서 무엇을 하는지 다 알 수도, 볼 수도 없다.

2016.6.29 ~ 7.3
노을소극장

원작 샤무엘 베케트 연출 황동근 기획 최종혁 조연출 이은화 무대감독 양진석 미술 김진아 조명 강대경
음향 조현정 출연진 여무영 최주희 오승국

음성의 감정 표현과 노련한 연기로 관객의 시선을 사로잡은 배우 여무영.

강렬한 인상 준 학구적이고 실험적인 공연

서울연극앙상블이 올린 이 작품은 10개 극단이 참여해 지난 4월부터 펼친 2016 제7회 현대극페스티벌의 마지막 참가작이다. 말하자면 학구적이고 실험적인 공연이나. 부조리 작가 샤무엘 베케트가 1959년에 쓴 이 작품은 처음 접했는데 10년 전 제5회 오프대학로페스티벌에서 공연되었다고 한다. 황동근-여무영 콤비가 펼친 이번 무대는 단막이지만 강렬한 인상을 주었다.

69세 생일을 맞은 작가 크랩은 39세에 녹음했던 옛 테이프를 들으며 고독했지만 화려했던 과거를 반추한다. 지금은 방에 갇혀 사는 노작가는 극도의 절망과 소외를 느끼며 회한에 젖어 있지만 작가로서의 집념은 여전하다는 줄거리다. 오로지 녹음기 한 대에 의지해 연기해야 하는 어려운 모노드라마지만 극중 인물과 같은 연배의 배우 여무영은 음성의 감정 표현과 노련한 연기로 관객의 시선을 집중시켰다. 침묵 연기, 녹음테이프의 음성으로 펼치는 회상 연기, 회한과 집념의 현실 연기가 얽힌 작품을 여무영은 깊이가 있고 울림이 있는 배우예술로 펼쳐냈다.

깊이 있고 울림 있는 배우 여무영의 연기

그러나 이 같은 진지한 연극을 학생들이 보면 공부는 되겠지만 이해하기는 어려울 것 같았다. 인생을 관조하며 작품을 이해하는 관객층이 형성되지 못하는 현실이 좀 아쉬웠다. 테이프로 재생되는 젊은 시절 목소리 연기가 이 작품에서 매우 비중이 큰데 여무영은 톤을 조절해 이를 잘 소화해냈다. 특히 인상적인 것은 소극장의 1인극 무대지만 소품들이 제대로 배치되어 품위를 살려냈다는 점이다. 극단 측은 공연 전 기타리스트 오승국이 진행하는 작은 음악회를 열어 색다른 분위기를 체험케 했다. 상업극과 호객 행위가 판치는 대학로 곳곳의 소극장에서 이 같은 현대극 축제가 펼쳐지고 학구적 공연이 실험된다는 것은 얼마나 바람직한 일인가.

공연이 끝난 뒤 필자와 배종철 동문, 황동근 연출, 오명석 동문, 여무영 배우가 함께한 기념사진.

양승한 배우가 **열연**한 **〈돈키호테〉** 번안 **모노드라마**

<너, 돈끼호떼> _ 극단 종이로 만든 배

2016.3.16 ~ 6.26
이랑씨어터 소극장

2016년 6월 25일 오후 9시 52분

<너, 돈끼호떼>. 오늘 대학로 이랑씨어터에서 양승한 배우의 모노드라마 시즌 2를 보았다. 새로운 배우와 형식의 발견이랄까, 묘한 감흥이 일었다. 세기의 문호 세르반테스의 대작을 한 배우가 90분 넘게 1인극으로 펼친다는 것도 대단했지만 이런 모노드라마를 만들어낸 스태프들의 상상력 또한 놀라웠다. 3월 중순부터 3개월 넘게 공연해 온 이 작품을 볼 생각은 전혀 없었다. 그런데 아르코 대극장에 진열된 공연 리플릿을 훑어보는데 송바울 배우가 <너, 돈끼호떼> 유인물을 꺼내주며 "이거 한 번 보세요. 후회 않을 겁니다. 배우도 칭찬해 주시고요" 했다.

호기심이 생겨 종연 하루 전 현장 매표로 보았는데 송 배우 말이 틀리지 않았다. 우선 양승한 배우의 에너지와 기량에 넋을 잃었다. 지난 40여 년 동안 수많은 무대에서 수많은 배우를 보아왔지만 이런

원작 미겔 데 세르반떼스 극본 김나연 유현 연출 하일호 무대 노주연 작곡 전송이 의상 시래 조우리 조연출 김형용 무대감독 손인수 출연 양승한 김범린 이진철 김지연 이상호

배우를 만나기란 흔치 않다. 1인다역의 연기에 다양한 마임, 개인기에 슬랩스틱까지 쉬지 않고 쏟아내는 연기술이 객석을 압도했다. 순식간에 홍콩 배우 성룡으로 변신하는가 하면, 요즘 시중의 유행어까지 활용하는 기지와 순발력도 일품이었다. 그야말로 광대라는 표현이 어울리는 이 배우의 단점은 너무 많은 걸 해내 한계효용의 법칙을 일으킨다는 것이다. 땀범벅이 되어 쉴 새 없이 연기와 기량을 펼치다 보니 배우도 힘들고 관객도 지친다는 인상을 받았다. 조금 더 압축적으로 효율적으로 할 수는 없을까 하는 생각이 들었다.

모노드라마에 활력 준 폴리효과음

이 장대한 모노드라마에 활력을 주는 요소는 폴리효과음이다. 폴리란 녹음된 효과음을 쓰지 않고 현장에서 여러 도구로 소리를 내는데 이날 폴리사운드를 맡은 이진철이 재치 있는 솜씨로 극에 활력을 불어넣었다. 몇 년 전 스페인 마드리드에 갔을 때 시 중앙광장에 세워진 대형 세르반테스 동상을 보면서 문학의 힘이 얼마나 강한가를 느꼈다.

1인다역의 연기에 다양한 마임, 개인기에 슬랩스틱까지 쉬지 않고 쏟아내는 연기술로 객석을 압도한 배우 양승한.

산초의 시각으로 재해석한 <돈끼호떼>

그 세르반테스가 죽은 지 400년이 되는 올해 서울에서 모노드라마로 재해석·재조명되었다는 것은 특기할 일이다. 작가 김아연과 유현이 5개월간 집필하고 유현이 각색해 하일호가 연출한 <너, 돈끼호떼>는 산초의 시각으로 돈끼호떼라는 작중 인물의 행적을 이야기 형식으로 풀어내 원작을 안 읽은 관객들도 이해할 수 있게 꾸몄다. 문학의 스토리텔링을 연극의 다양한 표현 기법으로 입체화한 작가의 상상력과 배우의 재능은 칭찬해 줄 만하다.

소극장만 150여 개가 산재한 대학로는 세계적인 공연 명소다. 그 많은 소극장에서 공연되는 다양한 연극을 다 섭렵할 수는 없는 일이다. 그런데 오늘 낯선 소극장에서 진주를 발견한 것 같은 보람을 느꼈다.

배우 **강선숙**의 **당골네 연기**가 살려낸 **천승세** 원작의 **어촌 비극**

<신궁> _ 한국문화예술위원회

2016.6.17 ~ 6.26
아르코예술극장 대극장

2016년 6월 19일 오후 1시 19분

천승세의 〈신궁〉. 원로연극제에 박찬빈 연출로 참여한 공연을 어제 보았다. 사전에 여러 말이 들려 기대를 안 했는데 우려와 달리 소설이 지닌 예술적 체취를 어느 만큼 형상화해 냈다. 천 작가의 중편을 누가 각색했는지 밝히지 않아 알 수 없지만 연극으로 잘 엮어냈다. 전체적으로 〈만선〉과 유사한 분위기이지만 영상을 적절히 사용했고 배우들이 연기 조화를 이뤄내 소설의 내용을 극으로 보여주었다. 1막은 꽤 지루했으나 2막은 짧지만 극의 클라이맥스를 잘 형상화해 냈다.

원작 천승세 연출 박찬빈 출연 이승옥 정현 이봉규 나기수 최성웅 김춘기 강선숙 김성동 강영하 박영숙 김미경 김승덕 전정로 박선정 김도연 박시현 김추리 김현진 윤희정 김성규 이효은 임영선 박찬빈

소설이 지닌 예술적 체취를 잘 형상화한 작품

천승세 문학의 특징이 현장성·향토성이라고 한다면 이 연극을 이만큼 이뤄낸 동력은 배우에게서 나왔다고 할 수 있다. 특히 전라도 어촌의 체취와 당골네(무당)의 기량에 연기까지 할 수 있는 강선숙이라는 배우가 이 공연을 살려냈다고 할 만하다. 대사만 좀 증폭시켜 잘 전달했다면 이 배우의 연기가 더 빛났을 것이다. 이승옥·정현 두 노배우가 짧지만 강렬한 인상을 주었다. 이장 역 이봉규의 연기가 좋았고, 판수 역 최성웅도 비중 있는 배역을 잘 해냈다. 어촌 여인네들의 투박한 앙상블도 극 분위기를 살려냈다. 세트가 약해 무대가 허전한 점이 아쉬웠다.

천승세 문학의 특징인 예술성과 향토성을 형상화한 박찬빈 연출의 <신궁>..

인간 생명의 본질을 추구한 오태석 연극의 완결편

<태> _ 한국문화예술위원회

2016.6.3 ~ 6.12
아르코예술극장 대극장

2016년 6월 12일 오후 1시 13분

원로연극제에 초청된 오태석 작·연출의 〈태胎〉를 보면서 42년 갈고 닦은 〈태〉의 완결편을 보았다는 느낌이 들었다. 1974년 드라마센터에서 오태석 작, 안민수 연출, 유덕형 조명, 이호재·전무송 출연으로 초연된 〈태〉는 당시 한국 연극계에 센세이션을 일으켰다. 이제까지와 다른 역사극, 파격적인 연출과 시각적인 무대로 충격을 던진 것이다. 그 후 〈태〉는 오태석 연출로 계속 공연되었지만 복잡한 무대와 상징들로 내용을 이해하기가 어려웠다.

그런데 어제 본 〈태〉는 배우가 중심이 되어 탯줄로 이어진 생명의 존엄성을 명징하게 보여주었다. 종이

각색·연출 오태석 기획 정지영 이병용 무대의상 이승무 안무 강은지 조명 이경천 출연 오현경 정진각 손병호 성지루 송영광 김준범 정지영 윤민영 유재연 천승목 조원준 이준영 김봉현 배건일 박지훈 김유미 조유진 이신호 이보다미 김명준 임주은 김지혜 장원준 이병용 최윤영 이근환 손현우

의상과 항아리, 두루마리 등 오태석표 소품들은 여전했지만 시각적으로 난해하던 요소들을 과감히 제거, 극적 에센스(정수)를 보여주었다.

오태석이 평생 추구해온 한국 연극의 원형 보여준 역작

여기까지 오기 위해 장인 오태석은 그동안 얼마나 많은 실험과 시도를 해왔는지 지켜본 관객 중의 한 사람으로 나는 감회가 깊었다. 그가 평생 추구해 온 한국 연극의 원형이 이런 것이구나, 연극이란 형식도 중요하지만 희곡의 내용이 깊어야 이 같은 울림을 줄 수 있다는 것, 그리고 평생 사람 농사를 지어 그 결실을 튼실하게 보여주었다는 것……. 조카인 어린 단종을 폐위시키고 권좌에 오른 세조, 두 임금을 섬기지 못하겠다는 사육

탯줄로 이어진 생명의 존엄성을 명징하게 보여준 <태>. '오태석 사단'으로 불리는 목화의 식구들이 참여해 무대를 빛냈다.

신의 일족을 멸하지만, 종의 헌신으로 살아남은 박팽년의 피붙이가 끝내 살아남아 그 끈질긴 생명력이 이 세상을 면면이 이어간다는 것을 이 원로는 오늘을 사는 우리에게 엄혹하게 보여주고 있다.

아르코 대극장 2층 꼭대기에서 내려다본 무대는 한 편의 무용극을 보는 듯 배우들과 소품이 어우러진 움직임이 매우 미학적이었다. 배우들이 강한 인상을 주는 이번 작품에는 1984년 창단해 출중한 배우들을 배출하여 '오태석 사단'으로 불리는 목화의 식구들이 참여해 무대를 빛냈다. 신숙주 역 정진각, 세조 역 손병호, 종 역 성지루 등의 열연에 원로배우 오현경이 박중림 역으로 출연해 중후한 연기로 중심을 받쳐주었다. 개인적으로는 각이 살아 있는 정진각의 연기가 좋았고, 사육신 역을 맡은 배우들과 종의 처 역 윤민영, 손부 역 정지영도 미래가 기대되는 재원들이라는 생각을 했다. 관객들도 많아 원로연극제의 의의를 살려내 보기 좋았다.

오태석의 <태>에 출연한 배우들. 왼쪽 가운데가 신숙주 역 정진각, 오른쪽 사진은 세조 역 손병호.

자식을 위해 **희생**하는 **노부부**의 슬프고도 **아름다운 사랑** 이야기

<동치미> _ 극단 글로브극장

2016년 6월 11일 오전 1시 44분

2016.5.19 ~ 6.12
예그린씨어터

대학로 화제의 연극 〈동치미〉를 어제 보았다. 주연을 맡고 있는 박기선 배우 초대로 보았는데 소박하면서도 관객을 울리는 가족극이었다. 세상에는 위대한 고전극이 많고 "죽느냐 사느냐"처럼 심오한 철학과 교훈을 주는 명작도 있지만, 우리네 삶의 한 단면을 그대로 무대에 투영시켜 공감을 주는 작품도 적지 않다.

김용을 작·연출의 〈동치미〉는 8년의 연륜을 쌓은 연극답게 공연 흐름이 매끄러웠고 배우들의 연기가 농익어 보기가 편했다. 무뚝뚝하지만 아내와 1남2녀의 자식들을 보듬는 아버지, 남편과 자식을 위해 모든 걸 다 내

작·연출 김용을 예술감독 오현주 기획 신동일 무대미술 유관호 조명 최재훈 사운드 민영희 출연 김민정 김진태 박기선 김계선 김진정 마승지 이지영 안재완 이광재 권영민 김현아 이효윤 김서이 김민정

공연이 끝난 뒤 출연 배우들과 함께 찍은 사진. 부부 역의 박기선과 김계선(앞줄 가운데)은 우리네 일상의 애환을 소박하게 연기했다.

주고 남편 수발하며 아픔까지도 속으로 삭여내는 어머니, 이 연극은 이처럼 자식들을 위해 희생하며 쓸쓸히 생을 마감하는 노부부의 슬프지만 아름다운 사랑 이야기다.

이런 극은 희곡이 탄탄하지 않으면 신파가 되기 십상이다. 작가 김용을은 생활 언어로 리얼한 대사를 묘출해 냈다. 쓰고 연출하면 한쪽이 소홀해질 수도 있는데 이 작품은 대사가 사실적이면서 구어체여서 귀에 쏙쏙 들어왔다.

자식 세대에게 보여주면 좋을 연극

죽는 순간까지 자식 걱정에 아낌없이 뒷바라지하는 노부부, 자식들의 연기가 무리 없이 전개되어 눈시울을 붉히게 했다. 여기에 연출이 극 전체를 절제시킴으로써 배우들의 연기를 돋보이게 했다. 특히 다섯 명의 출연 배우들이 홈드라마 같은 따뜻한 분위기를 만들어냈다. 이날 부부 역은 박기선과 김계선이 맡았는데 50대의 두 배우는 일상의 우리네 모습을 소소한 얼굴 표정과 꼼꼼한 대사로 노련하게 해내 극을 잘 이끌었다. 이 시대의 자식 세대들에게 보다 많이 보여주면 좋은 연극이라는 생각이 들었다.

군사정권 시대 **언론통제**를 파헤친 **젊은** 작가 **오세혁**의 야심작

<보도지침> _ LSM COMPANY

2016년 6월 9일 오전 1시 3분

2016.3.26 ~ 6.12
수현재씨어터

오세혁 작, 변정주 연출의 연극 〈보도지침〉을 마침내 보았다. 한국 연극의 미래를 밝게 해준 의미 있는 공연이었고 배우들이 무대 유희를 펼친 웰메이드 무대였다. 이 연극을 오래전부터 보고 싶었다. 그러나 신중을 기했다. 보도지침이 있던 시대에 기자 생활을 했기 때문에 이 예민한 주제에 편견을 가질까 조심스러웠기 때문이다. 여러 공연에 초대를 받는 입장이지만 이 공연만큼은 경로 할인 받아 돈 주고 보자고 작심했다. 그런데 예정보다 일주일 먼저 종영이 알려진 데다 같이 보기로 한 권남희 배우가 장용철 배우에게 부탁해 초대권을 받고 말았다.

작 오세혁 연출 변정주 프로듀서 이성모 작곡 이한밀 무대디자인 남경식 조명디자인 이주원 음향디자인 안창용
출연 송용진 김준원 김대현 안재영 이명행 김주완 이시후 에녹 최대훈 장용철 이승기 강기둥 김대곤 이봉련 박민정

1970년대 언론 상황을 균형감 있게 극화한 <보도지침>.

박정희 시대에 문화부 기자를 한 나는 이 주제에 나름 할말이 많이 있다. 그래서 망설였는데 월간《한국연극》6월호에 오세혁 작가의 희곡이 실려 눈도 떼지 않고 단숨에 읽어내려갔다. 인터넷을 찾아보니 오세혁 작가는 35세였다. 박정희 시대의 유신 독재를 겪지 않은 그가 어찌 이처럼 균형감 있는 희곡을 쓸 수 있을까 나는 참으로 놀라고 감탄했다. 내가 작심하고 반박하려고 했던 요소들을 그 시대를 겪지도 않은 이 작가는 균형추를 맞추듯 작가적 감성과 예지로 극화해냈다. 다양한 소품으로 대학로에서 이미 명성을 얻은 이 작가는 내가 존경하는 오태석 작가를 이을 작·연출계의 스타가 될 것으로 믿어 의심치 않는다.

어느 한쪽으로 기울지 않은 균형감 있는 희곡에 감탄

오 작가는 한쪽의 시각만을 부각시키지 않았다. 사실을 폭로하고 당당하게 언론자유를 외친 사람들의 주장 못지않은 분량으로 정부나 상업신문 편집국장의 입장을 대비시켰다. 그렇다. 그 시대 해직된 기자들은 영웅이고 남아서 행간에 독재에 항거하는 메시지를 전했던, 궁극적으로 국민의 알 권리를 지켰던 기자들은 비겁자로 모는 세태에서 이 젊은 극작가는 사학자도 아닌데 어찌 이처럼 균형을 잘 맞췄을까 기자로서 찬탄하지 않을 수 없다.

연출가 변정주, 희곡을 살아 숨쉬게 한 일등공신

하지만 희곡은 잘 읽히지 않는다. 문자로 기록된 이 희곡을 살아 숨쉬게 한 일등공신은 연출가 변정주다. 그 역시 그 시대를 체험하지 않았을 텐데 두 시간 동안 시종 긴장을 늦추지 않고 1970년대의 언론 상황을 기막히게 재현해냈다. 그의 미덕은 팽팽한 긴장감을 유지하면서도 판단은 관객의 몫으로 남긴, 기가 찬 균형감각이었다. 그리고 배우를 한무대에 모아놓고 극중극 형식으로 딱딱한 소재를 작가가 의도한 재미로 살려냈다. 작가와 연출 못지않게 이 작품을 관객에게 공감시킨 주역은 배우들이다.

공연이 끝나고 무대 인사를 하는 <보도지침> 배우들.

이날 캐스팅은 보도 요청서를 보도지침으로 폭로한 사회부 기자 김주혁 역에 김준원, 독백 편집장 김정배 역 김대현, 변호사 황승욱 역 김주완, 검사 황돈걸 역 최대훈, 판사 박원달 역 이승기, 과거와 현재를 넘나드는 남자 역 강기둥, 여자 역 박민정 모두 7인이었는데 모두 혼신의 열정을 불태웠다. 탤런트보다 수입이 적은 연극을 하는 이유가 저런 무대 위 행복감이구나 하는 뿌듯함을 모든 배우들이 보여주었다. 내가 가장 원하는 배우의 미덕은 무대 위에서의 유희인데 막공을 앞둔 출연진들은 연기가 놀이처럼 몸에 붙어 나왔다. 개인적으로 장용철 배우 공연을 놓친 게 아쉽고, 모든 배역들이 다 잘했지만 특히 검사 역 최대훈과 남자 역 강기둥을 칭찬하고 싶다.

올해 베스트 연극에 꼽힐 만한 기념비적 작품

오세혁 희곡 〈보도지침〉은 한국 연극사에 남을, 그리고 올해 베스트 연극에 꼽힐 만한 기념비적 작품이었다. 그 시대를 산 기자로 할말은 많지만 희곡으로 읽고 연극으로 본 〈보도지침〉은 연극성과 사회성을 갖춘 메시지가 있는 웰메이드 공연이자 연극의 힘을 보여준 명작이었다.

젊은 배우들의 파워풀한 연기로 빚어낸 잔혹 스릴러

<Q> _ (주)더그룹

2016년 6월 8일 오후 2시 3분

2016.5.10 ~ 7.3
아트원씨어터 2관

대학로에서 연극 〈Q〉를 보았다. 평소 이 계열은 잘 안 보는 잔혹 스릴러인데 재작년 에딘버러프린지페스티벌에서 만난 재미 연출가 김정한(미국명 요세프 K)의 국내 데뷔 무대라는 호기심이 발동해 본 것이다. 남자 4명이 출연해 시종 몸을 아끼지 않는 열연이라 졸 수도 없었지만 액션 영화를 보는 듯한 묘한 재미가 있었다.

그러면서도 이런 장르를 연극이라고 할 수 있는지 의문이 가시지 않았다. 그래서 내린 결론이 B급 연극이다. 현실이 아닌 것 같으면서도 현실적이고 연극이 아닌 것 같은데 연극적인 묘한 전율 같은 게 시종 전신으

작·연출 김정한 프로듀서 이해만 무대 김만식 조명 이주원 음향 이기준 소품 김현아 의상 문혜민 분장 정서진
출연 김기무 이준혁 주민진 김승대 임철수 강기둥 김준겸 차용학 조훈 고훈정 김이삭 박형주

희대의 살인마 싱페이 역을 맡은 강기둥과 교도소장 역을 맡은 차용학.

로 느껴졌다. 흥행용인 것 같으면서도 물욕과 명예욕 앞에서 너나없이 무너지는 인간 본성에 따끔한 일침도 놓는 메시지가 있었다.

물욕 앞에 무너지는 인간 본성에 따끔한 일침

김정한이 직접 썼다는 희곡은 비현실적 요소가 있음에도 개연성이 느껴졌다. 희대의 살인마 싱페이를 놓고 프로듀서는 생방송으로 시청률을 노리고, 검사는 이 건으로 명성을 노리고, 교도소장은 물욕을 드러내는 악당 4인의 속성이 그대로 노출되나 결국은 공멸하고 만다는 줄거리다.

이날 캐스팅은 살인마 역의 강기둥, 프로듀서 역 이준혁, 교도소장 역 차용학, 검사 역 박형주였다. 연기술의 관점에서 보면 허점도 있겠지만 몸을 던지는 열정과 에너지만큼은 최상이었다. 그리고 계산된 무대 구조도 뛰어났다. 그리고 뉴욕에서 오래전에 보았던 현장중계 영상도 수준급이었다. 무대에 4대의 모니터를 설치해 서로 다른 각도에서 촬영한 현장 화면을 보여줌으로써 영상 속의 상황과 현실 상황의 차이를 실감나게 보여주었다.

젊은 열정 쏟아낸 멋진 B급 연극에 박수를!

그러나 희대의 살인마가 쇠사슬에 묶인 상태로 온갖 쇼를 벌이고 난데없이 총이 등장해 반전을 남발하는 등 우리 정서에 맞지 않는 요소가 많았다. 또 아무리 하드코어라 해도 폭력의 수위는 조절할 필요가 있었다. 그럼에도 젊은 열정을 쏟아내는 멋진 B급 연극에 박수를 보내고 싶다.

한국전쟁의 아픔을 브레히트 작품에 투영시킨 연출가 김정옥의 회고록

<그 여자 억척어멈> _ 한국문화예술위원회

2016.6.3 ~ 6.17
아르코예술극장 소극장

2016년 6월 5일 오전 9시 52분

어제 아르코예술극장 소극장에서 노경식·박웅·정진수·김도훈·김성노 님 등과 함께 김정옥 선생님의 <그 여자 억척어멈>을 관람했다. 한국문화예술위원회가 기획·제작한 원로연극제는 한평생 오로지 한 길을 걸어온 연극인 네 분을 모셔 그분들이 쓰거나 연출한 작품을 보여주는 작은 페스티벌이다.

올해 첫해에는 김정옥·오태석·하유상·천승세의 무대가 펼쳐진다. 오태석 작·연출의 <태>, 하유상 작, 구태환 연출의 <딸들의 연인>, 천승세 작, 박찬빈 연출의 <신궁>이 아르코와 대학로예술극장에서 6월 중에 공연된다. 어제 첫 작품을 보고 여러 의문이 들었다. 첫째 누구를 위한 원로연극제냐는 것이다. 한국 연극의 산 증인인 원로를 초청하여 그들의 작품세계를 조명한다는 취지는 좋으나 타깃이 분명하지 않아 어제 공연장 분위기는 썰렁했다.

작·연출 김정옥 조연출 이혜미 아코디언 임은경 음악 허진 소냐 미술 최순화 출연 배해선

한국전쟁의 아픔을
브레히트의 작품에 투영시켜
어머니의 한으로 풀어낸
배해선의 모노드라마
<그 여자 억척어멈>.

원로의 회고록이라면 연극인들을 대거 초청하거나 아니면 원로의 무르익은 경지를 젊은이들이 체험케 하거나 또는 대표작 인기작을 리바이벌해 모든 계층이 즐기게 했으면 좋았을 것이다.

노래와 연기로 어머니의 한을 풀어낸 배해선

김정옥 선생님은 우리 시대 대표적 연출가로 기라성 같은 작품들을 발표해 왔다. 그런데 배해선의 모노드라마로 선보인 이번 작품은 직접 희곡을 쓴 신작으로 한국전쟁의 아픔을 브레히트의 작품에 투영시켜 어머니의 한으로 풀어낸 의도는 좋았으나 연극적 성과는 만족스럽지 않았다. 국가에서 원로예술인들에게 관심을 가지는 것은 바람직한 일이지만 축제로 승화시키려면 작품 선정에서부터 홍보와 관객 유치까지 전방위 전략이 따라야 했다. 금전적 지원만으로는 원로들의 자가 잔치가 될 수도 있기 때문이다.

진정한 나눔을 실천한 중국집 배달부의 인생을 그린 원종철의 모노드라마

<행복배달부 우수씨> _ 극단 크리에이티브 그룹 우리별

2016.4.22 ~ 6.12
동숭아트센터 동숭소극장

2016년 6월 4일 오전 9시 39분

〈행복배달부 우수씨〉를 어제 원종철 배우의 모노드라마로 보았다. 대학로 포장마차에서 우연히 원 배우를 만나 공연을 보게 된 것이다. 부모에게 버려져 목사 부부에게 거둬진 김우수씨가 파란만장한 인생유전을 회고하는 형식의 이 1인극은 연극의 기능을 다시 생각하게 했다.

고리대금업으로 모은 돈을 몽땅 떼이고 분신자살하려다 방화범으로 복역 중이던 우수씨는 어느 날 눈먼 여동생을 둔 소년가장의 글을 읽고 영치금을 털어 인도견 강아지를 사주면서 나눔의 삶을 시작한다. 중국집 배달부로 일해 번 박봉으로 4명의 아이를 후원하던 우수

연출 김한길 프로듀서 강병원 음악감독 이동호 무대 이창원 조명 노명준 의상 조주연 분장 석필선 디자인 박찬일
출연 원종철 임학순

씨는 교통사고를 당해 하늘나라로 간다. 신문기사나 TV, 영화로도 소개되었던 이야기인데 원종철의 모노드라마는 무대라는 공간에 우수씨가 다시 내려와 관객에게 기구했던, 그러나 종국에는 각박한 세상에서 진정한 나눔을 실천한 자신의 얘기를 들려주는 것 같은 착시 현상을 일으키게 했다.

연극의 사회성 실감케 한 우수씨 공연

선한 눈망울의 원종철 배우는 외롭고 슬펐던 어린 소년에서 앵벌이 왕초, 나이트클럽 웨이터, 피도 눈물도 없는 사채업자로 1인다역의 변신을 해내며 우수를 재현해내 관객의 가슴을 먹먹하게 했다. 기사를 읽을 때와 달리 마치 우수씨가 살았던 그 시공간에 관객이 동참한 듯한 아우라를 맛보는 것, 그게 연극의 매력 아닐까 생각했다.

이런 연극의 기능을 우리 사회 갈등 해소에 활용하는 대안 연극이 더 활성화되었으면 좋겠다. 모노드라마지만 김한길의 깔끔한 연출이 보였고, 연극에서 음악의 선율 하나가 어떻게 관객의 감정선을 건드리는가도 느낄 수 있었다. 중학생 관객들과 한 공간에서 행복을 배달하던 우수씨 공연을 보면서 연극의 사회성을 새삼 실감했다.

어린 소년에서 앵벌이 왕초,
피도 눈물도 없는 사채업자로
1인다역의 변신을 해내며
관객의 가슴을 울린 원종철 배우.

〈햄릿〉을 뒤집어 **짐승**보다 **못한 인간**을 **응징**한 **잔혹극**

<짐승가> _ 극단 브레드히트

2016.5.6 ~ 6.12
동양예술극장 3관

2016년 6월 2일 오후 1시 46분

〈짐승가 Song of Beast〉. 박단추(박재민) 작·연출, 에딘버러 프린지 페스티벌에 참가. 19세 이하 관람불가. 뮤지컬 무대에 서오던 배준성·김일권의 정극 진출. 이 화제의 연극을 어제 대학로 동양예술극장에서 관람했다. 과연 앙코르 공연을 할 만한 문제작이었고, 재작년 나에게 감동을 준 에딘버러 페스티벌에 참가해도 화제를 모을 만한 공연이었다. 셰익스피어의 작품을 비튼 〈한여름 밤의 악몽〉에서 재기를 보인 박재민 연출은 이번엔 〈햄릿〉을 뒤집어 짐승보다 못한 인간들이 우글거리는 이 시대 악에 경종을 울리는 강렬한 메시지를 전하고 있다.

원작 윌리엄 셰익스피어 작·연출 박단추 제작 이영미 기술 이광룡 영상 Jude Chun 조명 김은옥 음향 박미리
출연 김일권 김숙인 강현식 배준성 이재학 김민체 박정권 김희창 홍성기 윤주희 이지호 한동욱 김기남 김효인 정은성 김하림 김유남

이 작품의 장점은 형식이다. 무대 한편에 스크린 하나 세우고 영화처럼 장면 장면을 이어가는 간명한 내용에 다음을 기대하게 하는 긴장 효과를 주었다.

이 시대 악에 경종 울리는 강렬한 메시지

또 하나는 극중극 형식이다. 햄릿의 화신인 이해인 역의 김일권은 캠코더를 활용한 즉석 영상으로 마치 모노드라마 한 편을 보는 듯한 명연을 펼쳐냈다. 〈라이언 킹〉에서 보았던 이 배우는 가족이라는 미명 아래 짐승 같은 짓거리를 일삼는 어두운 공간에서 그들의 적나라한 행위를 영상에 기록하며 죽느냐 사느냐를 고민하는 현대

가족이라는 미명 아래 온갖 자행을 일삼는 일당들을 그린 <짐승가>의 출연진들.

하드코어 드라마지만 혐오감을 주지 않은 <짐승가>의 한 장면.

의 햄릿을 소름끼치게 연기하고 있다. 이는 작품의 맥락을 이해하고 캐릭터를 찾아낸 노력의 산물이 아닐 수 없다.

배준성의 악역 연기 인상적

뮤지컬 무대에서 젊음의 열정을 불태워 온 배준성의 악역 연기도 인상적이었다. 그는 냉혹한 역할을 해내면서도 연민을 주는 보스의 모습을 보여주었다. 마이크로 육성을 확대시키는 해설가를 등장시킨 것도 이 연극의 매력이다. 아쉬운 점은 몇몇 배우들이 자기 대사나 행동할 때만 움직일 뿐 나머지 시간에는 뻣뻣하게 서 있다는 점이다. 관객은 배우의 전모를 보고 있으며 배우는 현실에서처럼 계속 살아 있어야 한다.

등장인물 전원이 죽어야 끝이 나는 〈짐승가〉는 살상이 일상 같은 하드코어 드라마지만 그것이 혐오감을 주지 않는 게 신기했다. 아마도 연출이 중간중간 사람의 체취를 살려냈기 때문 아닐까. 극장 입구부터 외국인 행세를 하며 무대에서도 재미를 준 3인의 개성 배우들이 순 한국인이라는 걸 안 것도 나를 웃음 짓게 했다.

궁중 배경으로 **현실**을 **풍자**한 **블랙코미디** 사극

<수상한 궁녀> _ H.project

2016년 5월 30일 오후 10시 33분

2016.5.17 ~ 8.14
대학로 공간 아울

어제 고인배 배우가 출연한 연극 〈수상한 궁녀〉를 보았다. 몇 해 전에 보았을 때는 대학극 같았는데 이번 공연은 흥행을 겨냥한 장기 공연이라 완성도가 높았다. 사극을 소재로 한 희곡은 많지만 〈수상한 궁녀〉처럼 블랙코미디 사극은 흔치 않다.

그런 점에서 작가 겸 연출인 한윤섭은 특기할 만하다. 고인배 배우가 출연했던 〈하이옌〉이나 〈성호가든〉 등 한진섭의 작품들은 재미도 있지만 메시지가 뚜렷하다. 아이를 얻지 못한 임금(고인배)에게 아이 잘 낳는 흥부 처가 발탁되어 후사를 얻게 되지만 왕비와 신하들의 음모로

작·연출 한윤섭 기획 이준석 조연출 차의장 무대감독 김현중 무대디자인 민병구 음악 김은지 의상 김정향 소품 이보라 조명 임우섭 음향 노경하 홍보 이창원 출연 고인배 김대진 위명우 전지혜 김은실 권세봉 태준호 차두리 김서년 이승훈 김인묵 마정덕 유승철 신영은 이하늘

고인배(뒷줄 오른쪽에서 두 번째)를 비롯한 출연진과 공연이 끝난 뒤 함께한 필자.

궁 밖으로 내쳐지고 만다. 그러나 집에 와보니 남편 흥부와 아이들은 모두 저 세상으로 가버려 가련한 신세가 된다는 내용이다.

날카로운 현실 풍자가 매력

씨받이가 소재이다 보니 민망한 용어나 장면이 나오지만 중학생 정도면 소화할 수 있는 해학들이다. 전반이 희극이라면 후반은 비극인데 그 경계가 애매한 점이 좀 아쉬웠다. 그래도 끝까지 재미와 긴장을 함께 끌고 간 한윤섭의 연출, 고인배를 비롯한 몇 배우만 기성이고 신인들도 섞였는데 관객을 웃기고 울리는 연기 앙상블이 탄탄한 편이어서 재미있었다. 흥부 처를 맡은 배우가 열연했고 상선·왕비·도승지 배역들이 잘했다. 자기 욕망만 채우면 내쳐지고 팽당하는 건 예전보다 지금이 더 하지 않을까. 작가의 날카로운 현실 풍자가 이 연극의 매력이다.

소극장에서 연기력으로 승부한 그리스 비극의 고전

<안티고네> _ 극단 혜동바위

2016년 5월 27일 오전 1시 2분

2016.5.10 ~ 5.29
아트홀 마리카 3관

연극 〈안티고네〉를 보았다. 송바울. 왠지 이단아 같은 이 배우가 극단을 만들어 소극장에서 소포클래스의 이 고전을 배우들의 연기력으로 승부를 보았다. 더욱이 현대로까지 인트로를 끌어올렸다.

지난 세월 〈안티고네〉는 여러 번 보았다. 그중 기억에 남는 공연은 그리스국립극단이 장충동 국립극장에서 공연한 〈안티고네〉였다. 이와 비교하면 송바울의 안티고네는 초라했다. 하지만 작은 극장에서 왜 연극 제목이 안티고네인가를 다이제스트해 보여주었다.

원작 소포클레스 재구성·연출 채동훈 조명 정혁진 의상 홍정희 움직임지도 박성인 출연 송정바우 서민균 진혜정 한철훈 홍하영 문승배 이준희 문도연(언더스터디)

송정바우(가운데) 등 배우들의 연기력으로 승부 건 소극장 연극 <안티고네>.

맥을 잘 짚은 배우들, 극적 긴장감 살려

〈안티고네〉는 기원전 그리스 비극이다. 소극장에서 하기란 조금 벅찬 듯했지만 배우들은 맥을 짚었다. 어려운 고전을 이렇게 쉽게 풀면서도 극적 긴장감을 살릴 수 있다는 것을 체감했다. 그러나 우리는 오늘 송바울하고 자리를 같이하지 못했다. 왜냐하면 그를 좋아하는 팬들이 너무 많았기 때문이다.

안톤 체홉의 작품 5편을 믹스한 독특한 형식의 번안극

<어떤 동산> _ 극단 유랑선

2016년 5월 19일 오후 11시 12분

2016.5.5 ~ 5.22
문화공간 엘림홀

<어떤 동산>. 송선호가 쓰고 연출한 이 연극은 안톤 체홉의 작품 5편을 믹스하여 한국적으로 번안한 독특한 형식의 작품이다. 한 작품을 패러디하거나 번안한 경우는 보았어도 이처럼 여러 작품을 편집한 경우는 흔치 않다. 송선호 교수가 이 같은 시도를 할 수 있는 것은 희곡을 읽고 텍스트를 분석하는 능력이 뛰어나기 때문이라고 본다.

국내에서 수도 없이 공연되는 체홉의 <벚꽃동산>, <갈매기>, <세자매>, <바냐 아저씨> 그리고 <이바노프> 등 5편의 여러 대사를 제목 그대로 우리 시골 어떤 동산에서 우리 상황으로 보여주고자 했다. 여기서 키워드는 프로그램에 밝혔듯이 체홉 특유의 정서, 드라마 기법, 인물의 캐릭터, 그리고 추구하려는 목표는 한국형 리얼리즘이다.

작·연출 송선호 드라마터그 홍재웅 무대 이은규 조명 임해원 음악 김희선 분장 백지영 출연 장우진 황현주 이승연 조현진 차병호 김준우 박근홍 장희정 신동준 천선우

한국형 리얼리즘은 지난한 작업

이것은 매우 지난한 작업으로 첫술에 배부르기가 어렵다. 송선호와 극단 유랑선은 많은 노력을 기울였음에도 불구하고 체홉의 정서를 보편화하여 우리 감정으로 녹여내지 못했다. 무엇보다 배우들이 이 어려운 작업에 아직 익숙하지 못함이 극 전반에 노출되었다. 우리 동산에서 저마다의 캐릭터를 지니고 살아가는 인물들이 대사만 길어지면 체홉의 번역극으로 돌아가고, 한번 흐트러진 감정은 아무리 추스려도 우리 정서로 돌아오지 않았다. 조명이 굉장히 중요한데 그렇지 못해 분위기가 살지 못한 것도 안쓰러웠다.

체홉을 재해석, 한국형 리얼리즘 연극을 추구하려면 플롯만 따오고 연기는 완전 창작극처럼 해야 되는 게 아닐까 조심스레 생각해 보았다. 그럼에도 불구하고 이런 실험은 지속되어야 한다고 본다. 성칠 역 차병호는 우리 정서를 그런 대로 살려냈다.

안톤 체홉의 작품 5편을 다이제스트한 송선호 연출의 <어떤 동산>.

안톤 체홉이 20대 후반에 쓴 미완성 희곡

<플라토노프> _ 극단 체

2016년 5월 13일 오전 10시 6분

2016.5.6 ~ 5.15
아르코예술극장 대극장

연극 <플라토노프>. 안톤 체홉이 10대 후반에 쓴 미완성 희곡. 이를 러시아에서 수학한 강태식이 각색·연출한 무대를 어제 아르코 대극장에서 관람했다. 기하학적 세트와 회전무대, 20명 가까운 출연진이 빚어내는 인간 군상, 러시아풍의 의상과 소품들, 그리고 멜로성이 짙은 배경음악, 개가 등장해 배설까지 하는 사실성…. 처음 대하는 작품이어서 모든 게 신기했다.

체홉의 작품을 수십 번 대했지만 <플라토노프>는 뭔가 좀 달랐다. 문제는 외형만 달랐지 내용은 다르지 않았다는 것이다. 체홉이 처음 그려낸 인물화라는 표현처럼 이 작품의 캐릭터들은 주옥같은 체홉 명작들의 밑그림이 되었다고 할 수 있다.

원작 안톤 체홉 **각색·연출** 강태식 **예술감독** 송현옥 **공동안무** 오재익 아키나 **무대·의상** Asya Storik **무대제작** 민병구 **의상제작** 김인옥 **조명감독** 정진철 **음향감독** 김대영 **분장** 김다인 **출연** 권성덕 장보규 김응수 김동영 최승일 박정학 양창완 김희라 김은석 구혜령 김동균 정연심 권민중 서지유 김현주 유지원 아키나 박혜경 손난희 황세준 박새롬 이종찬 진성웅 서혜진 박연주 신희정 홍예슬

타이틀 롤 김은석 (가운데)과 배우들의 앙상블이 돋보인 연극 <플라토노프>.

그리고 형식은 멜로드라마다. 요즘 유행하는 TV 막장 드라마가 아니라 그리스 고전에 나오는 멜로를 뜻한다. 그렇다면 인물의 캐릭터가 분명해야 하고 그들의 관계가 명료하게 드러나야 할 뿐 아니라 무엇보다 다이얼로그가 육성으로 살아나야 한다.

지루함을 한순간에 날려 버린 후반 30분

그런데 대사로 풀어 나가는 힘이 약하다 보니 전반은 좀 지루했고, 중반은 매우 지루했고, 후반 30분은 이 지루함을 한순간에 털어 버릴 만큼 극적이고 재미있고 감동까지 일렁이게 했다. 우리 실정에 맞게 옮겼다면 지루한 부분을 좀 줄이든가, 배우들의 화술에 집중했다면 훨씬 좋은 무대가 되었을 것이라고 본다. 예쁜 여배우들, 멜로를 열연한 타이틀 롤 김은석의 열연이 돋보였다.

현실과 허구를 교차시킨 신예 작가 신채경의 야무진 희곡

<핑키와 그랑죠> _ 익스트림플레이

2016년 5월 4일 오후 12시 6분

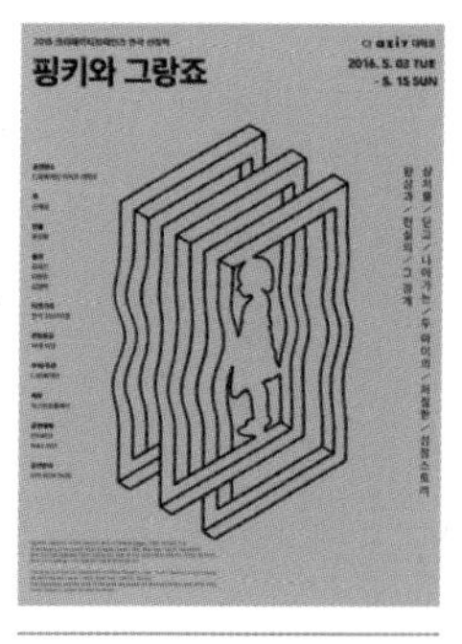

2016.5.3 ~ 5.15
CJ AZIT 대학로

〈핑키와 그랑죠〉. 외국 영화나 소설 같은 제목의 창작 연극을 어제 대학로 소극장에서 보았다. 공모에서 선정된 27세 여성 극작가 신채경의 희곡을 문삼화가 연출하고 중진 배우 김재건과 신예 김영택, 신인 이현주가 연기한 이 작품은 참으로 복잡미묘했고 생경했는데 지루함을 참고 끝까지 보고 나면 '이런 게 연극이구나' 하는 울림을 안겨 준다.

연극을 일루전의 예술이라고도 하지만 이 작품은 환상과 현실의 경계를 넘나든다. 작가의 말대로 실제와 허상, 이야기와 현실, 도피와 직면의 경계를 한 무대에서

작 신채경 연출 문삼화 출연 김재건 이현주 김영택

입양되어 성장기에 성적인 상처를 입은 핑키와 그랑죠의 트라우마를 그린 작품. 헨리 역 김재건(가운데)의 노련한 연기력이 주목받았다.

엮어낸다. 27세 작가는 미국의 아웃사이더 작가 헨리 다거의 생애와 작품에서 영감을 얻었다고 하는데 그래도 상상이 핑키했다. 현대사회에서 더욱 골이 깊어지는 유년기의 트라우마, 영화나 소설에서 다뤄지는 편집광적인 행태들을 희곡으로 그려낸 것이다.

유년기의 트라우마, 울림 있는 아우라로 살려내

그런데 이 날것 같은 소재를 배우의 표현과 조명으로 울림이 있는 아우라로 살려낸 것은 순전히 문삼화 연출이었다. 동화 또는 만화 같은 설정의 소품들을 적극 사용하지 못한 아쉬움은 있으나 높은 천고를 활용한 계단과 천장 무대로 공간감을 살려냈고, 특히 현실과 환상을 이끈 조명의 변화는 인상적이었다. 핑키와 그랑죠는 작품에 나오는 남매의 이름이다. 이들은 성장기에 성적인 상처를 입은 헨리에게 입양되어 동화를 쓰듯 그 상처를 치유하려 하지만 또다시 폐쇄된 공간에서 사육하듯 상처를 가한다. 하지만 바깥세상을 체험한 그랑죠에 의해 남매는 그런 허식의 세계를 뛰쳐나온다는 내용이다. 헨리 역을 맡은 김재건의 노련한 연기력이 돋보인 무대였다. 그랑죠 김영택은 초반 밋밋했으나 후반 매력을 발산했고, 핑키 이현주는 신인답지 않게 동화적 이미지를 잘 살려냈다.

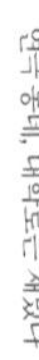

작가의 상상력이 돋보인 흑수저 군상들의 처연한 삶

<장판> _ 극단 대학로극장

2016년 4월 27일 오전 1시 15분

소극장에서 오랜만에 독특한 연극을 만났다. 어젯밤 관람한 〈장판〉은 한마디로 흑수저 군상들의 처연한 한풀이지만 작가의 상상력이 당돌하면서도 역설과 해학의 표현력이 싱싱하고 맛깔스럽다.

윤미현. 요즘 뜬 여성 극작가라는데 실제 무대로 대하니 앞으로 재밌는 작품을 쓰리라는 기대를 갖게 했다. 우선 윤 작가는 세상을 비틀어 보면서도 한 가닥 희망의 문을 열어놓고 있다. 의도하지 않았는데도 금을 넘었다는 이유로 조폭이 되는 세상, 비록 도둑질을 하면서도 금도를 지키며 이웃을 돕는 할아버지. 연출가 이우천

2016.4.22 ~ 5.1
SH아트홀

작 윤미현 연출 이우천 무대 임민 조명 최보윤 음악 박상수 분장 박팔영 무대감독 송은석
출연 오영수 천정하 김용준 김장동

은 궁핍한 삶 속에 깃든 우리 본성을 경박하지 않고 궁상맞지 않은 경쾌한 블랙코미디로 펼쳐냈다.

생계형 도둑 역 오영수의 농익은 연기 압권

이 공연에서 압권은 생계형 도둑 역을 맡은 70대 배우 오영수의 농익은 연기다. 최근 마라톤 선수처럼 무대에 서고 있는 그는 능란한 평행봉 연기로 젊은 관객의 환호를 자아냈다. 천정하·김용준·김장동도 하류 인생들의 역설을 천연덕스럽게 연기했다.

70대 배우 오영수 (앞줄 오른쪽)와 하류 인생들을 연기한 천정하 김용준 김장동 배우.

지구대 경찰들의 24시를 상황극으로 엮은 극단 아레떼 창단작

<폴리스 오딧세이> _ 극단 아레떼

2016년 4월 14일 오전 10시 52분

2016.4.8 ~ 4.17
동숭아트센터 소극장

후배 염우형(예명 여무영) 배우가 극단 아레떼를 창단해 첫 작품 〈폴리스 오딧세이〉를 동숭아트센터 소극장에서 공연하고 있다. 지역마다 있는 경찰 지구대의 24시를 상황극으로 엮었는데 파출소 안에서 펼쳐지는 취객, 자살 소동, 폭주족, 음주측정 거부, 부부싸움 등이 실제처럼 펼쳐져 연극이 어렵지 않고 재미있다.

연극계 중진 전무송을 비롯해 연기파 이봉규·장항석·최희정·유지연 등과 서울예술대학 연기과 출신들이 펼치는 이 에뛰드(즉흥상황극)는 어렵게만 보이던 경찰들이 우리 삶에서 어떤 일을 하는지를 에피소드 중심으

연출 여무영 조연출 이진원 프로듀서 김재하 기획PD 임덕희 예술감독 전무송 무대감독 권혁우 무대디자인 함영규 조명감독 김종호 음향감독 한철 음향오퍼 김문진 영상감독 장민기 음악감독 박영준 출연 전무송 이봉규 장항석 홍예서 최희정 유지연 이진원 이현진 김미지 이수민 서창원 윤희정 우준원 임지훈 강하곰 최은성 정민준

공연을 함께 관람한
원로 이순재 배우와 전무송 등
출연진과 스태프들이
같이 찍은 기념사진.

로 보여준다. 경찰 홍보극 같은 단점은 있지만 억지로 극화하지 않고 있는 상황 그대로를 무대에서 보여줘 때묻지 않은 신선함이 이 연극의 장점이자 매력이다.

때묻지 않은 신선한 연극

어제 공연에 원로 이순재 배우와 함께 했는데 염우형 대표와 배우들을 격려하며 사진도 함께 찍어 흐뭇한 분위기를 만들었다. 극단 하나 꾸리기가 얼마나 힘든데 60대 후반 연기자가 아레떼를 창단하여 집단 창작극을 선보였다는 것은 축하할 일이 아닐 수 없다. 뒤풀이에서 염 대표, 배우 장항석·유지연·이진원, 무대감독 권혁우 등과 거나하게 한잔 했다.

추송웅의 **히트작**을 재해석한 **주호성**의 **일인극**

<빨간 피터> _ (주)라원문화

2016년 3월 25일 오전 12시 52분

2016.3.23 ~ 4.3
예그린씨어터

주호성의 일인극 〈빨간 피터〉를 오늘 관람했다. 관극 소감을 한마디로 요약하자면 배우의 열정과 여유로움이 어우러진 대단한 무대였다. 70을 바라보는 배우가 한 시간 반 동안 무대 위에서 거의 대사로 채워진 모노드라마를 한다는 것도 놀랍지만, 노교수가 명강의 하듯 시종 관객과 소통하면서 '출구'라는 명제를 원숭이의 체험으로 풀어내는 여유는 젊은 배우에게서 느낄 수 없는 관록 그 자체였다.

많은 이들이 연극을 하는 이유가 있겠지만 주호성은 커튼콜 후 인사에서 다시 무대에 오른 이유를 "행복

원작 프란츠 카프카 **각색** 김태수 **연출·출연** 주호성 **조명** 김종호 **분장** 정완식 **음향** 이은주

원숭이로 분장을 한 주호성, 스타 장나라의 아버지이기도 한 그는 나와 배재고 시절 문예반을 같이한 이래 50여 년의 긴 연을 맺고 있다.

하기 위해서"라고 밝혔다. 스타 장나라의 아버지로서 팬들에게 고마움을 표하기 위한 의미도 있지만 연기하면서 진정한 행복을 맛본다는 것이다.

카프카 「어느 학술원에 드리는 보고서」를 각색한 일인극

카프카의 소설 「어느 학술원에 드리는 보고서」를 각색한 일인극 형태는 1978년 소극장 선풍을 일으킨 추송웅의 그것과 같지만 분위기는 사뭇 달랐다. 추송웅의 피터는 재미에 방점을 두었지만 주호성의 빨간 피터는 학술 강의처럼 진지하면서도 영상과 애니메이션, 판소

리와 애드리브로 다채로운 볼거리를 안겨 주었다. 중국에서 활동해 온 그는 중국어로 북경과 산둥성에서 이 일인극을 공연하여 한류 확산에도 기여했다는 것도 대단한 일이다.

나는 50여 년 전 배재고 시절에 문예반 2년 후배 장연교(주호성의 본명)와 연을 맺어 성우로 배우로 기획자로 CEO로 활동해 온 그를 지켜보고 기자로 후원해 왔다. 14년 전 그가 장나라 아버지로 바빠지면서 소원했다가 최근 페북을 통해 만났고, 그것을 계기로 프로그램에 글도 쓰고 오늘 뒤풀이에서 오랜만에 회포도 풀었다.

“여러분은 출구를 찾으셨습니까” 반문에 가슴 뭉클

마지막에 인간에게 갇힌 원숭이가 자신이 찾아 헤맨 출구에 관해 고백하면서 “여러분은 출구를 찾으셨습니까”라고 반문하는 대목에서 가슴이 뭉클했다. 그리고 최고령 관객이라 하여 지휘봉을 든 빨간 피터 미니어처를 선물받았다. 무대 위에서 관객들과 악수하며 기념사진을 찍는 주호성의 모습은 진정 행복해 보였다.

군대 내 **문제 병사**를 소재로 다룬 **신춘문예** 당선작

<세탁실> _ 한국연극연출가협회

2016.3.17 ~ 3.23
아르코예술극장 소극장

2016년 3월 21일 오후 3시 3분

임세륜이 연출한 올해 조선일보 신춘문예 희곡 당선작<세탁실>(황승욱 작)을 어제 아르코예술극장 소극장에서 관람했다. 한국연출가협회 주관으로 여는 2016 신춘문예 단막극전 참가작 중 하나다.

여러 작품 중 이 공연을 보게 된 것은 임세륜 연출과의 인연 때문이다. 그는 늦은 나이에 단국대 대중문화예술대학원에 입학해 내 강의를 들은 제자다. 그 이후 연극의 길로 들어서 의식 있는 작품들을 연출해 왔다. 그의 연출작 몇 편을 보았지만 이번 <세탁실>이 가장 좋았다.

너무 형식적이고 비인간적인 군 제도 고발

한예종 전문사 과정에 재학 중인 황승욱의 이 작품은 군대 내 문제 사병을 소재로 다루었다. 자살한 병사를 둘러싼 남은 사병들의

작 황승욱 연출 임세륜 드라마터그 김향 무대 박재현 조연출 문정범 출연 이창호 김보겸 장용석 천용철 김진건 홍도영 한승헌

트라우마를 심도 있게 그려내면서 작가는 최근의 문제 사병을 관리하는 군 제도가 썩은 사과를 골라내듯 너무 형식적이고 비인간적임을 고발하고 있다. 병영 내 세탁실에서 벌어지는 대화가 주축인 희곡을 임 연출은 병영의 축소판으로 무대를 활용, 군 생활상을 보다 실감 있게 체험케 해주었다.

짜임새 있는 연출, 배우들의 뛰어난 앙상블

단막극이라 부실한 점이 많을 것으로 생각했는데 <세탁실>은 연출이 짜임새가 있을 뿐 아니라 장교와 사병으로 나오는 일곱 명의 배우들의 앙상블이 뛰어나 극 전반에 긴장을 유지하면서도 재미를 안겨주었다. 출연 배우 전원이 10년 넘게 대학로에서 연극 활동을 해온 30대 이상이어서 연기의 맛을 제대로 살려낸 것이다.

공연이 끝난 뒤 가진 뒤풀이 자리에서 배우들과 함께한 필자. 오른쪽 끝이 임세륜 연출가다.

관객을 한껏 웃긴 장진표 웰메이드 코미디

<꽃의 비밀> _ 문화창작집단 수다

2016.3.11 ~ 5.1
아트원씨어터 2관

2016년 3월 20일 오전 9시 41분

나는 평소에 잘 웃지 않는다. 그런데 SNL 같은 코미디나 개그 프로그램을 보고 혼자 웃는다. 기발하고 창의적이기 때문에 웃는 것이다. 그런데 어제 연극을 보며 꽤 많이 웃었다. 대학로 아트원씨어터에서 앙코르 공연 중인 장진 작·연출의 <꽃의 비밀>을 보며 웃음보가 터진 것이다. 장진은 작가로 연출가로 다재다능을 뽐내며 영화·연극·방송에서 활약해 온 중견이다. 히트작도 있고 상상력도 기발하지만 솔직히 나는 장진표 작품에 만족하지 못했다. 어딘가 빈 구석이 있어서였다.

그런데 이번엔 허점이 별로 안 보였다. 이 작품은 지난해 말 초연해 관객들의 반응이 뜨거워 재차 오픈 런에 돌입했다. 재밌다는 입소문에 보게 되었는데 객석도 만원이고 웃음이 빵빵 터졌다. 홍보 리플릿에는 "장진의 웰메이드 코미디"라고 적혀 있다. 말 그대로 잘 썼고 잘 연출했고 잘 연기한 공연은 맞지만 웃기려고 드는 코미

작·연출 장진 출연 김연재 추귀정 한예주 김나연 오소연 심영은 이창용 박영훈 차재이 권세린

배우들의 개성 넘치는 연기로 객석을 폭소케 한 장진의 <꽃의 비밀>.

디는 아니다. 희곡이 재미나고 적재적소에 타임리한 대사들이 웃음을 유발하지만 사실은 아줌마들의 쓰린 심사를 풍자한 블랙코미디다. 웃음 속에 현실감이 있고 측은함도 느껴지는 상황극이다.

아줌마들의 쓰린 심사 풍자한 블랙코미디

사실 초반에 나는 이탈리아 작가의 희곡을 번안한 걸로 착각했다. 배우 이름이 소피아, 자스민, 모니카, 지나인 데다 축구 열풍이나 기질도 이탈리아인들을 빼닮았기 때문이다. 극을 보고 나서야 사고로 죽은 남편들의 보험료를 타내기 위한 위장극이란 소재가 한국 현실에는 맞지 않기 때문이라는 것을 알았다.

김연재·한예주·김나연·오소연·이창용 등 낯익은 배우들이 아닌데 각기 자신의 캐릭터를 살려 앙상블을 이뤄냈다. 소피아 역의 김연재는 안정된 연기로 극의 중심을 받쳐주었고 자스민 역의 한예주는 능청스런 남장 연기로 시선을 끌었다. 모처럼 재밌게 본 공연이었으나 우리 정서, 우리 현실을 그린 소재였으면 더 좋았겠다는 생각이 들었다.

서민들의 애환을 **리얼**하게 그린 연극제 **경연작**

<장마전선 이상 없다> _ 서대문연극협회

2016.3.8 ~ 3.19
엘림홀

2016년 3월 16일 오전 1시 27분

대한민국 연극제 서울대회. 어제 대학로 엘림홀에서 서울 구 단위 10개 지부가 참가한 경연작 한 편을 보았다. 서대문지부 참가작인 〈장마전선 이상 없다〉. 국민성 희곡, 류근혜 연출에 무려 29명의 배우가 출연하는 창작극이다. 난개발을 둘러싼 서민들의 애환을 그린 리얼리즘 계열 연극인데 낯익은 배우들의 열연이 눈길을 끌었다.

조 선생 역을 맡아 극의 중심을 잡아 주는 마흥식은 70년대 스크린의 별이었다. 세인의 관심권에서 벗어나 있다가 3년 전부터 지역 연극무대에 서고 있다는 기사를 보긴 했지만 직접 무대 연기를 본 것은 이번이 처음이다. 그는 누구보다 진심이 묻어나는 진솔한 연기를

작 국민성 연출 류근혜 예술감독 윤여성 출연 박정기 원미원 문영수 마흥식 이상우 윤여성 박정순 강희영 조한희 박경희 도영희 권남희 이란희 조주경 차영숙 이해옥 박동순 김영환 유지원 이지완 문지호 곽지영 박준우

배우로도 출연한 윤여성 예술감독(왼쪽). 오른쪽 앞줄은 마흥식·고인배·문영수 배우.

보였다. 구도자처럼 진지한 자세로 연기에 임하는 그의 표정에 아우라가 깃들었다. 예술감독 윤여성도 젊은 연기를 펼쳤고 김노인 역 박정순, 박노길 역 문영수, 최여사 역 원미원, 이장 역 강희영의 연기도 돋보였다.

구도자처럼 진지한 자세로 연기한 마흥식 배우

30여 년 만에 부활한 대한민국 연극제는 서울도 지역의 한 단위로 참가하는데 그 대표를 선발하기 위해 구 단위 10개 지부가 경연을 펴는 것도 새롭다. 서울의 구는 웬만한 시·군보다 인구가 많고 문화 인프라도 구축되어 있다. 그런데 구 단위 지부가 결성되어 공연한 지는 불과 몇 년밖에 되지 않는다. 구 단위 연극 활동이 잘 이루어지면 지역민들의 문화향수권도 높아지지만 구청장들이 관심을 가져주면 연극계 일자리를 창출할 수 있고, 구 문화회관을 활용해 순회공연을 하면 연극 인구 저변 확대에 큰 도움이 되리라고 생각한다.

정현·우상민·
김재건 등이 펼친
신파조 낭만 악극

<이수일과 심순애> _ 올드 앤 와이즈 시어터

2016.2.11 ~ 2.28
아트원씨어터 2관

2016년 2월 12일 오전 1시 9분

평균 나이 65세 배우들이 무대에서 청춘을 연기했다. 신파조가 가미된 낭만 악극 <이수일과 심순애>. 어제 대학로 아트씨어터 2관에서 본 이 공연은 농익은 배우들이 펼치는 안정된 연기로 옛날 신파 시대의 향수, 촌스러우면서도 정겨운 추억을 되살려 주었다.

원로예술인 공연지원사업 선정작으로 배우들의 연령대가 높았다. 이수일에 정현, 심순애에 우상민, 김중배에 김재건, 순애 어머니 역 임일애, 전대준 역 김봉환, 백낙관 역 최효상, 김정연 역 진아라, 깍두기 역으로 나온 연극계 일꾼 이종열까지 평생을 무대에서 살아온 중진들끼리 호흡을 맞출 수 있게 된 것은 지원사업의 성과라고 할 수 있다.

작 조중환 연출 이종훈 음악감독 최종혁 작화 차성진 의상·분장 손진숙 무대 박재범 조명디자인 이상봉
조연출·무대감독 이호정 출연 정현 우상민 김재건 임일애 김봉환 최효상 진아라 이종열

촌스러우면서도 정겨운 추억 되살린 악극

황금에 눈이 멀어 이수일을 버리고 김중배를 택한 심순애. 끝내 이수일을 찾아가 속죄하던 순애는 단도로 가슴을 찔러 자결하고 그를 부여안고 통곡하던 수일도 자결한다는 내용인데 로미오와 줄리엣 같은 결말에 눈물을 훔치는 관객도 있다.

오랜만에 본 정현의 연기는 신파조의 특징을 살려 관객들을 즐겁게 하면서도 진중하니 격조를 잃지 않았다. 김재건은 이 작품에서도 개성을 물씬 발휘했다. 셔츠까지 풀어헤치며 열연을 펼친 김재건은 어떤 무대에서도 신명을 다하는 이 시대의 진정한 연기자라고 할 만하다.

젊은이들에게는 어떨지 몰라도 중장년 관객들은 '낙화유수' 등 귀에 익은 가요를 들으며 베테랑들이 펼치는 현대판 신파 악극을 즐겨 보는 것도 회춘에 도움이 되리라고 생각한다.

이수일에 정현, 심순애에 우상민, 김중배에 김재건, 순애 어머니 역 임일애 등 평생을 무대에서 살아온 중진들이 호흡을 맞춘 <이수일과 심순애>.

체홉의 작품을 **희극적**으로 풀어낸 연출가 **이윤택의 역작**

<바냐 아저씨> _ 토모즈 팩토리

2016.1.27 ~ 2.6
아트원씨어터 2관

2016년 1월 30일 오전 11시 41분

이윤택의 <바냐 아저씨>와 배우 고인배의 변신. 어제 대학로에서 본 안톤 체홉의 <바냐 아저씨>는 이윤택의 개성적인 연출과 교수 역 고인배의 연기 변신이 돋보이는 수준 높은 무대였다. 체홉 공연은 쉼없이 보아왔고 <바냐 아저씨>도 최근 서너 편의 버전을 보아왔지만 이번 무대는 지난해 이성열 연출로 명동예술극장에서 본 작품과 비교 감상하면 더 쏠쏠한 재미를 느낄 수 있다. 이성열의 연출이 정통 리얼리즘을 추구했다면 이윤택의 무대는 객석에서 시종 웃음이 터질 만큼 희극적이다.

사실 인간이 체면불구 적나라한 본색을 드러내면 그건 웃겨서 웃는 그런 웃음이 아니라 헛웃음이 터지는 법이다. 이윤택은 성조(목소리 톤)의 변화와 맨얼굴의 본성 열기를 끌어내려고 애썼고, 배우들은 연출의 지휘에 맞춰 꽤 탄탄한 앙상블을 이뤄냈다. 이날 무대

작 안톤 체홉 연출·각색 이윤택 예술감독 김지숙 번안 전 훈 PD 임덕희 출연 기주봉 김지숙 곽동철 이재희 고인배 이용녀 이봉규 김미수 신재일

수십 년 무대를 지켜온 베테랑들의 내공을 한 호흡으로 엮어낸 이윤택의 용인술이 돋보인 <바냐 아저씨>.

에는 젊은 소냐를 빼고 모두 내가 잘 아는 중견 배우들이어서 더욱 친근감이 전해졌다.

이윤택의 개성적인 연출과 교수 역 고인배의 연기 변신

특히 고인배는 수십 년 보아온 패턴과 다른 연기의 변신을 보였다. 희망 없고 무기력한 노교수 역을 기품 있으면서 선병질적인 연기와 변화 있는 화술로 구현해냈다. 이는 이윤택의 연출 메소드를 잘 소화한 결과로 보인다. 기주봉은 좌절된 인간상을 진하게 보여주었고, 김지숙은 나이를 무색케 하는 생기발랄함을, 곽동철은 자연스런 연기로 시선을 사로잡았다.

이외에도 이재희·이용녀·이봉규 등이 제 몫의 연기를 펼쳤다. 이는 수십 년 무대를 지켜온 베테랑들의 내공을 한 호흡으로 엮어낸 이윤택의 용인술이 아닐 수 없다. 다만 배우들이 더 자유자재로 풀어지게 연기했으면 하는 바람이다. 박팔영의 분장도 좋았다. 체흡을 많이 하지만 이번처럼 자기 해석과 메소드가 분명하면 언제든 볼 가치가 있다.

백수련 배우의 신명이 돋보인 무세중 작·연출의 한민족사

<얼빛 아리랑> _ 극단훈밝

2016.1.21 ~ 1.31
대학로예술극장 3관

2016년 1월 28일 오전 11시 54분

백수련 배우의 신명. 원로연극인 지원 공연은 팔순의 노배우를 젊게 만들었다. 어제 대학로에서 본 무세중 극본·연출, 김혜련 제작의 〈얼빛 아리랑〉은 한민족 4300년 역사를 1시간 10여 분에 농축해 놓은 이색적인 퍼포먼스였다.

많은 얘기를 할 수 있는 이 공연에서 특기할 일은 70·80대의 맹활약이다. 그중에서도 백수련·김인태 부부의 출연은 신선한 충격이 아닐 수 없다. 내가 누님으로 부르는 백수련 배우는 건국신화의 삼신하나님 역할을 맡았는데. 무대에서 접한 팔순 배우의 자태가 그리 고울 수

작·연출 무세중 제작 김혜련 문학감독 양윤석 기획 손기정 무대감독 권혁우 무대디자인 이다겸 무대미술 서현석 음악 김태근 조명 김민우 의상디자인 이신재 김선미 의상제작 김혜민 분장 통미분장예술연구소 출연 김인태 백수련 박찬빈 김혜련 기정수 엄경환 김춘기 무나미 양윤석 장성진 한호선 장윤정 윤대영 유희제 김도연 윤희정 김현진 임영선

없었다. 삼베옷에 나무뿌리 관을 쓰고 단군의 후예들을 잉태하여 출산하는 노배우의 얼굴에는 광채가 돌았다. 태초의 순진무구한 그 안광은 나이를 무색케 하는 초자연의 모습이라고 해도 지나친 표현이 아니다.

외세의 침탈과 근현대사 다룬 이색 퍼포먼스

무세중의 실험극을 예전에 여러 차례 취재했지만 이번 작품은 희곡의 초반부가 아주 좋았다. 짧은 시간에 외세의 침탈과 근현대사까지 다루느라 배우도 관객도 숨이 벅찼지만 주체성·정체성이 희박한 젊은이들에게 보여줄 만한 내용이었다. 젊은 배우들도 열정적으로 연기하고 의상도 특이한 이 공연을 본격 무대에 올리면 어떨까 하는 생각을 해보았다.

백수련(왼쪽 두 번째) 등 70·80대가 맹활약한 <얼빛아리랑>은 한민족 4300년 역사를 1시간 10여 분에 농축시킨 이색 퍼포먼스다.

왕년의 히트작 재미를 살리지 못한 **극단 자유의 50주년 기념** 무대

<그 여자 사람 잡네>_ 극단 자유

2016.1.15 ~ 1.24
동숭아트센터 동숭홀

2016년 1월 17일 오후 4시 43분

어제 연극계 어른들인 노경식·김도훈 님 등과 함께 동숭아트센터 동숭홀에서 공연 중인 극단 자유의 창단 50주년 기념작 <그 여자 사람 잡네>를 관람했다.

30여 년 전까지만 해도 극단 자유는 멋진 그리고 개성이 넘치는 예술인 집합소였고 활동도 활발했다. 이병복의 의상과 소품은 미술품이었고 프랑스에서 수학한 김정옥의 연출작은 영미 희곡과 다른 풍을 느끼게 해주었다. 창작극·번안극들의 제목도 멋스러웠고 접근 방식도 특이했다. 배우들도 함현진·추송웅·박정자·박웅·손봉숙·권병길 등 기라성 같은 연기파들로 앙상블을 이뤘다.

50년을 맞은 자유극단에서 예전의 패기는 느끼기 어려웠다. 1978년에 최치림 연출로 이 작품을 보았을 때 관객들이 폭소를 터트리며

원작 로벨 토마 연출 최치림 번역 이병복 무대 최순화 조명 최형오 음악 세르지미 무대감독 김현민 조연출 한예슬
출연 오영수 권병길 고인배 곽명화 최규환 채진희

객석은 연일 만원을 이루었었다. 그런데 어제 공연장에는 그런 열기가 없었다. 관객 반응이 없어 두 시간 반의 공연은 인내하기 어려웠다. 왜 같은 연출가에 오영수·권병길·고인배 등 중진 배우들이 혼신의 힘을 다했는데 호응도가 떨어질까.

시대가 변했음을 느끼게 해준 무대

생각해 보니 시대가 변했다. 30여 년 전에 이 작품이 무대에 올랐을 때는 좌충우돌 극이 스피디하게 전개되었고 배우들이 객석과 한호흡으로 교감했다.

그런데 지금은 인터넷을 비롯해 볼거리·즐길거리가 너무 많아졌고 세상은 초스피드로 가고 있다. 그런데 이 작품은 그 당시의 속도로 가는 데다 배우들의 앙상블이 이루어지지 못해 관객들 반응이 예전만 못한 것 같다. 초반이라 아직 배우들의 몸이 덜 풀린 이유도 있는 만큼 곧 나아지리라고 생각한다.

시대 변화에 배우들의 앙상블이 약해 관객 호응이 적었던 <그 여자 사람 잡네>.

고인배 배우의 **진면목**을 보여준 **수채화** 같은 **피날레**

<어느 가을 배우의 일상> _ 어우름

2015.11.3 ~ 11.8
청운예술극장

2015년 11월 7일 오후 2시 13분

〈어느 가을 배우의 일상〉. 아우 같은 절친 고인배가 출연하는 이 연극을 어제 보며 고인배 배우에 대해 다시 생각해 보았다. 배우 넷이 출연.해 안톤 체홉의 단편소설 속 단상을 몇 장면 보여주는 공연 말미에 참 순수한 고 배우의 진면목을 본 것이다.

그가 대학 다닐 때부터 60이 넘은 지금까지 40년 가까이 그와 만났고 요즘도 같은 동네 살아 자주 한잔 하는 사이지만, 그리고 그가 서온 무대를 거의 보아왔지만 고인배란 배우에 대해 진지하게 생각해 본 적은 거의 없었다.

원작 안톤 체홉 번역 윤현숙 연출·재구성 박상하 무대 나종윤 조명 강경동 음악 강민호 조연출 이규현 출연 정혜승 고인배 김민엽 이은지

슬픈 이 나라 연극인의 현실

이 가을 배우의 일상은 여전히 스산했다. 지하철에서 대본을 읽으며 배우들과 연습을 반복하고 대학로의 작은 무대에 객석이 차면 신명이 나지만 어제처럼 비바람 치는 날에는 또 어깨가 처지는 배우의 일상.

이 작품에서 고 배우는 여러 배역을 소화하지만, 처음의 지하철 장면과 마지막 자연인으로 돌아와 배우들과 대화를 나누는 장면에서 고인배의 모든 것이 배어나왔다. 초로의 배우가 대가도 별로 없는, 그러나 그걸 해야 삶의 의미가 있는 연극 연습을 가며 지하철의 진동에 몸이 흔들리는 연기를 하는 걸 보면서 나는 속으로 울었다. 이것이 이 나라 연극인들의 현실이라서.

다행히 마지막 자유 대사에서 고 배우의 장기인 영화 얘기를 할 때 고 배우의 얼굴에 화색이 돌고 음성에 신명이 깃들었다. 〈만추〉를 얘기하며 참으로 인간적인, 그래서 매력적인 배우 고인배의 존재감이 돋보였다.

지하철에서 대본을 읽으며 연습을 반복하고, 대학로 작은 무대에 서면 신명나지만 비바람치는 날엔 또 어깨가 처지는 배우의 진면목을 보여준 고인배 배우.

매력적인 배우 고인배의 스산한 일상

제주도에서 태어난 고인배는 1970년대 신선한 영화운동이었던 영상시대가 뽑은 배우였다.

제주도 태생인 그는 1970년대 신선한 영화운동이었던 영상시대가 뽑은 배우였다. 동국대 연극영화과 대학원을 나와 지금도 강단에 서며 뮤지컬 연출가, 영화평론가로 활동하지만 고 배우의 일상은 예나 지금이나 가을 날씨처럼 스산하다.

연극 〈레미제라블〉에서 그는 형사 자베르 역을 멋지게 해냈고, 〈고곤의 선물〉로 명동예술극장 무대에 섰다. 〈마누래 꽃동산〉에선 우리네 남편상을 수더분하게 보여주었다. 이런 그가 오프 대학로 페스티벌에 참가했다. 뒤풀이에서 그는 극단 자유의 〈그 여자 사람 잡네〉 연습에 들어갔다며 신나 했다. 그에게서 진정 이 가을 배우의 일상을 보았다.

문삼화 연출, 오세혁 작가의 인간미 넘치는 블랙코미디

<지상 최후의 농담> _ 공상집단 뚱딴지

2015년 10월 8일 오전 12시 39분

2015.9.25 ~ 10.11
선돌극장

연극은 늘 내게 새로움을 안겨준다. 특히 소극장 무대에서 가능성을 발견했을 때 기쁨은 나만의 행복이다.

서울 혜화동 선돌극장에서 본 오세혁 작, 문삼화 연출의 <지상 최후의 농담>은 모처럼 만난 창작 블랙코미디로 웃으면서 우는 그런 연극이었다. 우선 평일인데 100여 석의 객석이 만원이었다. 관객이 알고 찾아온 재밌는 연극이란 반증이다.

두 번째는 인재의 발견이다. 극작가 오세혁은 서울예대 부총장 시절 학사 과정에 입학해 문재를 드러낸 유망주였다. 그 후 그는 기발한 아이디어, 팔팔 뛰는 생선 같은 언어의 유희, 하찮고 건조한 일상에서 길어올리는 청량수 같은 주제로 관객을 끌어당겨 이제 고정팬이 엄청 많아졌다.

작 오세혁 연출 문삼화 무대 김혜지 조명 김성구 음악 RAINBOW99 의상 홍정희 조연출 최소현 출연 김재건 오민석 한철훈 구도균 윤광희 문병주 김영택

여기에 남성보다 더 화끈한 연출가 문삼화의 웃기면서도 슬픈 무대는 또 하나의 신세계였다. 군더더기 없는, 한 치의 오버나 허세를 용납하지 않는 깔끔담백한 연출은 문삼화라는 이름을 기억하게 했다. 그동안에도 역작이 많았지만 앞으로가 기대되는 여성 연출가가 아닐 수 없다. 배우들을 고르게 역량 발휘시킨 것도 대단했지만 중진배우 김재건을 믿고 클라이맥스의 중요한 미션을 맡긴 배짱도 대단하다.

큰 무대에서 느낄 수 없는 재미와 울림 준 작품

70세를 바라보는 김재건 배우는 김재건이 아니면 안 되는, 시쳇말로 '똑 따먹는' 연기를 노련하게 해냈다. 죽음에 직면한 포로들이 웃으면서 죽기를 소망하며 던지는 농담들은 웃고 있기에는 너무도 절박하고 가슴 아프다. 소극장의 평범한 작품이지만 큰 무대에서 느낄 수 없는 재미와 울림이 있기에 관객이 모여드는 것이다.

70세를 바라보는 김재건 배우(가운데)는 시쳇말로 '똑 따먹는' 연기를 노련하게 해냈다.

관객의 **감정선**을 **자극**한 **정신병원 환우합창단** 공연

<뽕짝> _ 극단 은행나무

2015년 5월 23일 오후 1시 46분

2015.4.30 ~ 5.31
대학로 스타시티
예술공간SM

어제 대학로 스타시티 소극장에서 창작극 〈뽕짝〉을 보았다. 국립극단 출신의 명배우 김재건 아우의 초청도 고마웠지만 70을 바라보는 나이에도 대역 없이 전 공연을 해내는 원숙한 배우의 노련한 연기를 볼 수 있다는 것이 새삼 고마웠다. 요즘 대학로 연극은 지원 없는 제작은 불가능할 정도로 열악하다. 더욱이 50·60대 이상 배우들은 설 무대가 갈수록 좁아지고 있다. 제작 여건이 안 좋다 보니 연기 경력이 쌓인 중견·중진 배우를 쓰기보다는 신진들을 쓰기 때문에 앙상블이 깨지고 완성도가 떨어지는 공연을 보게 된다.

작 강병헌 연출 문삼화 무대 김혜지 조명 박성희 음악 RAINBOW99 의상 홍정희 조연출 최소현 출연 이현균 김재건 전국향 최승일 송바울 정충구 김경숙 이종승 한철훈 구도균 문병주 신지현 백승창 김종운

정신병동 환우들로 합창단을 만들어 공연하기까지 다양하게 펼쳐지는 에피소드가 눈물샘과 감정선을 자극한 <뽕짝>.

〈뽕짝〉은 희곡도 짜임새 있고 연출도 깔끔했지만 무엇보다도 국립 배우 김재건과 무대 경험이 풍부한 중견 전국향이 무대를 받쳐주어 앙상블이 뛰어난 게 특징이다. 정신병동 환우들로 합창단을 만들어 공연하기까지 다양하게 펼쳐지는 에피소드들이 눈물샘과 감정선을 자극하는 연극이다. 정신병자와 일반인이 백지 한 장 차이고, 가곡이나 뽕짝이나 화음을 이루면 가슴을 흔든다는 것도 느끼게 했다. 의사 역을 맡은 이현균의 팔팔한 연기도 극의 재미를 살렸다.

가곡 못지않은 뽕짝의 화음

공연이 끝나고 김재건 아우와 뒤풀이를 가졌다. 원장 역의 최승일, 환우 역의 송바울이 잠시 동석했다. 이 자리에서 들은 슬픈 이야기 하나. 공연을 마쳐도 개런티를 받을지는 미지수라는 것이다. 국가는 복지를 내세우는데 능력 있는 중·노년 배우들이 적역 맡아 무대에 서면 소정의 개런티를 지급하는 연극 복지는 왜 없을까 안타까운 생각이 든다.

인간의 **욕망**을 **가축**에 빗댄 **한윤섭** 작·연출의 재밌는 **무대**

<성호가든>_ 극단 뿌리

2014년 4월 26일 오전 10시 39분

2014.4.23 ~ 4.27
아르코예술극장 소극장

2014 서울연극제 참가작인 극단 뿌리의 〈성호가든〉은 작가의 발상도 재밌었지만 연극에 임하는 배우와 스태프들의 진지함이 돋보인 무대였다.

몇 년 전부터 눈여겨보았지만 이 작품을 쓰고 연출한 한윤섭은 장래가 기대되는 한국 연극의 중추라고 할 만하다. 소극장에서 본 〈수상한 궁녀〉도 스토리텔링이 재미있었지만 인간의 욕망을 가축에 빗댄 이번 작품은 대사도 감칠맛이 있을 뿐 아니라 이야기를 풀어내는 솜씨가 뛰어났다. 아직 심리 묘사나 디테일에서 아쉬운 부분도 있었지만 직접 쓰고 연출하는 토털 역량은 평가할

작·연출 한윤섭 무대 민병구 조명 정태민 음악 이고운 음향 장용석 의상 김정향 조연출 이보영 무대감독 태준호
출연 민준호 권세봉 이태훈 박선옥 고인배 전지혜

만하다. 그의 연극 만들기는 의상·소품·음악 등 스태프들과의 하모니로 은은한 빛을 냈다. 닭과 개의 의상, 닭장 안 닭의 사실적 소품 그리고 분위기를 암시하는 음악이 공들인 연극의 수공예적 매력을 안겨주었다.

신인과 중진들의 연기 조화는 연습량의 결과

첫날에 보아 배우들의 움직임이 다소 경직된 면이 있었으나 신인과 중진들의 연기 조화는 연습량의 결과라고 할 수 있다. 닭과 개 역을 맡은 연기자들이 마임 곁들인 연기를 더 활용하고 질펀하게 놀아준다면 연극의 아우라가 한층 활기를 띨 것으로 보인다. 고인배·이태훈의 연기는 자연스러우면서도 극을 받치는 힘이 되었다. 여주인공 박선옥은 오케스트라 지휘자처럼 극 흐름을 조율하는 유연함을 보여주면 더욱 빛날 것 같다.

고인배(왼쪽)·이태훈(오른쪽 세 번째) 등 중견과 신인들이 호흡을 맞춘 <성호가든>.

신주쿠 양산박이 일본어로 공연한 노경식의 대표작

<달집> _ 신주쿠 양산박

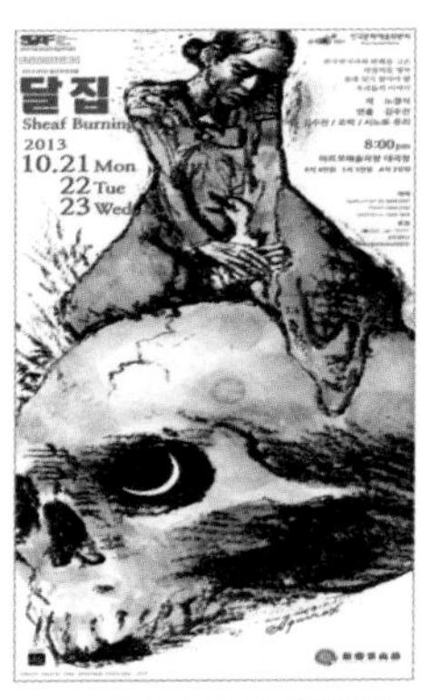

2013.10.21 ~ 10.23
아르코예술극장 대극장

2013년 10월 22일 오후 2시 24분

일본 극단 신주쿠 양산박이 어제 아르코예술극장 대극장에서 초연한 노경식 작가의 〈달집〉은 만감이 교차되는, 하지만 원작의 핵심을 찌른 역작이었다. 일제 식민 지배와 6·25 전쟁의 상흔까지 모진 인고의 세월을 살아온 간난 할머니의 한 맺힌 가족사를 일본어로 공연한다는 자체가 충격이었다. 초반에는 무대세트나 의상, 배우들의 몸짓이 좀 생경했으나 시간이 지나면서 마치 우리말 공연을 보듯 배우들의 앙상블이 관객을 몰입시켰다.

연출자 김수진은 매 장마다 핵심적인 맥을 짚어내는, 작품 해석력이 탁월했다. 일제의 만행으로 지아비

작 노경식 연출 김수진 출연 이려선 조 박 히로시마 코 덴다 케이나 이마이 카즈미 신대기 후쿠하라 케이치 시마모토 카즈토 미우라 신코 젠바라 노리카즈

신주쿠 양산박 김수진 연출과
배우들이 무대에 올린
노경식 작 <달집>.

를 잃고 젖가슴을 드러내는 수모를 당하고 큰아들은 징용에 끌려가 죽는다. 내전의 와중에서 작은손자는 빨치산에, 큰손자는 전쟁터에서 시각을 잃는다. 거기에 손주며느리 순덕까지 빨치산에게 욕을 당하자 간난할머니는 단호히 가출을 명한다. 결국 목을 매달아 죽은 순덕의 주검 앞에서 간난은 증손주를 앞세워 다시 생존에 나선다. 이 길고도 질긴 한 여인의 한을 칠십 고령의 여배우 이려선이 2막에서 처절한 독백으로 절절히 토해낼 때 관객의 가슴도 찢기듯 아팠고, 객석은 숨조차 쉴 수 없을 만큼 숙연했다. 이 노배우가 없었던들 신주쿠 양산박의 〈달집〉은 꿈도 꿀 수 없겠다는 생각이 들 정도였다.

길고도 질긴 한 여인의 한을 처절한 독백으로 풀어낸 역작

이번 공연에서 또 하나 감명 깊었던 것은 노경식 희곡이 일본 신주쿠 양산박 공연으로 재조명·재평가되었다는 것이다. 우리에게 현대사를 다룬 이만큼 진솔하고 압축한 희곡이 있다는 것은 얼마나 자랑스러운가를 역으로 일깨워준 공연이었다. 제대로 된 전라도 사투리 대사로 된 우리 〈달집〉을 보고 싶다.

극작가 **오세혁**의 **가능성** 보여준 극단 **자전거날다**의 **창단** 공연

<우주인> _ 극단 자전거날다

2013년 10월 9일 오후 1시 24분

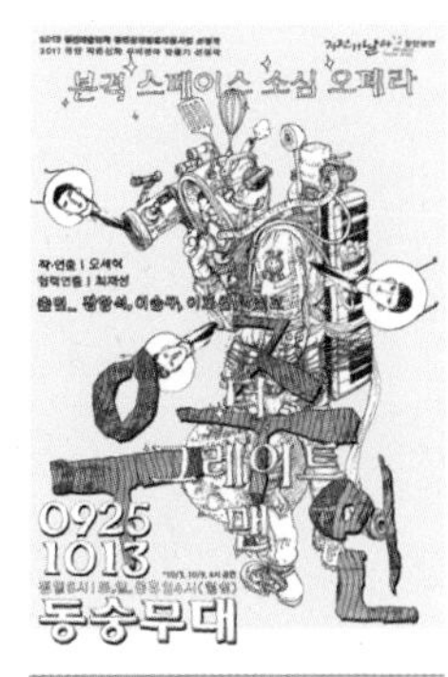

2013.9.25 ~ 10.13
동숭무대 소극장

제자 장항석 군이 창단한 극단 '자전거날다'의 첫 공연 <우주인>을 관람하며 감회가 새로웠다. 20여 년간 무대에 섰던 배우가 극단 대표가 된 것도 대견했고, 디지털이 난무하는 시대에 사람이 페달을 밟아 동력을 얻는 자전거처럼 아날로그 연극룰 하겠다는 순수와 뚝심이 대견하고 멋졌다.

오세혁 작·연출의 <우주인>은 소시민들의 가슴을 펑 뚫어 주는 통쾌한 웃음 속에 우주로 탈출하고 싶은 현대인들의 착잡한 현실을 배우들이 역동적으로 그려내 가슴 찡한 페이소스가 배어 나왔다. 정항석과 자날이 하늘을 날도록 후원자가 되어 후원회를 만들어 주고 싶다.

작·연출 오세혁 협력연출 최재성 무대 노주연 조명 박선임 음악 김용순 무대감독 이환 의상 송경화 출연 장항석 이승구 이호연 박진호

명동예술극장

초연보다 **역동성** 떨어지고 **두 번** 보아도 **가슴에 와닿지** 않는 **작품**

<더 파워> _ 국립극단

2016.10.26 ~ 11.13
명동예술극장

2016년 10월 26일 오후 11시 33분

두 번을 보아도 이해가 되지 않는 작품. 작품 보는 눈이 없어서일까. 오늘 명동예술극장에서 관람한 <더 파워(THE POWER)>는 작년 6월 8일 본 후 두 번째인데 두 시간 동안 무슨 이야기를 하려고 하는지 감이 잡히지 않았다. 마치 난해한 현대 음악을 듣는 기분이랄까.

지난해 페북을 열어 보니 독일의 주목받는 극작가 니스-몸 스토크만에게 한국을 소재로 한 작품을 의뢰해 쓴 희곡을 배우 겸 연출가 알렉시스 부흐가 연출한 세계 초연으로 되어 있다. 그런데 불행하게도 메르스 여파로 주목을 받지 못했다. 극단 자료에는 관객과 평단으로부터 독특하고 파격적이라는 평을 받았음에도 메르스로 관객이 발길을 돌려 그 아쉬움을 달래기 위해 다시 무대에 올린 것이라는 설명이다.

원작 니스-몸 스토크만 연출 알렉시스 부흐 출연 정승길 김승환 이철희 이기돈 김신록 김선아 유승락 정현철 박찬희 박시영

소재와 상황 자체가 우리 정서에 와닿지 않아 생경하게 느껴져

과연 그랬을까. 작품에 대한 평가는 각기 다를 수 있겠지만 당시 필자는 사고의 전환, 새로움의 추구, 글로벌 지향 등도 좋지만 검증되지 않은 신작을 명동예술극장에 올리는 것은 무리라고 지적했다. 이번에는 좀 달라졌을까? 달라지기는 했으나 기대 이상은 아니었다. 큐브 같은 형태의 무대가 텅 빈 공간으로 바뀌었고, 출연진도 몇 명을 제외하고는 대폭 물갈이를 했다.

하지만 필자의 시각에서는 초연보다 역동성이 떨어졌다. 앞 부분 에 작가 역의 배우가 장광설을 늘어놓고, 마치 이 연극을 보고 나가는 순간 세상의 변화를 실감할 것이라고 했지만 변화된 것은 없었다. 장면 장면을 많이 다듬은 흔적은 보이나 초연보다 월등하다고 보기 어렵고 배우들의 파워도 전작을 능가했다고 보기 어렵다. 무대(여신동)와 조명(조인곤) 등은 세련된 면모를 보였다.

영화처럼 빠른 장면 전개, 다양한 연출 기법 활용 등으로 극의 몰입도는 높였지만 무슨 메시지를 전달하려 했는지 이해되지 않았던 <더 파워>.

문제는 주제와 소재였다. 작가는 현대사회의 권력인 자본에 대한 불편한 진실을 직설적으로 그렸다고 하는데 그 소재와 상황 자체가 극으로 녹아들지 않아 생경하게 느껴졌다. 억압받는 현대인을 보여주려 한 것 같은데 그게 우리의 정서에 와닿지 않아 먼 나라 이야기 같았다. 작가의 한국에 대한 인식은 지하철 노선이 복잡하고 생활이 불편하다는 등 부정적으로 내비친 데다, 특히 자본주의의 폐해를 한국을 무대로 실험할 필요가 무엇인가 하는 의문이 들기도 했다. 영화처럼 빠른 장면 전개, 다양한 연출 기법 활용으로 극의 몰입도를 높인 점은 평가할 만하지만 그 많은 언어와 몸짓을 통해 과연 무슨 메시지를 전달하려 했는지, 형식인지 내용인지 두 번 보아도 이해되지 않았다.

한국어의 묘미를 살리지 못한 한불수교 130주년 기념무대

<로베르토 쥬코> _ 국립극단

2016.9.23 ~ 10.16
명동예술극장

2016년 9월 24일 오후 8시 52분

가을시즌을 여는 국립극단의 〈로베르토 쥬코〉를 오늘 명동예술극장에서 관람했다. 한불수교 130주년 기념작으로 연출은 프랑스의 장 랑베르-빌드와 스위스의 로랑조 말라게리에게 의뢰했다. 문화교류 차원에서 외국인에게 연출을 맡기는 것은 바람직한 일이나 문제는 펠릭스 알렉사의 〈갈매기〉처럼 이번에도 연출이 크게 보이고 배우는 작게 보였다는 것이다. 장 랑베르-빌드의 무대디자인은 세련되고 기능적이면서 소통과 고립의 의미를 철학적으로 표현했을 만큼 뛰어났다.

작 베르나르-마리 콜테스 번역 유효숙 윤색 김민정 연출 장 랑베르-빌드, 로랑조 말라게라 무대 장 랑베르-빌드
조명 르노 라지에 의상 장 랑베르-빌드, 로랑조 말라게라, 이윤정 소품 김혜지 분장 김영아 출연 백석광 김정호 문경희 김정은 김정환 심완준 김수연 황선화 우정원 안병찬

대사는 쩌렁쩌렁 들리는데 의미가 전달되지 않는 기현상

하지만 이 연극의 최대 단점은 화술의 왜곡으로 인한 한국어의 실종이라고 해도 과언이 아니다. 배우 출신인 두 연출가는 한국어의 특성을 전혀 고려하지 않고 기계적인 소리로만 활용한 인상을 주었다.

명동예술극장 같은 좋은 극장의 미덕은 음향의 울림을 통해 우리말의 묘미를 예술로 승화시켜 우리의 정서를 살려내 감동을 줄 수 있다는 것이다. 그런데 이번 무대에서는 배우들이 하이톤의 직설적인 화법으로 가수가 샤우팅하듯 내지르는 육성을 기계음으로 증폭시켜 대사는 쩌렁쩌렁 들리는데 의미가 전달되지 않는 기현상을 드러냈다.

한불수교 130주년 기념작 <로베르토 쥬코>에 출연한 배우들.

이 작품은 유럽 3개국을 휩쓸며 살상을 일삼았던 희대의 살인마 로베르토 쥬코를 모델로 했다. 사진은 타이틀 롤을 맡은 백석광.

국립극단의 시즌단원들은 이미 여러 작품에서 최상의 역량을 발휘해 온 베테랑들인데 이번에는 엄청난 노력과 연습량에도 불구하고 시종 하이톤으로 소리를 질러대고 공명이 아니라 쇳소리로까지 변질되어 관객의 신경을 자극했다. 특히 1막은 내용이 전달되지 않는 데다 긴 독백이 이어져 지루했다. 이에 비하면 2막은 소통이 잘 된 편이나 역시 대사는 소리로만 맴돌았다.

국립극단, 레퍼토리 선정에 신중 기해야

한국을 대표하는 국립극단이 국제적인 연극 조류를 수용하려는 것은 당연하다. 그러나 국고로 운영되는 국립극단의 주 관객은 한국인이라는 점을 감안해 레퍼터리 선정에 신중을 기해야 한다. 프랑스의 극작가 베르나르 마리-콜테스의 이 희곡은 유럽 3개국을 휩쓸며 살상을 일삼었던 희대의 살인마 로베르토 쥬코를 모델로 했다. 따라서 아버지를 죽인 자식이 탈옥해 어머니를 죽이고 살인과 탈출을 일삼는 행위가 보일 수밖에 없다.

우리 사회에도 연쇄살인이 발생하는 만큼 이런 불미한 사건이 우리 시대의 자화상일 수도 있으나 패륜과 폭력을 통해 관객에게 줄 수 있는 것이 무엇인지도 고려했어야 했다. 극단 책임자는 이 작품을 통해 우리 사회에 만연한 갈등·폭력·소외·차별을 드러내려 했다고 하지만 관객의 시선은 범인의 심리보다는 행동에 치우칠 수밖에 없다. 타이틀 롤을 맡은 백석광은 그야말로 혼신의 힘을 다해 연기를 펼쳤으나 관객의 호응을 끌어내지 못했다. 고도의 심리 변화를 몸 연기와 함께 조화를 이뤄냈더라면 연민도 매력도 발산할 수 있는 좋은 배역이어서 더욱 아쉽다.

첫 장면, 이제껏 보지 못한 미장셴으로 관객 압도

〈로베르토 쥬코〉에서 가장 빛나는 부분은 미술과 조명, 소품 등을 활용한 무대 미학이었다. 첫 장면은 이제껏 보지 못한 멋진 미장센으로 객석을 압도했다. 여러 개의 문이 달린 장벽 같은 무대는 거대한 교도소에서 누추한 일상의 공간까지 다용도로 활용되며 관객의 시선을 고정시켰다. 또 무대 바닥에 종이 부스러기를 낙엽처럼 깔아놓은 점, 천장에서 눈처럼 흩뿌리는 감각적 묘사도 두 외국인 연출이 거둔 성과라고 할 수있다.

그리고 라스트에서 모든 문짝들이 부서져 내리는 스펙터클한 연출 효과는 첫 장면과 더불어 이번 공연의 백미라고 할 수 있다. 하지만 무대도 중요하지만 연극은 배우예술임을 감안할 때 아쉬움이 너무 컸다.

<로베르토 쥬코>에서 가장 빛나는 부분은 미술과 조명, 소품 등을 활용한 무대 미학이었다. 특히 천장에서 종이 부스러기를 눈처럼 흩뿌리는 감각적 묘사가 돋보였다.

윤소정의 **매력**과 이호재의 **중후함**이 **조화**된 **여성 심리극**

<어머니>_ 국립극단

2016.7.14 ~ 8.14
명동예술극장

2016년 7월 16일 오후 6시

비 오는 토요일 오후 명동예술극장에서 고대했던 연극 두 편을 본다는 것은 내게 큰 행운이다. 지금 이병훈 연출의 〈어머니〉를 보고 나와 커피 마시며 이 글을 쓴다. 프랑스의 젊은 작가 플로리앙 젤레르의 〈어머니〉는 '빈 둥지 중후군'을 다룬 심리극이다.

남편은 늘 미덥지 못하고 자식은 품에서 떠난 중년의 안느 역을 맡은 배우 윤소정은 젊은 날을 추억하는 진홍색 원피스를 입은 자태가 그렇게 멋질 수가 없다. 누가 무대에서 매력을 내뿜는 그를 70대 할머니라고 할 수 있을까.

원작 플로리앙 젤레르 번역 임선옥 연출 이병훈 무대 여신동 조명 김창기 의상 김우성 조연출 정지현 음악 박소연
출연 윤서종 이호재 박윤희 문현정

'빈 둥지 증후군'을 다룬 심리극

고령화 시대의 중년들이 겪는 불안과 고독, 결국은 그 조바심과 애착이 소외를 자초하는 심리 탐사극, 환상과 현실이 뒤섞인 이 언어극을 연출가 이병훈은 한 폭의 미니멀 회화를 보듯 정갈하게 뽑아냈다. 집인지 병원인지 애매한 공간에 최소한의 소도구만 있을 뿐 관객의 시선은 오로지 배우에게 꽂히는 배우 연극에서 윤소정을 받쳐준 이호재의 중후한 연기는 극의 품격을 높여주었다.

솔직히 처음 접하는 대사 위주의 심리 스릴러를 받아들이기가 쉽지 않았다. 반복과 환상의 경계에 신경을 집중하다 보면 눈이 감길 때도 있었다. 작가는 관객에게 자신을 바라보게 하는 거울이라고 했는데, 아마도 내가 여성이 아니기에 심리적 디테일에 몰입되지 못한 것 같기도 하다.

7월의 땡볕 속에 장충동과 명동에서 이 시대 대배우들이 경연하듯 완성도 높은 배우예술을 펼친다는 것은 2016년의 공연계 빅 이벤트가 아닐 수 없다. 이어서 저녁에 볼 박근형 주연의 〈아버지〉는 내 자신을 돌아보게 할 것인가? 기대 속에 비 오는 명동성당 길을 걷고 있다.

빨간 원피스 차림으로 커튼콜 무대에 오른 히로인 윤소정.

원로 배우 박근형이 섬세하게 표출해낸 치매 노인의 상실감

<아버지> _ 국립극단

2016.7.13 ~ 8.15
명동예술극장

2016년 7월 16일 토요일 오후 10시 55분

낮에 윤소정 배우의 〈어머니〉를 봐서인지 저녁에 관람한 박근형 배우의 〈아버지〉는 이해가 훨씬 잘 되었다. 한 세트 같은 두 작품을 보고서 왜 작가 플로리앙 젤레르가 프랑스 문단과 공연계에서 일찍이 명성을 얻었는지 수긍이 갔다. 그의 희곡 대사는 짧지만 상황을 정확히 짚어냈고 젊은데도 인생을 관조하는 묵직함이 느껴졌다. 이 작가의 〈아버지〉는 〈어머니〉보다 더 세밀하게 치매 노인의 기억과 존재감 상실을 그리고 있다. 마지막에 엄마를 불러대다 간호사 품에서 잠드는 주인공 앙드레의 말로가 남의 일 같지 않아 눈시울이 뜨거워졌다.

원작 플로리앙 젤레르 번역 임혜경 연출 박정희 조연출 변혜훈 무대 여신동 조명 김창기 음악 장영규 김 선 의상 김우성 출연 박근형 김정은 최광일 이동준 정혜선 우정원

70대 후반의 노배우답지 않은 열정과 디테일에 매료

〈아버지〉를 이처럼 우리 시대의 현실로 살려낸 공신은 단연 박근형 배우이다. 40여 년 전 연극이 봄가을 시즌에만 명동예술극장에서 올라가던 시절, 박근형의 연기는 내게 황홀하고도 신비로웠다. 그 선망의 배우가 여태껏 무대를 떠났다가 이번에 주역으로 돌아왔는데 70대 후반의 노배우답지 않은 열정과 디테일로 관객을 사로잡았다. 프랑스 공연에서도 80 노배우가 이 역을 맡아 기립박수를 받았다는데, 박근형의 연기도 정말 완숙했다는 칭찬을 아끼지 않고 싶다.

객석 시종 웃음 만발

〈어머니〉가 단색화처럼 담백했다면 〈아버지〉의 박근형은 객석에 시종 웃음을 유발시키면서 관객과 소통이 잘 돼 분위기가 살았다. 특히 극 언어를 현실 언어처럼 구사한 박 배우의 명료한 화술과 희로애락의 감정 표현, 세밀한 연기술로 텅 빈 큰 무대에 우뚝한 존재감을 드러냈다. 파자마를 입고 손목시계를 챙기는 것으로 정상인을 자처했던 앙드레가 추억도 기억도 소멸되어 어린 아이처럼 되어 가는 모습은 가슴이 먹먹할 정도로 연민을 불러일으켰다. 조역들과의 호흡도 잘 맞았는데 특히 딸 안느 역을 맡은 김정은은 이전의 국립극단 작품에서 보여준 신뢰를 이번에도 보여줘 존재감을 뚜렷이 했다.

<어머니>가 단색화처럼 담백했다면 <아버지>의 박근형은 객석에 시종 웃음을 유발시키면서 관객과 소통이 잘 돼 분위기가 살았다.

연출가 박정희의 역량 돋보여

프랑스 작가의 작품인데도 이처럼 공감대를 가질 수 있는 것은 연출가 박정희의 역량이라고 본다. 그 역시 작가가 의도한 대로 배우에게 시선이 쏠리도록 배우예술을 구현해 냈다. 박 연출의 이전 연출작에선 아쉬운 부분이 있었는데 이번엔 극을 풀어내고 끌어가는 힘이 공고했다.

연극의 힘 다시 한 번 느끼게 해준 <아버지>와 <어머니>

두 작품을 하루에 볼 수 있는 기획도 새로웠지만, 문만 바꿔 달아 일관된 분위기를 살린 여신동의 무대가 큰 몫을 했다고 생각한다. 희곡을 쓴 플로리앙 젤레르가 한 "연극 공연이 관객에게 자신을 바라볼 수 있는 거울인 것처럼, 연극이란 질문을 공유하는 것"이란 말이 두 작품을 보고 이해가 되었다. 하루에 장막극 두 편을 보았는데도 전혀 피곤하지 않은 것, 그것이 연극의 힘이고 매력 아닐까 생각한다.

펠릭스 알렉사의 자유분방한 연출에 가린 배우들의 존재감

<갈매기> _ 국립극단

2016년 6월 5일 오후 9시 44분

2016.6.4 ~ 6.29
명동예술극장

펠릭스 알렉사 연출의 <갈매기>를 오늘 낮 명동예술극장에서 보았다. 배우 이혜영의 고혹적인 자태가 멋져 빨리 보고 싶었던 안톤 체홉의 <갈매기>는 일렉사의 손을 거쳐 현대적으로 탈바꿈했으나 체홉 특유의 인간적 체취가 묻어나지 않아 드라이했다.

펠릭스 알렉사는 재작년 <리처드 2세>로 낯익은 연출자다. 그때 그의 현대적 해석이 빼어나게 좋아 호평을 했는데 이번에는 그때만큼은 아니었다. 무대나 음악 등 새로운 시도는 신선했다. 무대 뒤를 비어 두어 호수로 메타포어시킨 점, 극중극 형식으로 무대 위에 무대를 세우고 커튼과 조명기구를 세트의 일부로 활용한 점, 공중에서 내려온 의상 코스프레, 모차르트의 오페라 <마술 피리> 중 '밤의 여왕' 아리아와 칼 오르프의 '까르미나 부라나'를 음악으로 활용한 점 등이 좋았다. 천장에서 종이 더미가 쏟아지고 비를

원작 안톤 체홉 번역 오종우 연출 펠릭스 알렉사 무대 이태섭 조명 김창기 의상 김지연 출연 이혜영 오영수 이명행 박완규 김기수 강주희 이승철 이창직 이정미 황은후 박지아 장찬호

펠릭스 알렉사(왼쪽 두 번째)는 재작년 <리처드 2세>로 낯익은 연출자다. 그때 그의 현대적 해석이 빼어나게 좋아 호평을 했는데 이번에는 그때만큼은 아니었다.

뿌리는 장면도 멋졌다.

그러나 체홉의 생명인 시대성을 지워 버려 체홉의 맛이 나지 않았다. 20세기로 넘어서는 러시아의 세기말적 우울함·황량함이 무대세트로 재현되곤 했는데 이 현대 <갈매기>는 그런 울타리가 없으니 아우라가 조성되지 않았다.

체홉의 생명인 시대성 지워 버려 체홉의 맛 안 나

기댈 것은 배우들뿐인데 이 연극의 최대 단점은 배우가 보이지 않는다는 것이다. 최대의 기대를 걸었던 이혜영의 우아하고 성깔 있는 연기가 잘 보이지 않았고 대배우들인 오영수·이승철·이정미 등도 연기의 빛이 나지 않았다. 작가인 뜨리고린도 매력적이지 않았다. 첫 장면에 등장하는 마사 역 황은후와 교사 역 박완규는 분위기도 살리며 관객들에게 웃음을 주기도 했다. 시므라예프 역 이창직의 선 굵은 연기도 돋보였다. 연출자는 새로운 세대인 뜨레쁠레프 역 김기수와 니나 역 강주희에게 스포트를 비추었는데 이들은 제몫을 해냈다.

그러나 뜨레쁠레프를 신인에게 맡긴 것은 무리였다는 게 내 생각이다. 연기를 잘할 수는 있으나 내공이 묻어나지 않기 때문이다. 10여 명의 배우가 출연하는 무대에서 배우가 잘 보이지 않는다는 것은 참으로 이상한 일이다. 그만큼 연극이 어렵다는 것을 또 한 번 느낀 무대였다.

궁핍한 시대의 자화상 같은 김희창의 희곡, 명배우들 호연

<혈맥> _ 국립극단

2016년 4월 21일 오전 1시 9분

2016.4.20 ~ 5.15
명동예술극장

국립극단 연극 〈혈맥〉을 보았다. 1막은 지루했지만 2막은 클라이맥스도 감동적이었고 영화처럼 미장센이 너무 멋졌다. 〈혈맥〉은 한국인의 궁핍했던 시절의 자화상 같은 작품이다. 해방 후 방공호 땅굴에 사는 세 가족의 암울하고 고단한 이야기지만 그 안에는 정이 있고 갈등이 있고 출구를 찾으려는 의지가 있다.

윤광진 연출은 원작을 훼손하지 않으면서 해설자 배우를 두는 독특한 방식으로 극의 이해를 도왔다. 오늘의 풍요 앞에 다시 필름처럼 리와인드해 본 70년 전 한국인의 초상은 궁상맞았지만 젊은 세대는 지옥 같은 방공

작 김영수 연출 윤광진 무대 이태섭 조명 조인곤 의상 이윤정 음악 미스미 신이치 예술감독 김윤철 소품 이경표 움직임 이경은 방언지도 백경윤 출연 장두이 이호성 조영선 조용태 김용선 이영석 전국향 곽수정 황인희 최광일 문욱일 백익남 김혜영 문현정 정현철 이기현

호를 뛰쳐나와 공장에 간다. 작가는 암울한 현실에 한 가닥 희망의 출구를 열어 놓았고 그것이 오늘의 번영을 이루는 동력이 된 것이다.

내 어린 시절 연극에 눈뜨게 한 작품

희곡을 쓴 김영수는 초창기 연극과 방송에서 활약한 선각자로 〈혈맥〉은 내 어린 시절 연극에 눈뜨게 한 작품이고 김수용 감독의 영화로 만들어져 인상 깊었던 작품이다. 나는 국립극단의 근현대극 시리즈를 아낀다. 우리의 고전을 현대에 맞게 재해석하고 좋은 배우와 완성도 높은 제작으로 관객에게 실망을 주지 않는 공신력 때문이다. 〈토막〉, 〈국물 있사옵니다〉가 나는 좋았다.

장두이(왼쪽 두 번째), 이호성(세 번째) 등이 출연해 궁핍한 시대상을 그려낸 윤광진 연출의 <혈맥>.

〈혈맥〉은 윤광진의 학구적이고 진지한 스타일을 다시 한 번 보여준 역작이었다. 용어도 생소하고 대사 전달도 잘 안 된 1막은 좀 줄였으면 어떨까 했으나 원작을 살리려 한 연출의 고집을 존중하고 싶다. 특히 관객과의 소통보다는 영화를 보듯 상황을 보여주려 한 연출의 의도를 초반에 읽지 못해 힘들었으나 그것을 알고 관극이 한결 쉬워졌다. 2막은 잘 풀었고 특히 클라이맥스는 감동을 안겼다.

엔딩을 장식한 행상 아낙의 모습 특히 인상적

미장센이란 용어는 영화에서 나왔지만 윤광진은 무대에서 이를 구현해냈다. 한국 현대사를 상징하는 듯한 무대미술가 이태섭의 굽이진 언덕길을 오르는 수레는 처연했고 엔딩을 장식한 행상 아낙의 프로필은 박수근의 그림 한 폭을 보는 듯 우리네 정서에 와닿았다. 국립극단의 장점은 배우가 좋다는 것이다. 이 작품에서도 털보 이호성과 어머니 김용선, 옥매 전국향의 열연이 돋보였다.

프랑스인의 시각으로 펼친 남북 분단, 표피적 연출로 우리 감정에 와닿지 않아

<빛의 제국> _ 국립극단·오를레앙국립연극센터

2016.3.4 ~ 3.27
명동예술극장

2016년 3월 7일 오후 1시 46분

<빛의 제국>. 국립극단이 명동예술극장에서 공연 중인 색다른 공연을 어제 보았다. 소설가 김영하의 원작을 프랑스의 발레리 므레장과 아르튀르 노지시엘이 각색하고 노지시엘이 연출한 한불 공동제작이다.

관극을 하면서 첫 번째 드는 의문은 '희곡을 한국어로 다시 번역하고 통역을 거쳐 연출하는 이 복잡한 작업을 왜 했을까?'였다. 팸플릿을 보니 한불수교 130주년 기념으로 양국에서 공연하기 위해서다. 김윤철 예술감독은 "외국인의 시각과 이질적인 미학으로 한국의 분단을 응시해 본다"고 밝혔다.

원작 김영수 각색 발레리 므레장 번역 길혜연 연출 아르튀르 노지시엘 무대 리카르도 헤르난데스 조명 잉기 벡 의상 가스파르 유르키에비치 조연출 르노 더빌 하동기 음향 자비에 자쿳 출연 문소리 지현준 정승길 양동탁 김한 양영미 김정훈 이홍재

외국인의 시각으로 본 남북분단

남북의 분단. 광복과 동시에 남과 북이 갈라져 70년이 넘었다. 내 동년배들은 반공교육을 받고 자랐고 숱한 도발과 사건 속에서 감각은 무뎌져 버렸다. 북한은 핵을 개발하고 실험해 국제사회로부터 제재를 받고 있는 상황이지만 정작 우리는 불감증에 걸려 있다. 그 같은 복잡미묘한 우리의 현실, 겉으론 무심하고 평온한 듯하지만 긴장이 흐르는 대한민국의 모습이 외국인에게는 어떻게 비쳤을까? 간간이 마이크를 통한 독백으로 분단에 대한 우리의 잠재의식이 묻어나오지만 역시 표피적이고 피상적일 수밖에 없다. 그래도 나는 이 같은 시도가 전혀 무의미하다고 보지는 않는다. 자꾸 하다 보면 심층 접근이 가능해지리라고 보기 때문이다.

<빛의 제국>에서 인간미 넘치는 연기를 보여준 배우 문소리와 지현준.

액자화된 느낌을 준 프랑스 연출의 객관성

무대는 관습적이지 않아 좋았지만 간혹 눈길을 어디 두어야 할지 곤란스런 때가 있었다. 무대에 영상을 쓰는 것은 색다를 것도 없지만 대형 화면으로 영화를 보며 연극을 보는 동시다발 체험이 신선했다. 그러나 영상이 속고 속이는 남과 여의 무대 밀도를 희석시키는 감이 없지 않았다. 남파 간첩이 돌연 복귀 명령을 받고 벌어지는 하루 동안의 상황, 아내의 일탈, 모든 것을 지나치게 객관화하다 보니 감정선이 연결되지 않아 왜 공연이 이렇게 길어야 하는지 이해되지 않았다. 한국인이 연출했으면 간첩은 어딘가 정서불안이고 그런 남편과 소통되지 않는 아내의 일탈도 갈등이 있게 그렸을 텐데 프랑스 연출은 무미건조하게 액자화해 버려 눈만 따라가고 마음이 움직이지 않았다. 지현준·문소리의 연기는 다소 경직되긴 했지만 인간적 면모를 보여주어 좋았다. 역시 좋은 배우들이다.

팔순의 이순재 열연에도 뭔가 아쉬웠던 아서 밀러의 대표작

<시련> _ 국립극단

2015.12.2 ~ 12.28
명동예술극장

2015년 12월 3일 오전 12시 30분

이순재. 팔순의 그는 천생이 무대배우였다. 어제 명동예술극장에서 아서 밀러의 <시련>을 보았는데 그의 목소리가 극장에 메아리쳤다. 그는 정확한 화술로 관객의 이목을 집중시켰고 전성기의 70~80% 기량을 무대에 쏟아냈다. 막이 내린 후 분장실로 그분을 보러 갔을 때 80대 중반의 음악평론가 이상만 선생이 먼저 와 있었다. 그렇다. 그냥 고령화 사회가 아니다. 이순재 선생은 아서 밀러의 <시련>에서 펄펄 날았고, 80대 이상만 평론가와 70대 나는 객석에서 뜨거운 박수를 쳤다.

웰메이드 공연이지만 우리 정서에 감겨들지는 않아

나는 아서 밀러를 미치도록 좋아한다. 국립극단의 <시련>은 명동예술극장 무대에 오르기에 손색이 없는 웰메이드 공연이었다. 그런데 우리 정서에 감겨들지는 않았다. 왜일까? 오케스트라에 비유

원작 아서 밀러 번역 김윤철 연출 박정희 예술감독 김윤철 출연 이순재 이호성 지현준 정운선 채국희

하자면 지휘자의 카리스마가 더 정교하고 강해야 했다. 개별 배우들의 연기력이 좋았고 일관되게 극을 이끄는 힘도 괜찮았으나 모든 악기가 소리를 내어 객석을 압도하고 감동의 회오리로 몰아가는 파워가 약했다. 프록터 역을 맡은 지현준은 현재 공연계의 최고 스타다. 첫날이어선지 모르지만 가수가 첫 음을 잘못 잡은 것처럼 어딘가 머뭇거리고 연기가 폭발하지 않았다.

그래도 명동예술극장에서 국립극단이 제작한 이처럼 퀄리티 있는 연극에 초대 받은 것만으로도 나는 행복하다. 분장실에서 뵌 이순재 선생은 청춘이었다. 비가 올 것 같은 밤 10시 30분 나와 동행한 연기자 장기용을 비롯해 이문수·정재진·이호성 배우와 명동 뒷골목에서 생맥주를 한잔 했는데 정신이 맑다.

팔순의 이순재(오른쪽 네 번째)가 노익장을 보여준 아서 밀러의 <시련>.

고선웅 연출이 극적 긴장과 재미 잘 살린 2015년의 명작

<조씨고아, 복수의 씨앗> _ 국립극단

2015.11.4 ~ 11.22
명동예술극장

2015년 11월 5일 오전 12시 17분

연극성을 잘 살린 작품, 그래서 긴장과 재미를 주는 잘 만든 연극, 그리고 한 배우의 탄생. 오늘 명동예술극장에서 개막한 고선웅 연출 〈조씨고아, 복수의 씨앗〉은 국립다운 격조와 놀이(연희)의 즉흥성을 잘 살려낸 올해의 수작으로 꼽을 만하다. 우리에게 익숙지 않은 중국 고전 희곡을 그리스 비극처럼, 셰익스피어의 희비극처럼 무대에 형상화해낸 고선웅의 연출에 박수를 보내고 싶다. 그리고 연륜 있는 선배 연기자들 틈에서 혜성처럼 빛을 발한 정영 역의 배우 하성광의 재발견 또한 관객의 기쁨이었다.

원작 기군상 번역 오수경 연출 고선웅 무대 이태섭 조명 류백희 무술감독 한지빈 의상 이윤정 조연출 서정완
음악 김태규 출연 장두이 하성광 임흥식 이영석 유순웅 조연호 이지현 성노진 장재호 호산 강득종 김명기 김도완 전유경 우정원 이형훈 이경화

서양 고전 못지않은 비장미로 관객 사로잡아

이 연극의 미덕은 이야기를 쉽게 풀어 가면서도 잠시도 긴장의 끈을 늦출 수 없는 템포라고 할 수 있다. 새삼 말할 것도 없이 연극은 약속의 예술이다. 무대장치나 소품 없이도 상황만을 보여주는데 관객은 그 상황에 슬픔과 통쾌함 등의 감정을 느끼게 해준 것이다. 물론 거기에는 이야기의 힘이 있다. 〈조씨고아〉는 정영이라는 평민이 9족을 멸한 조씨 가문의 씨를 자기 아들과 바꿔치기해 20년을 키워내며 복수케 한다는 멜로드라마다.

그런데 고선웅 연출은 이 장황한 이야기를 커튼으로 처리한 심플한 무대(이태섭), 천장에서 내려오는 명징한 소품(김혜지), 분위기를 고조시키는 음악(김태규)을 활용

<조씨고아, 복수의 씨앗>에 출연 중 무대에서 생을 마친 임흥식 배우(오른쪽 세 번째).

해 서양 고전 못지않은 비장미, 나아가 인간의 감정을 흔드는 극성으로 관객을 사로잡았다. 물론 아직 치기라든가 대사의 전달 등에서 흠잡을 데가 있지만 장편 연극을 이처럼 팽팽하게 끌어가는 연출력은 대단했다. 정중농, 움직임으로 줄거리를 전하면서 정지된 상황으로 감정을 유발시키는 일류전의 묘미를 십분 살려낸 것이다. 진정한 비극은 그 비극성을 통해 교훈을 주는 것이라 했는데, 복수는 결코 후련치만은 않으며, 우환을 만들지도 당하지도 않아야 한다는 메시지를 실감할 수 있었다.

배우 중심 연극 추구하는 국립극단

나는 국립극단이 추구하는 배우 중심 연극에 공감한다. 이 작품이야말로 배우들의 놀이터로 손색이 없었다. 악역 도안고를 맡은 장두이, 공손저구로 나오는 임홍식, 왕 역의 이영석, 조순 역의 유순웅을 비롯해 모든 출연진들이 자기 역할을 고르게 잘 해냈다. 그 단단한 앙상블 속에서 고고하게 떨쳐 나온 이날의 스타는 정녕 정영 역의 하성광이었다. 그의 연기를 몇 차례 보았지만 이번처럼 신명 들린 연기는 처음이었다. 특히 1막에서 그의 연기는 압권이었다. 2막 초반 좀 흔들린 게 아쉽지만 첫날이라 이해가 갔다. 완성도 높은 연극은 객석 분위기만 봐도 알 수 있다. "정말 좋은 무대였어." 젊은 여성 관객이 등 뒤에서 말했다.

명불허전 박정자·손숙 두 배우가 빛난 올비의 명작

<키 큰 세 여자> _ 국립극단

2015년 10월 6일 오전 12시 22분

2015.10.3 ~ 10.25
명동예술극장

오랜만에 배우가 빛나는 무대를 경험했다. 명동예술극장에서 국립극단이 공연 중인 〈키 큰 세 여자〉는 명불허전 박정자의 연기가 빛을 발했고, 손숙이 50대 같은 감칠맛 나는 연기력을 펼쳤다. 역시 배우는 좋은 작가, 역량 있는 연출가를 만날 때 진가를 발휘한다. 미국 극작가 에드워드 올비가 자기 어머니를 모델로 썼다는 이 작품은 주옥같은 대사와 리듬을 살린 템포감, 1막과 2막을 달리한 형식 등 대가의 풍모가 느껴진다.

그러나 정서나 유머가 다른 원작을 번역극으로 올리면 그 맛을 제대로 살리기가 어렵다. 연출가 이병훈

원작 에드워드 올비 번역 이경후 연출 이병훈 무대 박동우 조명 이동진 안무 이경은 의상 송은주 조연출 이상희 음악 박소연 출연 박정자 손숙 김수연 허민형

커튼콜에서 무대 인사하는 배우들. 왼쪽부터 아들 역 허민형, 간병인 역 손숙, 노인 역 박정자, 변호사 사무실 직원 역 김수연.

은 번역극 같지 않은 차분한 무대, 재미나지는 않지만 전혀 지루하지 않은 관조적인 연출력을 발휘했다. 참으로 오랜만에 대사 연극의 진수를 맛보았다. 인생의 황혼 길에서 돌아보면 우리네 삶의 여정은 행복만 있는 것은 아니었다. 볼 꼴 못 볼 꼴, 향기만이 아닌 진창을 겪으며 '인생 다 그런 거지 뭐' 체험하며 사는 우리에게 올비는 죽음이 인생에서 가장 아름답다는 패러독스를 연극으로 녹여냈다.

품위 있는 연기로 관객들을 매료시킨 박정자

이런 심오한 주제를 대사로 풀어내려면 배우의 경륜, 특히 화술이 절대적으로 중요하다. 누가 박정자에게 대사 암기가 힘들다고 했는가. 1막에서 90대 노역을 해낸 70대 중반의 박정자는 기억이 가물가물한 죽음 앞의 부조리한 노인의 대사를 능청스럽게 소화해 냈다. 키가 별로 크지 않은 박정자가 키 큰 여자로 보인 것은 2막이었다. 1막에서 간병인을 맡은 손숙이 인생의 절정이라는 50대로, 변호사 사무실 직원이었던 김수연이 20대 분신으로 변하는 2막에서 박정자는 특유의 카리스마를 뿜어내며 세상 풍파 다 겪은 한 여인의 노회한 캐릭터를 또렷한 대사 전달, 품위 있는 연기로 관객을 매료시켰다. 마지막 장면에서 박정자의 전신에서 빛이 나는 아우라를 나는 느꼈다.

감성적인 연기로 극에 신명 불어넣은 손숙

무대에서 배우가 빛이 나려면 쳐주고 받쳐주는 앙상블이 이루어져야 한다. 그동안 다양한 작품에 출연해 에너지가 분산됐던 손숙이 박정자를 받쳐주며 자신의 개성을 살린 집중 연기로 극에 신명을 불어넣었다. 70대 배우가 50대처럼 깔끔하면서 감성적으로 연기해낸 손숙에게 박수를 보내고 싶다. 무대(박동우)도 편안했고 샤막에 비친 영상(정재진)이 함축적 이미지로 제 기능을 해냈다. 무엇보다 명동예술극장에 둥지를 튼 국립극단이 이제야 제 소임을 하는 것이 반가웠다.

국립극단의 **명동시대** 다시 **연** **신작**이지만 **기대** 못 **미쳐**

<아버지와 아들> _ 국립극단

2015.9.2 ~ 9.25
명동예술극장

2015년 9월 19일 오전 1시 47분

국립극단의 명동시대가 다시 열렸다. 어제 이성열 연출의 <아버지와 아들>을 보러 명동예술극장에 갔더니 정문 입구에 국립극단 현판이 붙어 있어 반가웠다. 처음부터 이랬으면 되는데 먼 길을 돌아가게 하는 문화 행정이 딱하다.

국립극장이 장충동으로 신축 이전하며 사라졌던 극장을 연극인들의 염원으로 다시 되찾아 진정한 한국 연극의 요람이 되기를 기대했다. 그런데 이 극장의 주인이 되어야 할 국립극단은 단원도 없이 서부역 창고살이를 하다가 이제야 본령을 찾은 것이다.

투르게네프의 원작을 희곡화한 작품

국립극단 명동의 가을시즌 첫 레퍼터리인 <아버지와 아들>은 투르게네프의 원작을 브라이언 프리엘이 희곡화한 작품으로

원작 이반 투르게네프 작 브라이언 프리엘 번역 이단비 연출 이성열 무대 이태섭 조명 김창기 안무 양은숙 의상 정경희 조연출 이우천 김은선 김소영 음악 장영규 김선 출연 오영수 남명렬 유연수 김호정 이명행 윤정섭 박혜진 이정미 최원정 이경미 임진순 민병욱 공상아 하동기 조재원

기대를 모았다.

그러나 미디어의 호평에도 불구하고 내게는 깔끔은 했지만 평면적이고 감동이 오지 않았다. 체홉 냄새가 나는 것 같지만 그도 아니었다. 아버지와 아들 세대간의 충돌도 대사로 처리되어 밋밋했다. 1막에 세대간 갈등이 2막에서 러브스토리가 되는 당위성도 찾기 어려웠다. 가을밤 체홉의 정서를 느껴 보려는 기대는 웰메이드 무대만 보고 온 느낌이어서 허전했다.

물 만난 듯 노련한 연기혼 드러낸 중진 배우 오영수

그래도 관극의 즐거움과 무대의 수확이 있다면 배우들의 연기였다. 국립극단 출신의 중진 오영수는 물 만난 듯 노련한 연기혼을 드러냈다. 바자로프 역의 윤정섭 연기도 좋았으나 상대 배우들과의 앙상블이 약해 에스컬레이트되지 못한 점이 아쉬웠다.

국립극단 출신의 오영수(왼쪽)가 노련한 연기혼을 보여준 <아버지와 아들>.

외국인이 **연출**한 **세계 초연**이지만 **주제**는 **난해**하고 **극성**은 약한 **실험극**

<더 파워> _ 국립극단

2015.6.5 ~ 6.21
명동예술극장

2015년 6월 8일 오전 10시 34분

어제 명동예술극장에서 국립극단의 〈더 파워〉를 관람했다. 메르스 여파로 휴일 명동이 한산했고 극장에도 관객이 적었다. 포스터가 특이하듯 〈더 파워〉는 좀 특이한 공연이다. 국립극단이 독일의 주목받는 30대 극작가 니스 몸 스토크만에게 한국에 대한 작품을 써달라고 요청해 나온 희곡을 배우 겸 연출가인 알렉시스 부흐가 연출해 무대에 올린 세계 초연이다. 작가는 한국 소재보다는 글로벌 어젠다인 자본주의 억압을 주제로 다뤘고 연출가도 나름 다양한 시도를 해보려고 노력했다.

원작 니스 몸 스토크만 번역 장은수 연출 알렉시스 부흐 무대 여신동 조명 김창기 안무 이윤정 의상 김지연 조연출 김연수 음악 박소연 출연 박윤희 하성광 유정민 김승환 김신록 금정원 유승락 정현철 박찬희 박시영 윤소연 장찬호 서지영

실험 작품은 검증 거쳐 명동에 올려야

하지만 주제는 난해했고 극성은 약했다. 연출은 큐브 같은 무대를 중심으로 역동성을 살리려고 했으나 한국 관객 눈에는 딱히 새로워 보이지 않았다. 칭찬할 대상은 오히려 배우였다. 국립극단 시즌 단원들인 박윤희·하성광·유정민·김승환·김신록·금정원·유승락·정현철 등 13명의 배우들은 마치 우리 창작극을 하듯 자연스런 연기로 무대를 엮어 나갔다. 특히 작가 역을 맡은 박윤희는 묘한 매력으로 관객에게 어필했다. 물론 연출의 힘도 컸겠지만 중견인 이 배우들이 앞으로 한국 연극의 세대교체를 잘 이끌 수 있겠다는 희망을 보았다.

그러나 이 작품을 한국 연극의 중심인 명동예술극장에 올려야 했는지에 대해서는 의문이 남는다. 사고를 전환하고, 새로움을 추구하고, 글로벌을 지향하는 것은 매우 바람직한 일이다. 하지만 예술은 검증 작업이 필요하다. 모든 문화산업이 그러하듯 기획과 맨파워가 탄탄하다 해도 작품은 뚜껑을 열어 관객과 조우할 때 성패가 갈리게 된다. 〈더 파워〉는 세계 초연을 내걸고 단숨에 명동으로 진출하기보다는 서계동 실험무대에서 더 자유롭고 파격적으로 했더라면 하는 아쉬움이 컸다. 한국 민간 극단들의 어려운 여건을 접하는 나로서는 국제성을 띤 명동 무대가 버겁게 느껴졌다.

작가 역을 맡은 박윤희는 묘한
매력으로 관객들을 사로잡았다.

스페인 작품에 굿판을 끌어들인 이윤택 연출의 웰메이드 제의극

<피의 결혼>_ 연희단거리패

2014.3.27 ~ 4.5
명동예술극장

2014년 3월 31일 오전 2시 49분

어제 명동예술극장에서 이윤택이 연출한 〈피의 결혼〉을 보았다. 한마디로 참 오랜만에 연극다운 연극, 더 넓게 공연다운 공연을 온몸으로 느낀 것 같은 카타르시스를 맛보았고 감정이 고인 눈물도 흘렸다.

'문화 게릴라'라는 수사가 어울리는 이윤택의 공연을 간헐적으로 본 게 30년이 넘는데 이번만큼 완성도나 예술성이 조화를 이룬 작품은 일찍이 접한 적이 없다. 명성과 화제에 비해 늘 과하거나 부족해 아쉬움이 있었는데, 연희단거리패가 중심이 된 최근 공연들이 일취월

원작 페데리코 가르시아 로르카 작·연출 이윤택 번역 김정숙 무대 윤시중 무대제작 김경수 조명 조인곤 안무 김윤규 전통의상디자인 이하림 음악감독 김시율 작곡 김미미 연주 김시율 김미미 김예슬 윤현종 김시진 김무빈 플라멩코 지도 강국현 출연 김미숙 이승헌 윤정섭 김하영 이주영 차희 김아라나 이재현 이유신 김호윤 이승우 양승일 방성혁 신명은 변정원 박아진 최용림 이은창 서민우 다니엘 로하스 S.

장하더니 마침내 우리 전통을 토대로 세계화를 시도한 기념비적인 작품을 만들어냈다.

스페인의 플라멩코와 우리 전통연희 접목시킨 역작

스페인 작가 로르카의 〈피의 결혼〉은 국내에서도 여러 차례 무대에 올려졌고, 우리 전통 양식으로 번안되어 해외에서도 공연됐다. 그런데 이윤택과 연희단거리패의 이번 작품은 스페인의 플라멩코와 우리 전통 연희를 접목시킨 독특한 형식의 창작품이라고 할 수 있다.

재작년 스페인을 여행하면서 남쪽 끝 안달루시아의 문화와 풍광에 흠뻑 취했던 기억이 떠오른다. 코르도바와 세비아도 인상적이었지만 알함브라 궁전이 있는 그라나다에서 본 플라멩코는 강렬했다. 춤뿐 아니라 기타의 선율에 실어내는 집시의 노래는 애간장을 녹이는 것 같았다. 스페인, 특히 안달루시아는 뭐라고 설명하기 어려운 신비와 욕망과 끈적함이 있다. 우리 정서와 비슷하면서도 다른 무엇이 또 있어 문화의 이종교배는 쉽지 않은 작업이다.

그런데 로르카와 이윤택은 궁합이 잘 맞았다. 원작의 스토리를 극으로 살리면서 감정의 표현은 플라멩코의 리듬과 박자에 우리의 장단과 소리와 몸짓을 어울리게 했는데 그것이 교묘하게 맞아떨어졌다. 양국의 문화와 예술을 융합하다 보면 이상한 화학반응이나 부작용이

플라멩코의 리듬과 박자에 우리 장단과 소리와 몸짓을 어울리게 한 것이 교묘하게 맞아떨어진 <피의 결혼>.

대형 화면으로 영화를 보며 연극을 보는 동시다발 체험이 신선했다.

나올 수도 있는데 연극과 무용과 음악의 여러 장르가 잘 어울렸다. 이윤택은 이번 작품에 우리 굿판을 끌어와 제의극으로 풀어냈다. 마지막 부분에서 망자들의 피묻은 옷을 벗겨 나뭇가지에 걸어두고 흰옷에 흰 마스크를 씌운 후 진혼하는 장면에서 눈물이 나왔다.

이미숙·이하영·윤정섭 등 배우들의 집중력 대단

배우들의 무대에서의 집중력이 대단했다. 연극은 '놀이'라고 하는데 이만큼 흐드러지게 놀면서 절도를 보여줄 수 있는 것은 연습량과 더불어 연극 정신의 체화가 없으면 불가능하다는 생각이 들었다. 어머니 역의 이미숙은 정평이 난 배우지만 특히 이번 무대에서는 신기 어린 아우라를 발휘했다. 연기와 창과 플라멩코가 한 몸에서 자연스럽게 배어나왔고, 무엇보다 설득력이 있었고 객석을 휘어잡는 카리스마가 있었다. 〈욕망이라는 이름의 전차〉에서 호연했던 신부 역의 이하영, 레오나르도 역의 윤정섭이 이번에도 좋았다. 신랑 역 이승헌도 공연의 중심 역할을 힘있게 소화했다.

그룹 VANN의 퓨전국악은 무대와 한 호흡을 이루면서 동서의 어울림을 눈으로 보여주었다. 이만한 작품이라면 4월 콜롬비아 보고타에서 열리는 이베로 아메리카노 국제연극제에서도 선풍을 일으킬 것이다.

체홉의 진가와 체취 느끼게 해준 이성열 연출의 수작

<바냐 아저씨> _ 국립극단

2013년 11월 3일 일요일 오후 7시 9분

2013.10.26 ~ 11.24
명동예술극장

그동안 수십 편의 체홉 공연을 보았지만 오늘 명동예술극장에서 관람한 이성열 연출의 <바냐 아저씨>만큼 감동을 준 작품은 없었다. 예술의전당, LG아트센터에서 본 <갈매기>나 수없이 공연된 <벚꽃동산>, <세자매>, 러시아 연출가의 체홉도 보았지만 새로운 해석, 색다른 연출이나 무대는 인상에 남았어도 솔직히 감동까지 받지는 못했다 그런데 오늘 <바냐 아저씨>가 감동을 안겼고 고통이 가슴에 전해져 눈물이 나게 했다. 러시아가 아닌 우리의 체홉을 만나 기뻤고, 나와 우리의 이야기로 다가와서 정말 몰입했고 감정선이 흔들릴 정도로 공감했다.

나와 우리의 이야기로 다가온 감동적인 작품

체홉 작품 중에서도 <바냐>는 배우의 연극인데 나는 연출이 보였다. 절제의 미학이랄까, 마치 허상이 아닌 현실 같은 진솔함이 배

원작 안톤 체홉 극본 동이향 번역 오종우 연출 이성열 출연 백성희 이상직 한명구 박윤희 황정민, 정재은, 이지하 이정수 유시호 정재은

우들의 열연과 앙상블을 이뤄 체홉의 진가와 진수를 느끼게 해주었다. 리듬감이 살아 있어 체홉 연극은 지루하다는 통념을 깼다. 바냐 역의 이상직 연기는 아픔과 고통이 절절하게 전해지는 호연이었지만 1%만 터져 주었으면 하는 아쉬움을 남겼다. 한명구 역시 국립극단 배우답게 중심을 잡아 주었다. 의사 역의 박윤희는 화술이 되는 배우다운 유망주를 발견한 기쁨을 안겼고 엘레나 역의 정재은, 소냐 역의 이지하도 역할을 멋지게 소화해냈다.

무대 최고의 존재감 드러낸 백성희 선생

뭐니뭐니해도 이번 무대 최고의 존재감은 백성희 선생님이었다. 구순을 바라보는 노배우의 카랑카랑한 발성은 외경심이 들고도 남았다. 명동예술극장을 다시 개관하면서 고인이 된 장민호 선생님은 좋은 연극만 올려야 한다고 말씀하셨다. 그 좋은 연극을 오늘 보았고 명동예술극장을 되찾은 보람도 함께 느꼈다. 좋은 연극이란 연출과 배우뿐 아니라 무대·의상·분장·음악 등 모든 게 조화를 이뤄야 하는데, 이번 공연은 그 앙상블이 뛰어나 격조가 있었다. 국립극단 배우 세 명이 나와 더욱 빛을 발하는 <바냐>를 보면서 명동예술극장이 국립극단을 품었으면 좋겠다는 생각이 들었다.

이번 무대 최고의 존재감은 백성희 선생님(왼쪽 두 번째)이었다. 구순을 바라보는 노배우의 카랑카랑한 발성은 외경심이 들고도 남았다.

장충동 국립극장

해오름극장 · 달오름극장

서계동 국립극장

백성희장민호극장 · 소극장 판

연극이 '배우의 예술'임을 다시금 보여준 고전

<햄릿> _ 국립극단

2016.7.12 ~ 8.7
국립극장 해오름

2016년 7월 14일 오전 12시 44분

손진책 연출의 연극 〈햄릿〉을 국립극장 해오름극장에서 관람했다. 아홉 명의 이해랑연극상 수상 연기자들이 연령·성별을 뛰어넘는 공연이라 기대가 컸는데 소문대로 화제를 모을 만했다. 그동안 셰익스피어의 명작 〈햄릿〉은 국내서도 수없이 공연되었는데 이번 작품은 연극이 '배우의 예술'임을 보여주었다는 점에서 특기할 만하다. 햄릿 유인촌, 오필리어 윤석화, 클로디어스 정동환, 거트루드 왕비 손숙, 폴로니어스 박정자, 레이터즈 전무송, 호레이쇼 김성녀, 로렌크란츠 손봉숙, 무덤지기 한명구 등 평균 나이 60대 중반의 연기자들은 명불허전, 연륜이 묻

원작 윌리엄 셰익스피어 극본 배상식 연출 손진책 무대 박동우 조명 김창기 안무 안은미 의상 김영진 조연출 이지영 김준영 음악 정재일 무대감독 김락수 출연 전무송 박정자 손숙 정동환 김성녀 유인촌 윤석화 손봉숙 한명구

어나는 화술과 농익은 연기술을 펼쳐 보였다. 이들은 무대장치가 거의 없이 조명의 변화와 음악으로 분위기를 살려냈으며, 배우들의 다양한 등·퇴장 동선으로 지루할 틈을 주지 않았다. 개인적으로 이 공연을 탐탁하게 생각하지 않았다. 그 화려한 경력의 베테랑 배우들이 연령·성별까지 초월하여 굳이 〈햄릿〉을 해야 하나 하는 의문이 들었고, 특히 국립극장 대극장에서의 공연은 무모할 것 같았기 때문이다.

<햄릿>의 대사를 이처럼 쉽고 또렷하게 이해하기는 처음

그런데 무대 위에 객석을 만들어 대사가 전달 안 되는 극장의 치명적 결함을 해결한 데다 장치를 없앤 평면에 플레이를 펼쳐 배우들에게 집중할 수 있었다. 희곡으로 읽은 〈햄릿〉의 대사를 이번처럼 쉽고 또렷하게 이해하기는 처음이었다. 그만큼 원작을 우리 취향에 맞게 각색했다는 것인데 아무래도 오리지널한 맛은 덜했다. 공연 또한 1막은 활기차고 매끄러웠는데 2막에선 힘이 떨어지고 연극적 환상이 깨지는 부분이 적지 않았다. 머리가 희끗한 햄릿 역 유인촌은 1막에서 펄펄 날았다. 그의 햄릿은 기억나는 것만 두세 편인데 1막에서의 감정 표현이나 명징한 화술은 이전의 작품과 비교가 안 될 정도로 탁월했다. 다른 배우들도 1막에서는 연령이나 성별

머리가 희끗한 햄릿 역의
유인촌은 1막에서 펄펄 날았다.

9명의 이해랑연극상 수상 배우가 공연한 이번 <햄릿>에서 왕 역을 맡은 정동환의 연기가 돋보였다.

이 전혀 문제가 안 될 정도로 노련한 배우술로 관객들을 몰입시켰다. 그러나 인터미션 후 진행된 2막에선 유인촌의 흰머리와 배우들의 안면 주름이 나이를 느끼게 했다. 청순했던 오필리어 역 윤석화 역시 검투 심판으로 나와 환상을 깼다. 총으로 폴로니어스를 쏴죽인 햄릿이 레이터즈와 검투를 벌인 것도 좀 언밸런스했지만 〈햄릿〉의 핵인 칼싸움을 단순 동작으로 표현한 것도 좀 어색해 보였다. 하지만 극중극 형식으로 9명의 배우만으로 여러 배역을 소화해낸 점은 좋았다.

한국 연극의 미래 밝게 해준 관객들의 진지한 태도

이번 〈햄릿〉에서의 조명은 배우술 못지않게 돋보였다. 연출도 군더더기 없이 깔끔했으나 어떤 때는 낭독극이나 장면 만들기 같아 보인 게 내겐 좀 아쉬웠다. 무엇보다 인상적인 것은 관객들의 관극 태도였다. 숨소리 하나 들리지 않을 정도로 무대에 집중하고 열광적인 박수를 보내는 관객들로 만원을 이뤘다는 것은 한국 연극의 미래를 밝게 해주는 일이 아닐 수 없다. 흡족한 마음으로 극장을 나서면서도 이만한 배우들로 우리의 고전이나 창작 신작을 했으면 더 의미가 크지 않았을까 하는 생각이 머리에 맴돌았다.

〈옹녀〉 성공의 일등공신은 창극 배우들

<변강쇠 점 찍고 옹녀> _ 국립창극단

2016년 5월 14일 오후 7시 50분

<옹녀>를 오늘 드디어 만났다. 2014년 놓쳤다가 프랑스 공연을 다녀온 후 이제야 본 것이다. 소문과 명성대로 재밌는데 뭐 한 방이 빠진 느낌이 드는 건 나만의 욕심일까? '변강쇠에 점 찍고 옹녀'를 내세운 고선웅의 희곡은 역시 기발했고 배우들의 움직임을 밀물처럼 일렁이게 하며 무대디자인 : 영상·조명과 만들어내는 미장셴은 외국인도 만족할 만했다. 희곡에 생동감을 불어넣은 한승석의 작창과 작곡이 고리타분하게 여겨지던 판소리를 다양한 장르의 음악과 교배시켜 젊은이들이 좋아할 수 있게 모더나이즈한 것도 관객을 모은 요인 중 하나다.

2016.5.4 ~ 5.22
국립극장 달오름

혼연일체되어 춤추고 노래한 배우들

나는 <옹녀> 성공의 일등공신은 창극 배우들이라고 생각한다. 옛것의 고정된 틀에서 벗어나 연출과 작창이 원하는 무대를 완숙

작·연출 고선웅 무대 김충신 조명 류백희 안무 박호빈 의상 이승무 조연출 정종임 서정완 외 작창·작곡 한승석
예술감독 김성녀 출연 김지숙 이소연 김학용 최호성 김차경 허종열 우지용 이영태 나윤영 윤충일 등 국립창극단원 및 객원

주역을 맡은 이소연(가운데)과 최호성이 극을 매끄럽게 이끌고 조역들도 개성 넘치는 상큼한 연기로 화제를 모은 <옹녀>.

한 기량과 신명으로 풀어냈기 때문이다. 서양 뮤지컬보다 더 빠른 장면 전환에 주·조연 배우들이 혼연일체를 이루어 춤추고 노래하고 연기를 해냈다. 이날 주역을 맡은 이소연과 최호성은 가창과 연기로 호흡을 맞춰 극을 매끄럽게 이끌었다. 조역들의 개성 넘치는 역할 따먹기도 상큼한 재미를 안겼고 코러스 역할까지 잘 해냈다. 공연 횟수나 연습량도 많았겠지만 창극단원들이 너무 잘 놀아 역설적으로 단조로움이 밀려들 정도였다. 여기에 소리의 운율이 계속적으로 반복되어 심신이 나른해지기도 했다. 이처럼 고선웅표 <옹녀>는 창극을 대중화하는 큰 역할을 했으나 중간중간에 악센트를 주고 클라이맥스가 좀 더 극적이었더라면 재미와 함께 감동도 주었을 것이다.

우리 예술과 정서야말로 한류의 기본이고 세계화 전략

70~80년대 TV 편성에서 창극이 부침할 때마다 나는 창극의 가능성과 세계화를 역설했는데 몇십 년이 지나 국립창극단과 고선웅 한승석 같은 인재들, 그리고 유능한 스태프로 그것을 입증했으니 재미 그 이상으로 기뻤다. 우리 예술과 정서야말로 한류의 기본이고 세계화의 전략임을 <옹녀>가 보여주었다.

당대 최고의 신구·손숙이 혼신의 힘으로 살려낸 리얼리즘

<아버지와 나와 홍매와> _ 국립극단

2016년 4월 18일 오전 12시 54분

2016.4.9 ~ 4.24
국립극장 달오름

<아버지와 나와 홍매와>. 여러 차례 볼 기회를 놓쳤던 공연을 후배가 예매해 오늘 보았다. 보는 내내 눈물이 나왔다. 요즘 암 투병 중인 나의 사돈, 아니 내 이야기가 될지도 모른다는 감정이입 때문에 더욱 가슴이 시렸다. 연극계의 학 같으셨던 차범석 선생님. 그 분이 떠나신 지 올해가 10주기. 그래서 다시 장충동 국립극장 달오름극장에서 막을 올린 이 작품은 제6회 차범석희곡상 공모에서 당선한 김광탁의 자전적 작품으로 초연부터 앙코르 공연까지 매회 객석을 채운 관객을 울린 수작이다.

지난 수십 년간 공연을 보아왔지만 이 작품은 한국 리얼리즘 연극 계열에서도 손꼽을 정도로 관객과의 교감이 높고 너무 리얼해 객석을 흐느끼게 한다. 사실 공모에 당선됐을 때 읽어 본 이 희곡은 좀 밋밋했다. 그런데 텔레비전 드라마에서 내공을 쌓은 이종한의

작 김광탁 연출 이종한 무대 이유정 조명 나한수 조연출 이재은 김준영 음악 이나리메 소품 최혜진 분장 백지영
출연 신구 손숙 정승길 최명경 서은경

섬세한 연출, 무엇보다 당대 최고의 신구·손숙이 혼신의 힘으로 살려낸 이야기는 이 시대를 사는 우리에게 깊은 울림과 공감의 눈물을 흘리게 했다.

신구의 마력적인 연기에
감동받은 필자.

리얼리즘의 극치 보여준 배우 신구

사실 나는 원로 신구의 연기가 정형화되어 있다는 선입견을 갖고 있었는데, 이 작품을 보고 입을 다물 수 없는 감동과 형언하기 힘든 배우의 마력을 경험했다. 배우의 경지가 이런 것이구나. 간암 말기 환자의 회한을 연기하는 신구는 극중 배역보다 실제 나이가 더 함직한 현역 배우인데 그 연기가 얼마나 리얼한지 무대에서 임종하지 않을까 하는 우려를 자아냈다. 80의 노배우가 뿜어내는 연기는 리얼리즘 연극의 극치라 해도 과언이 아니다. 손숙은 또 어떤가. 객석의 눈물샘을 자극하는 연기와 대사는 그의 작은 몸매에서 강한 전류처럼 뿜어져 나왔다.

나(둘째 아들) 역의 정승길은 너무 보통인 듯한데 가슴을 강타하는 눈물샘을 자극시키는 매력적인 연기를 보여주었다. 이웃 정씨 역을 맡은 최명경의 연기 또한 객석의 긴장을 흔들었다. 명대사 명연기가 너무 많아 짤막한 이 공간에 표현할 방법이 없지만 그래도 압권은 손숙의 대사와 정승길의 잔잔한 연기다. 오만정 다 떨어진 남편이 병마로 고통받는 게 슬프고 안쓰럽다는 손숙의 독백에 객석엔 탄식과 한숨이 넘쳐흐른다. 둘째 아들 정승길이 임종을 앞둔 아버지를 업고 마당을 거닐며 독백처럼 하는 대사도 폐부를 찌른다. 소소한 이야기로 이처럼 파장이 긴 감동을 자아낼 수 있는 연극이 몇 편이나 될까. 이 글을 쓰는 지금 이 순간까지 연극이 주는 묵직한 감동을 주체하지 못할 만큼 이 연극은 사실 그대로의 힘과 감동을 안겨주고 있다.

연극 보는 즐거움 안겨준 헝가리 연출가 알폴디의 기발한 상상력

<겨울 이야기> _ 국립극단

2016년 1월 10일 오후 8시 39분

2016.1.10 ~ 1.24
국립극장 달오름

연초 멋진 연극을 보아 기분이 좋다. 국립극단이 오늘부터 장충동 달오름극장에서 공연하는 셰익스피어의 〈겨울 이야기〉는 오랜만에 연극 보는 즐거움을 안겨준 명작이었다. 이 작품의 수훈갑은 헝가리 연출가 로버트 알폴디다. 그는 셰익스피어의 작품을 희·비극 두 편의 연극으로, 그것도 기발한 상상력으로 펼쳐내 재미와 감동 그리고 신선한 충격을 안겨주었다.

첫 번째는 배우들의 연기력을 최상으로 끌어내면서 탄탄한 앙상블을 보여준 연출력을 꼽을 만하다. 레온테스 역의 손상규, 파울리나 역 김수진, 헤르미오네 역

원작 윌리엄 셰익스피어 **연출** 로버트 알폴디 **번역** 우르반 알렉산드라 에스테르 **무대** 박동우 **조명** 김창기 **의상** 김지연 **조연출** 신용한 **음악** 박소연 **출연** 박윤희 김수진 이종무 박완규 손상규 박지아 황성대 유영욱 김도완 김신록 황선화 우정원 나석민 정현철 안병찬 김동훈 신사랑 배강유

레온테스 역의 손상규, 파울리나 역 김수진, 헤르미오네 역 우정원 등의 연기와 발성은 일품이었다.

우정원, 폴리세네스 역의 박완규 등의 연기와 발성은 일품이었다. 마이크를 쓰긴 했지만 정확한 대사 전달은 모국어 연출가도 힘든데 알폴디는 그걸 해냈다. 두 번째는 스펙터클한 장면 연출이다. 2막에서 수조를 깨서 물바다를 이루는 장면, 비를 뿌리는 장면들은 색다른 체험을 관객들에게 안겨주었다. 세 번째 박동우의 무대는 심플하면서도 연출 의도를 잘 살려냈다. 1막은 셰익스피어의 비극에 현대적 해석을 가했다면, 2막은 팝의 감각으로 경쾌한 템포로 연출되어 극적 재미를 더했다. 비극의 재앙을 화해와 해피엔딩으로 승화시킨 작품 해석이 정초에 걸맞게 상큼했다.

배우들의 연기력을 최상으로 끌어낸 알폴디

오직 열려 있는 마음만 가진다면 400년 전 셰익스피어의 작품도 재밌게 즐길 수 있다는 연출가 로버트 알폴디의 조언이 관극에 큰 도움을 주었다. 국립극단의 작품 퀄리티가 계속 좋아지고 있다는 것은 반가운 일이 아닐 수 없다. 백성희 같은 큰별이 졌음에 더욱 경건해지는 날이었다.

유치진의 첫 희곡 토속적인 우리 정서로 펼친 일제 치하의 밑바닥 인생

<토막> _ 국립극단

2015년 10월 23일 오전 9시 24분

2015.10.22 ~ 11.1
국립극장 달오름

희곡의 위력, 배우들의 연기력, 그리고 섬세한 연출력이 조화를 이뤄 우리 정서를 느끼게 해준 무대를 모처럼 만났다. 어제 저녁 국립극장 달오름극장에서 막을 올린 국립극단의 〈토막〉은 우리네 삶의 애환과 정서를 일깨워 주었다. 〈토막〉은 일제 치하인 1931년에 쓴 유치진의 첫 희곡이다.

가난과 병고에 찌든 남루한 삶을 그리고 있는데 그게 80여 년 전 우리의 민낯이었다. 일본 릿쿄대학에서 수학하며 아일랜드 작가의 영향을 받았다고 하지만 유치진의 희곡에는 혼이 들어 있고 우리말의 결이 살아 있으

원작 유치진 연출 김철리 무대 이유정 조명 김창기 의상 박은지 분장 백지영 조연출 신용한 음악 이나리메
무대감독 구민철 출연 김정호 문경희 김정은 김정환 유정민 박완규 박지아 이기돈 심완준 김신록 정혜선 황선화 백석광

며 예술을 통한 민족 의식이 배어 있다. 글로 쓰인 이것을 실감나게 살려내는 것이 배우와 연출의 몫인데, 이번 팀들은 그 아우라를 관객들에게 전했다고 할 만하다. 서구적 리얼리즘을 한국적 리얼리즘 연극으로 살려낸 것이다. 연출의 힘도 컸겠지만 배우가 보이는, 배우들이 살아 있는 무대를 오랜만에 보았다.

배우가 보이는, 배우들이 살아 있는 무대

13명의 배우가 나오는데 내가 개인적으로 아는 배우는 한 명도 없다. 무대에서 잘한다고 생각한 배우들이 오디션으로 뽑힌 국립극단 시즌단원들이다. 주로 30~40대여서 노련미와 원숙함은 약하나 패기와 열정이 넘쳤고, 무엇보다 화술과 연기의 기본을 고르게 갖추고 있어 보기가 편하고 좋았다. 한 명 한 명 다 칭찬하고 싶지만 내 주관으로 베스트 원을 꼽는다면 영서의 처 역을 맡은 김정은이다. 이미 여러 작품에서 역량을 드러냈지만 이번 무대에서 우리네 신명과 몸짓을 소름이 돋도록 표출해냈다. 금녀 역의 황선화도 극의 흐름을 잘 받쳐주었다. 〈토막〉에는 요즘 배우들에게 익숙지 않은 옛말과 용어들이 많은데도 배우들은 오히려 이를 맛깔나게 소화해내 무대에 활력을 불어넣었다.

리얼리즘 연극은 자칫 신파조로 흐르기 쉬운데 출연진들은 절제하다가도 자신에게 스포트가 올 때는 폭발적으로 혼신의 연기를 펼쳐 여러 차례 관객의 누선을 자극하고 심금을 울렸다. 내친김에 하나 더 칭찬하자면 대사가 또렷하게 들리고 의미까지 전해졌다는 점이다. 연출가 김철리는 배우들의 기를 살려냈을 뿐 아니라 고전 희곡에 현대적인 감각을 곁들이려고 했다.

전반부의 극 전개 느슨해 밀도가 떨어지는 것이 흠

무대 중앙 벽에 간이무대를 설치해 부유층의 삶을 대비시킨 시도는 처음엔 생뚱맞게 보였는데 차츰 극에 녹아들었다. 아쉬운 점은 전반부의 극 전개가 느슨해 밀도를 떨어뜨린다는 것이다. 또 하나는 연극 전공 대학생 관객들이 많았는데, 이 작품이야말로 중장년층까지 폭넓게 볼 수 있도록 더 큰 극장에서 했으면 좋았겠다는 점이다. 왜 이 작품이 한국 연극의 뿌리이고 고전인지 널리 알릴 필요가 있기 때문이다. 마음에 와닿는 연극을 보면 술이 땡긴다. 동네에서 연극배우와 뒤풀이 소주 한 병, 술맛이 달았다.

우리네 삶의 애환과 정서를 리얼리즘으로 형상화한 <토막>. 사진은 최명서 역 김정환.

셰익스피어 연극의 **묘미**
잘 살려낸
펠릭스 알렉사의
신선한 무대

<리차드 2세> _ 국립극단

2014.12.18 ~ 12.28
국립극장 달오름

2014년 12월 29일 오후 2시 4분

어제 국립극장 달오름극장에서 배우 백수련·이경희님과 함께 국립극단의 연극 〈리차드 2세〉를 관람했다. 입소문은 찬반이 엇갈렸는데 내 기준으로는 신선한 재미와 감동을 안겨준 작품이었다.

세 가지가 특히 좋았다. 첫째는 루마니아 연출가 펠릭스 알렉사의 세련된 표현력이고, 둘째는 리차드 역의 배우 김수현의 열정적인 연기, 셋째는 이태섭의 농익은 무대미술이었다. 이 삼박자가 은유와 상징의 천재 연금술사 셰익스피어의 대사의 묘미를 리드미컬하게 살려냈다.

원작 윌리엄 셰익스피어 번역 강태경 윤색 한현주 연출 펠릭스 알렉사 무대 이태섭 조명 조인곤 안무 이경은
의상 장혜숙 조연출 강현주 음악 박소연 작곡 알렉산더 발라네스크 출연 오영수 김수현 윤상화 백익남 김태범 장재호 이상은 전병욱 신동훈 윤정섭 김아진 이호협 정현철 최윤창 허민형 신사랑 박주현

셰익스피어의 고전, 현대적으로 재해석

40대 후반의 펠릭스 알렉스는 등장인물들을 오브제로 활용하면서 대사를 하는 배우에게 집중이 되도록 하는 독특한 메소드로 셰익스피어의 고전을 현대적으로 재해석해냈다.

40대 연기자 중 선두를 달리는 배우 김수현은 진실로 인간적인 리처드 왕의 영욕을 정확한 화술과 힘을 뺀 자연스런 연기로 관객들의 연민을 받으며 눈물샘을 자극했다. 이태섭의 무대는 바위와 자갈로 자연미를 강조하면서 클라이맥스에 물줄기를 흘러내리게 하여 극적인 감흥을 배가시켰다.

그러나 20여 명의 등장인물 연령대가 낮은 데다 연기력이 고르지 않아 국가를 대표하는 국립극단의 작품으로는 아쉬움이 많이 남았다.

셰익스피어의 고전을 현대적으로 재해석한 펠릭스 알렉스 연출의 <리차드 2세> 커튼콜 장면.

오영진의 희곡을 김광보 연출이 생동감 있게 살려낸 가을무대의 수작

<살아 있는 이중생 각하> _ 국립극단

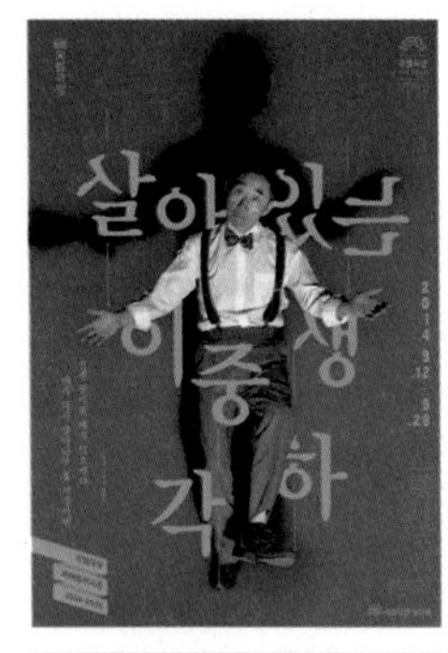

2014.9.12 ~ 9.28
국립극장 달오름

2014년 9월 14일 오후 12시 26분

국립이 국립다워야 국립이지…. 국립극단이 서울역 뒤로 방치되면서 쌓였던 불만이 어제 조금 풀렸다. 국립극단이 가을무대로 장충동 국립극장 달오름극장에서 공연 중인 오영진 희곡, 김광보 연출의 〈살아 있는 이중생 각하〉는 빗나갔던 국립극단의 궤도를 5%쯤 바로잡아 준 듯해 좋았지만, 무엇보다 무질서한 연극계에 연극의 존재 이유를 일깨워 주어 상쾌했다. 작품 선택이 시의에 맞았다.

오영진의 이 희곡은 1940년대 후반의 한국 사회가 배경이지만 60여 년이 지난 지금의 배금주의와 온갖 모리배들의 추태를 실감나게 되비추고 있어 잘 쓴 희곡

작 오영진 연출 김광보 무대감독 변오영 출연 김재건 정진각 정태화 연운경 이선주 유연수 이재훤 유성주 백지원 한동규 이소영 박주용 김지훈 문현정 양한슬 신사랑

의 위력을 유감없이 보여주었다. 이를 시대에 맞게 살려낸 김광보 연출의 탄탄한 앙상블과 생동하는 연기 표출이 보는 재미를 더해 주었다.

정지 화면처럼 미장센으로 각인시킨 라스트가 압권

오영진 희곡의 묘미는 한국적인 해학과 풍자인데 이를 대사뿐 아니라 배우들의 익살스런 연기로 살려낸 솜씨가 관객들의 폭소를 자아냈다. 특히 정지 화면처럼 하나의 미장센으로 각인시킨 라스트가 압권이었다. 연극은 배우예술임을 실감나게 해준 공연이기도 했다. 국립이 국립다워야 한다는 것도 국립무대에 설 만한 배우들의 향연이어야 한다는 의미인데 모처럼 연기의 맛과 치켜 주고 받아주는 호흡과 동작이 물 흐르듯 자연스런 앙상블을 이뤄낸 것이다.

정진각의 연기는 신명들림 그 자체였다. 우리말의 어조를 살랑살랑 부드러운 몸짓에 실어낸 긴 독백은 칭찬이 아깝지 않은 일품 중의 일품이었다.

타이틀 롤 맡은 정진각의 연기는 신명들림 그 자체

이날 공연에서 타이트롤을 맡은 정진각의 연기는 신명들림 그 자체였다. 우리말의 어조를 살랑살랑 부드러운 몸짓에 실어낸 긴 독백은 칭찬이 아깝지 않은 일품 중의 일품이었다. 작가가 그리고자 했던 인간상이 바로 정진각 아니었을까 하는 생각이 들 정도로 그는 한국인의 DNA가 묻어나는 신들린 연기를 보여주며 극의 긴장과 이완을 이끌어냈다. 여기에 이중생의 형 김재건은 관록 있는 희극 연기를 펼쳐냈고, 중생의 부인 우씨 역의 연운경 역시 경망스런 안주인 캐릭터를 잘 살려냈다. 특히 돋보인 배우는 용석아범 역의 정태화, 변호사 역의 유연수, 비서 역의 유성주, 사위 송달지 역의 한동규였다.

오영진 희곡의 묘미는 한국적인 해학과 풍자인데 김광보 연출은 이를 대사뿐 아니라 배우들의 익살스런 연기로 살려냈다.

한국인의 정서를 격조 있게 형상화한 고선웅의 역작

<산허구리> _ 국립극단

2016년 10월 9일 오후 5시 4분

함세덕 작 고선웅 연출의 <산허구리>. 오늘 백장극장에서 관람한 국립극단 근현대 희곡의 재발견 6 <산허구리>는 올해 최고의 연극으로 꼽을 만한 수작이다. 연출의 힘, 배우의 힘이 박제된 희곡을 살아 숨쉬게 했고 나의 감정선을 흔들었다. 한마디로 리얼리즘 연극의 진수라고 해도 지나치지 않는다.

2016.10.7 ~ 10.31
백성희장민호극장

연출가 고선웅은 등장인물 개개인의 캐릭터를 잘 형상화했고 정제된 동선으로 장면의 아우라를 살리면서 관객을 극에 동화시켰다. 고선웅 연출은 일제강점기 가난한 어촌의 신산한 이야기를 사실적으로 그려내 누선을 적시게 하면서도 비극을 희망과 긍정으로 환치시키는 강렬한 카타르시스를 맛보게 했다. 큰아들과 사위에 이어 둘째아들까지 바다에 빼앗긴 비정한 현실이지만 왜 이렇게 되었는지 반문하며 출구를 찾고 힘찬 뱃노래로 다시 일어서는

작 함세덕 연출 고선웅 출연 우상전 김용선 정재진 박윤희 백익남 황순미 임영준 정혜선 이기현 박재철

라스트는 연출의 역량을 극대화한 이 극의 백미였다.

박제된 희곡을 살아숨쉬게 한 연출의 힘, 배우의 힘

연출이 좋아도 연극은 배우의 예술이다. 특히 중진들이 이 연극을 이끌었고 신진들이 충실한 연기로 극을 잘 받쳐주어 근래 드문 앙상블을 이뤄냈다. 포스터에 나왔듯이 어머니 역의 김용선은 신들린 듯 명연을 펼쳤다. 배우가 이만큼 극에 몰입되어 자신의 온 기력을 발산하기란 쉬운 일이 아닌데 그는 자식을 잃은 에미의 한을 짐승이 포효하듯 살 떨리게 표출해냈다. 윤첨지 역 정재진은 새처럼 가벼운 몸놀림으로 극의 분위기를 살려냈다. 노어부 역의 우상전은 오랜만에 산전수전 다 겪은 풍상 노인의 절망 연기를 목발 연기로 펼쳐냈다.

이 같은 중량급 배우들이 없었다면 이번 같은 공감 연극을 만들어내지 못했을 것이다. 여기에 석이 역 박재철과 분이 역 정혜선이 호연을 펼쳤고, 복조 역 임영준도 극에 활력을 불어넣었다. 젊은 어부 박윤희의 연기도 빛났다. 중진 신선희의 공들인 무대미술이 사실주의 연극의 진수를 느끼게 해주었다. 국립극단의 존재 이유는 이처럼 한국인의 정서를 격조 있게 형상화하는 것에 있지 않을까?

윤첨지 역의 정재진, 노어부 역의 우상전, 어머니 역의 김용선(왼쪽 사진)과 젊은 배우들이 앙상블(오른쪽)을 이뤄 공감 연극을 만들어냈다.

서충식이 깔끔하게 연출한 이근삼 작가의 희극

<국물 있사옵니다> _ 국립극단

2016년 4월 10일 오후 9시 42분

오전에 김의경 선생님을 영결하고 오후에 이근삼 선생님을 공연으로 만났다. 〈국물 있사옵니다〉. 서충식 연출로 국립극단 백장(백성희 장민호)극장에서 공연 중인 희극이다. 극작가는 희곡을 남기고 그것은 세월이 흘러도 다시 무대에 올려진다. 그래서 인생은 짧아도 예술은 긴 것이다. 〈국물…〉은 반세기 전에 씌어져 시대 배경이나 언어가 올드하다. 그런데 연출의 서충식은 옛맛을 감칠맛 나게 살리면서 요즘 젊은이들도 재밌게 즐길 수 있는 명품을 만들어냈다. 연극은 배우예술이라고 하지만 철지난 고전도 연출의 역량에 따라 이처럼 새롭게 살아나는 것이다.

2016.4.6 ~ 4.24
백성희장민호극장

작 이근삼 연출 서충식 무대 박동우 조명 이현지 동작구성 남궁호 의상 임예진 음악 박소연 의상 김상희
분장 최유정 출연 박완규 유순웅 이선주 유연수 김정호 이종무 김희창 박지아 임영준 우정원 황선화

박완규는 모노드라마나 다름없는 무대에서 약간 어색한 듯하면서도 애교 있는 제스처와 능란한 화술로 상황을 잘 펼쳐 보였다.

짠한 페이소스가 묻어나는 재미있는 연극

이 극의 장점은 재미있다는 점이다. 가볍지 않은 웃음 끝에 짠한 페이소스가 묻어난다. 주인공 박완규가 거의 모노드라마나 다름없는 무대에서 약간 어색한 듯하면서도 애교 있는 제스처와 능란한 화술로 상황을 잘 펼쳐내기 때문이다. 그는 〈겨울 이야기〉에서도 견실한 연기를 보였는데 이번에 창작극에서 더 멋진 매력을 발산했다. 역은 작았어도 관리인 역 유순웅은 딱 떨어지는 연기를 보였다. 주인공을 중심으로 앙상블을 이룬 배우들의 연기 호흡도 좋았다. 또 특기하고 싶은 부분은 박동우의 계단 무대이다. 아파트 같은 상징성에 기능성 있는 공간 분할이 극을 원활하게 했다. 국립극단 작품이 최근 만원 관객에 젊은이들이 몰리는 것은 작품의 수준이 고르고 완성도가 높아 공신력을 얻었기 때문이라고 본다.

공항을 배경으로 퍼포먼스처럼 펼친 청소년 연극

<비행소년>_ 국립극단

2015년 11월 19일 오후 10시 52분

2015.11.13 ~ 11.29
백성희장민호극장

〈비행소년〉. 국립극단 청소년 연극 제목이다. 한자를 배운 세대인 나는 품행이 나쁜 소년으로 생각했다. 그런데 오늘 백장극장에 가보니 공간 전체가 공항으로 변해 있었다. 비행기를 타고 여행하려는 소년들의 이야기를 다룬 공연이었던 것이다. 청소년 연극답게 아이디어가 좋았다. 관객들은 공항에서처럼 티케팅을 하고 안전검색과 출국심사를 거쳐 극장에 입장한다. 무대 벽도 공항 비행 스케줄 전광판으로 꾸몄다.

그러나 이런 형식보다 중요한 것은 작품의 내용이

작 이보람 연출·구성·미술 여신동 텍스트디자인 박지혜 조명디자인 최보윤 영상디자인 김민수 의상디자인 오현희 작곡 정재일 사운드디자인 임서진 움직임디자인 류장현 영상기술 윤철민 소품디자인 권민희 무대감독 문원섭 조연출 윤석현 예술교육 김미정 김준호 이지형 예술교육감독 최영애 예술감독 김윤철 출연 김동규 김평조 안병찬 안승균 유영현 조동현 강혜련 김명원 안정윤

비행기를 타고 여행하려는 소년들의 이야기를 다룬 <비행소년>은 무대 벽도 공항 비행 스케줄 전광판으로 꾸몄다.

다. 중·고생 관객은 카타르시스를 느꼈을지 모르겠으나 중장년의 시각으로는 시청각 퍼포먼스일 뿐 연극적인 극성은 찾아보기 어려웠다.

청소년 워크숍 공연 재창조

우리나라 국립극단에 어린이청소년극연구소가 있다는 것은 바람직한 일이다. 이 작품은 2013년 청소년 워크숍 공연을 재창조해 무대에 올린 것이다. 창작 과정의 실험적인 소품으로는 괜찮을지 모르겠으나 정식 공연으로 올리기에는 미흡한 점이 보였다. 무엇보다 내용인데 청소년 세대가 겪는 통상적인 아픔들이 독백으로 반복되어 신선감이 느껴지지 않았다. 음성 변조라든가 몇 부분 상큼한 발상이 있기는 했지만 비행이라는 출구와 맞닿아지지 않아 독백·랩·움직임·춤·조명·음향이 뒤섞인 쇼가 된 감이 없지 않았다.

젊은 배우들은 열정이 넘치고 가능성도 보였으나 1인 장기자랑 같은 인상을 지우지는 못했다. 연극이 꼭 스토리텔링만은 아니지만 왜 명작에서 희곡의 비중이 큰지 청소년극에서도 생각하게 만들었다.

보호관찰을 받는 청년과 가족들의 심리를 그린 사회극

<소년 B가 사는 집> _ 국립극단

2015년 4월 27일 오전 11시 9분

2015.4.14 ~ 4.26
백성희장민호극장

어제 백장극장에서 이호재·강애심 등 존경하고 좋아하는 배우가 출연한 국립극단 연극 〈소년 B가 사는 집〉을 관람했다. 젊은 연출가를 발굴·육성하는 프로젝트의 하나였는데 연기 앙상블이나 관객 장악력이 수준급이었다. 작가 이보람, 연출가 김수희 모두 신진들인데도 기초가 탄탄하다는 느낌을 받았다.

14세 때 친구를 죽이고 암매장, 복역하고 출소해 보호관찰을 받는 청년과 가족의 심리를 그린 사회극인데 희곡이 과장 없이 사실적이어서 공감할 수 있었다. 생활의 세세한 부분까지 리얼리티를 살린 연출은 각

작 이보람 연출 김수희 무대 이창원 조명 박선교 의상 이명아 음악 전송이 분장 지병국 조연출 김연수
무대감독 구민철 예술감독 김윤철 출연 이기현 이호재 강애심 이은정 백익남 최정화 강기동

공연 후 극장 마당에서 왼쪽부터 고인배, 강애심 배우, 필자, 이호재 배우, 정혜영 기획자 등과 함께.

인물의 심리를 진솔하게 표출해내 90분 동안 객석을 시종 장악했다. 특히 주인공 대환(이기현)이 소년 악마(강기둥)와 대결하는 장면 연출은 신예답게 패기가 넘쳤다.

배우 이호재는 연기의 달인이었다. 70대 배우가 20여 년 연하의 강애심과 부부로 나오는데도 전혀 간극을 보이지 않을 만큼 극을 든든하게 받쳐주었다. 배우 강애심은 데뷔 때부터 지켜보았는데 이제 연기가 무르익었다고 할 만큼 이번 연극에서 어머니의 내면과 외연을 개성 넘치게 소화해냈다.

모처럼 극에 몰입해 눈물 흘린 작품

모처럼 극에 몰입해 눈물을 흘린 작품이었고, 무엇보다 내일을 이어갈 단단한 인재들이 있다는 점이 흐뭇했다. 그러면서도 아쉬운 점은 국립극단은 한국을 대표할 명실상부한 작품을 올리고 젊은 인재 육성 발굴을 해야 하는데 아직은 그렇지 않다는 것이다. 또한 배우와 스태프 대다수가 지방 공연을 원하는데 그게 힘들다니 국립극단의 역할이 무엇인지 새삼 묻게 된다.

신예의 **패기**가 돋보였으나 **효율적**이지 않았던 **손톤 와일더**의 **원작** 재구성

<가까스로 우리> _ 국립극단

2016년 6월 13일 오후 2시 39분

2015.6.10 ~ 6.26
국립극단 소극장 판

〈가까스로 우리〉. 국립극단이 '젊은 연출가전'에 초대한 박지혜 연출의 이 공연은 손톤 와일더의 〈The Skin of Our Teeth〉를 텍스트로 박지혜 연출이 번역하고 한국 상황을 반영하여 재구성한 것이다. 극중극으로 와일더의 작품이 공연되고 여기에 배우들의 연습 과정을 함께 보여주어 형식 자체가 이색적이었다.

젊은 연출가의 도전은 과감했고 의식이 분명했다. 〈우리 읍내〉로 잘 알려진 손톤 와일더에게 세 번째 퓰리처상을 안겨준 〈The Skin of Our Teeth〉은 국내에서는 생소한 작품인데 이를 찾아내 재구성하고 연습 과정

원작 손톤 와일더 번역·연출 박지혜 미술 여신동 의상 프랑수아 루치아니 음악 정재일 출연 손상규 양종욱 황순미 양조아 안병찬 김예은

6명의 쌩쌩한 배우와
중견 스태프가 협업하여
박지혜식 퍼포먼스를 선보인
<가까스로 우리>.

까지 함께 보여준다는 것은 쉬운 일이 아니다.

빙하와 홍수와 전쟁이 뒤섞인 가정의 이야기

그런데 그는 6명의 쌩쌩한 배우(손상규·양종욱·황순미·양조아·안병찬·김예은)와 중견 스태프(미술 여신동, 음악 정재일 등)와 협업하여 박지혜식 퍼포먼스를 만들어 공개했다. 젊은 관객들은 어떻게 보았는지 모르지만 나이든 내게는 솔직히 버거웠다.

1965년 대학에 입학해 처음 본 연극이 〈우리 읍내〉였다. 다 이해는 못했지만 한 마을을 무대로 성장과 결혼과 죽음을 보여주는 희곡이 너무 좋았고 무대나 극 형식도 새로웠다. 그런데 〈The Skin…〉은 희곡도 공연도 본 적이 없어 생소한데 빙하와 홍수와 전쟁이 뒤섞인 가정의 이야기가 난해하기만 했다. 인터넷을 찾아보니 상을 받을 만한 대단한 희곡이었다. 2차 세계대전이 진행되던 1942년에 이 작품을 발표한 작가는 아마도 인류의 위기 일발을 다루고자 했던 것 같다. 한 가정의 상징적 인물들을 통해 지식과 감정, 쾌락과 폭력, 그리고 미래의 희망을 보여주려 했다는 것도 알게 됐다. 젊은 예술가에게 실험과 시도는 필수다.

젊은 예술가의 실험과 시도는 필수지만 보편성도 가져야

그러나 그 시도가 어느 만큼 보편성을 가지며 관객과 소통할 수 있는지도 염두에 두어야 한다고 본다. "여기에 나오는 말이 무슨 말인지 하나도 모르겠어요" 라는 극중 대사처럼 내용도 생소한 공연을 두 시간 동안 인내하면서 든 생각은 손톤 와일더의 〈The Skin of Our Teeth〉를 원작 그대로 연출한 공연을 보고 싶다는 것이었다.

배우들의 즉흥 연기가 감정을 동요시킨 고선웅 연출의 다큐 같은 상황극

<한국인의 초상> _ 국립극단

2016.3.12 ~ 3.28
국립극단 소극장 판

2016년 3월 16일 오후 11시 51분

무대에서 나 자신을 보았다면 과장일까? 웃어야 할 상황에서 왜 눈물이 날까? 국립극단이 고선웅 연출로 공동 창작한 <한국인의 초상>은 배우들의 즉흥 연기로 엮어 가는 장면 만들기인데도 시종 내 가슴을 쳤고 감정을 흔들리게 했다. 이런 다큐 같은 상황극을 여러 번 봤지만 감동을 받은 것은 이번이 처음이다.

왜일까? 나는 연출의 힘이라고 본다. 고선웅! 그는 일상의 장면들을 무대에 재현하면서 박제된 정사진이 아니라 실제 내 모습이 투영된 것 같은 착시현상을 일으키게 했다. 그냥 보는 것이 아니라 느끼게끔 감정이입을 하는 연극의 현존을 보여주었다. 100분 안팎의 시간에 고작 12명의 배우로 5천만 한국인의 초상을 무대에 그려낸다는 것이 가당키나 한 일인가.

작 공동창작 연출 고성웅 무대 김교은 조명 류백희 안무 김보람 의상 최윤정 조연출 하수정 문새미 음악 김태규
출연 정재진 원영애 전수환 김정은 김정환 이동준 이기돈 황순미 김선아 전경수 백성광 안병찬

고선웅과 열두 배우들은 100분 동안 27개 토픽들을 즉흥극으로 펼쳐내면서 관객의 감정선을 흔들었다.

그런데 고선웅과 열두 배우들은 100분 동안 27개 토픽들을 즉흥극으로 펼쳐내면서 관객의 감정선을 흔들었다. 분명 현실을 과장하고 희화했으면 웃음이 나와야 하는데 객석은 오히려 침묵하고 침을 삼켰다.

모든 실험이 가능한 블랙박스 무대에서의 상상 체험

이 퍼포먼스는 나이나 성별, 자신이 처한 상항에 따라 반향이 다를 수 있다. 나는 나이가 많아서인지 모든 상황에 수긍이 갔고 표현하려는 메시지에 공감을 넘어 카타르시스를 맛보기도 했다. 모든 실험이 가능한 블랙박스 무대. 아무 선입관 없이 배우들이 무대공간에 펼쳐놓은 옷을 입고 무얼 하려는지 모르는 상황에서 임산부로 분한 배우가 <반달> 동요를 부르는데 울컥 감정이 치밀었다. 무당이 접신을 하듯, 전류에 감전이 되듯 찌릿한 무엇이 눈시울을 달구었다. 출퇴근길 지옥철에서 SNS를 달고 사는 군상들, 섹스·낙태·실업·도박·성형·노인 문제까지 서른 개 가까운 장면이 변하는데 그때마다 관객은 상황 속의 주체가 되어 자신의 모습을 보는 듯한 상상 체험을 한 것이다.

그것은 오브제 역할을 잘 수행한 배우들의 앙상블 덕이지만 거기에 숨결을 불어넣은 것은 음악과 연출의 능력이었다. 흔히 듣던 가요와 팝 음악이 이토록 심금을 울릴 줄은 진정 몰랐다. 나는 이 퍼포먼스를 보면서 내가 겪었고 지금 처해 있고 앞으로 닥칠 일들을 실감하며 전율을 느낀 순간도 있었다. 아날로그에서 디지털로 세상이 바뀌면 편리하고 장밋빛 행복이 펼쳐질 줄 알았다.

60대 배우 정재진, 군계일학의 연기 펼쳐

그런데 이 초상에서 보듯 인간은 더 외롭고 번거롭고 기계의 종속이 되어 갈 뿐이다. 연출가 고선웅은 한국인의 초상을 인류 보편의 초상으로 승화시켜 관객에게 신뢰를 주었다. 모든 배우들이 고루 기량을 펼쳤지만 60대 배우 정재진은 군계일학이라고 할 만큼 단연 돋보였다. 이 공연의 미덕은 우리의 어둡고 괴로운 민낯만 보여준 게 아니라 라스트에 "해Sun 봐", "해보자Do"는 희망의 메시지를 던진 것이다. 무대 한 벽면의 창을 열어 여명의 빛이 들어오도록 한 연출은 1989년 미국 영화 <브루클린으로 가는 마지막 비상구>의 라스트를 연상케 했다.

이 공연의 미덕은 우리의 어둡고 괴로운 민낯만 보여준 게 아니라 라스트에 희망의 메시지를 던진 데 있다.

일본 작가의 기발한 희곡, 류주연 연출의 젊은 연극

<허물>_ 국립극단

2015년 6월 3일 오후 9시 18분

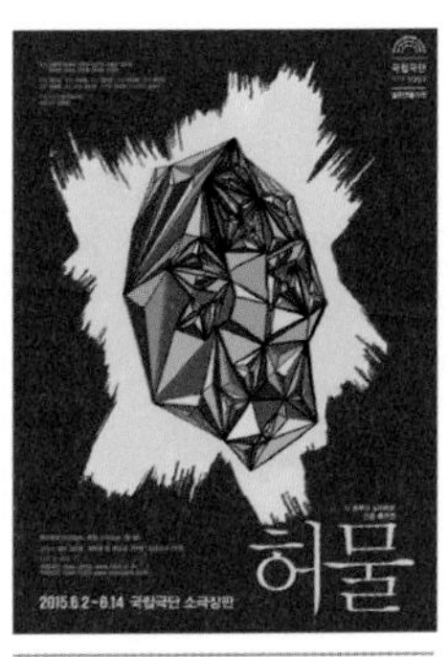

2015.6.2 ~ 6.14
국립극단 소극장 판

영화 〈벤자민 버튼의 시간은 거꾸로 간다〉처럼 사람이 허물을 벗고 젊어지는 연극을 보았다. 국립극단이 젊은 연출가전으로 기획한 연극 〈허물〉을 국립극단 소극장판에서 개막 첫날(6월 2일) 관람한 것이다. 일본 극작가 츠쿠다 노리히코의 희곡을 류주연이 연출했는데 젊은 기대주답게 정공법 무대를 선보였다.

일본 희곡 중에는 기발한 아이디어들이 많다. 음주운전으로 교통사고까지 일으켜 직장에서 잘리고 아내와는 이혼, 어머니마저 세상을 떠나 치매에 걸린 아버지를 돌봐야 하는 다쿠야가 허물을 벗고 계속 젊어지는 아버지와의

원작 츠쿠다 노리히코 번역 명진숙 연출 류주연 무대 구은혜 조명 박성희 안무 최수진 의상 김지연 조연출 강선영 음악 최인양 무대감독 홍영진 출연 임홍식 정태화 조영선 신안진 반인환 조재원 신용진 김유진 김애진 이경미 현은영

치매에 걸린 아버지를 돌봐야 하는 주인공이 허물을 벗고 계속 젊어지는 아버지와의 대화로 자기 자신을 알아가는 <허물>의 한 장면.

대화로 자기 자신을 알아간다는 이야기다. 80대 아버지 역은 배우 임홍식, 60대는 정태화, 50대는 조영선, 40대는 신안진, 30대는 반인환, 20대는 조재원이 맡았다. 이 여섯 명의 아버지를 다시 대하는 주인공 다쿠야 역은 신용진이 해냈다. 아내, 애인, 어머니 등 여자 배역은 김유진, 현은영, 김애진, 이경미 등이 맡았다.

치매에 걸린 아버지 돌보는 이야기

공연은 젊어지는 아버지와 차례로 대화하면서 아내와의 관계도 호전되는 해피엔딩이어서 이야기 자체가 재밌게 이어진다. 날달걀 8개를 깨서 넣은 우유를 마신다거나 메밀국수를 실제로 나눠 먹는 등 사실성을 도입하고 무대 또한 리얼하게 꾸몄다. 배우들도 고르게 배역을 잘 소화해냈다. 그런데 뭔가 제 맛이 안 나는 느낌이 들었다. 적당한 비유는 아니지만 폴카 리듬으로 했으면 더 신났을 연극을 트로트나 왈츠 리듬으로 공연한 것 같다고나 할까. 마치 사뮤엘 베케트의 〈고도를 기다리며〉를 초창기 국내 공연에서 의미심장하게 했다가 지금은 희극으로 하는 것처럼 이 작품도 템포를 더 빠르게 하고 유머 감각을 살렸더라면 훨씬 맛깔스럽지 않았을까 혼자 생각해 보았다.

예술의 전당

오페라극장 · 자유소극장 · CJ 토월극장

세종문화회관

유니버설발레단이 한국 초연한 스토리 발레, 새롭고 신선

<그램 머피의 지젤> _ 유니버설발레단

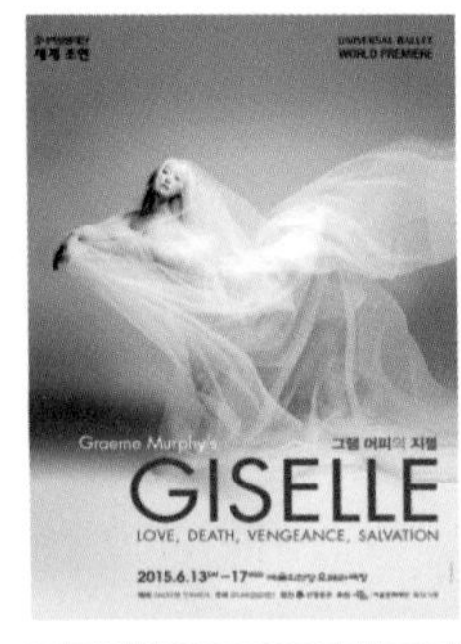

2015.6.13 ~ 6.17
예술의 전당 오페라극장

2015년 6월 14일 오후 11시 24분

남자 군무를 등장시킨 발레 〈백조의 호수〉만큼 충격적이지는 않았지만 〈그램 머피의 지젤〉은 분명 기존의 상식을 깨는 '스토리 발레'라서 새롭고 신선했다. 예술의 전당 오페라극장에서 본 유니버설발레단(단장 문훈숙)의 〈그램 머피의 지젤〉은 고전 발레에 익숙한 관객에게는 어떨지 몰라도 나처럼 호기심 많은 관객은 보지 않고 못 배기는 고전의 파격이자 과감한 재해석이었다. 디아길레프 안무의 고전 낭만 발레 〈지젤〉은 몇 번 보았지만 〈그램 머피의 지젤〉은 한국 초연의 창작 발레라서 보고 싶었는데 마침 딸·사위와 부부동반 관람할 기회를 가졌다.

안무 그램 머피 조안무 자넷 버논 의상 제니퍼 어원 세트 제라드 마뇽 조연출 이은영 윤영은 조명 다미앙 쿠퍼 음악 크리스토퍼 고든 출연 황혜민 콘스탄틴 노보셀로프 강미선 이동탁 김나은 강민우 리앙 시후아이 박종석 동 지아디 오혜승 최희윤 곽태경 이용정 홍향기 예 페이메이 한상이 김채리 최지원

<그램 머피의 지젤>은 기존의 상식을 깨는 '스토리 발레'라서 새롭고 신선했다.

한국 무용수들의 기량, 세계적 수준임을 실감

그램 머피는 호주의 안무가다. '발레 스토리텔러'라는 평가를 받는 그는 이미 다이애나 비의 삶과 죽음을 다룬 〈백조의 호수〉로 세계적 명성을 얻었다. 그가 이번에 문훈숙 단장의 요청으로 창작한 지젤은 마임으로 엮은 무용극이라고 할 만큼 무용수들의 춤 동작을 보면 스토리가 읽히는 색다른 시도이다. 안무가 새롭고 의뢰인이 한국이다 보니 음악을 새로 창작했고, 장구와 징 등 한국 타악기를 끌어들여 우리 정서와 신명을 살리려고 노력한 흔적도 보인다.

1막은 평상복에 슈즈를 신고 판토마임 하듯 이야기를 풀어 나가고, 2막은 토슈즈에 은빛 가발과 흰색 메이크업으로 분위기를 대비시켰다. 이날 주역은 김나은(지젤)과 강민우(알브레히트)였는데 한국 무용수들의 기량이 세계 수준임을 실감케 했다.

다이내믹한 안무, 이야기가 있는 발레

아름다움과 감동으로 관객을 매료시키는 고전 발레와 달리 스토리 발레를 창작해 한국 초연한 그램 머피는 스토리텔링을 강조하기 위해 조역들의 캐릭터를 강화했다. 특히 무용수들의 동작 하나하나에 새로움을 불어넣기 위해 세심하게 신경쓴 다이내믹한 안무가 돋보여 감상 발레가 아닌 이야기가 있는 발레로 관객들에게 편안하게 다가왔다. 왜 우리 예술가에게는 이런 기회가 주어지지 않을까?

현대미술의 거장 마크 로스코의 예술세계 조명한 걸작

<레드>_신시컴퍼니

2016년 7월 7일 오후 2시 54분

2016.6.5 ~ 7.10
예술의 전당 자유소극장

연극 〈레드〉를 예술의 전당 자유소극장에서 보고 많은 것을 느꼈다. 미국의 작가 존 로건이 쓴 이 작품은 런던에서 초연되어 브로드웨이에서도 히트해 토니상을 받았고 국내에서도 2011년부터 공연되었는데, 네 차례 만에 인터파크에서 자유석을 구입해 2층 난간에서 관람했다. 두 팀이 나오는데 나는 한명구와 카이(정기열)의 막공을 선택했다. 한명구의 학구적인 진지한 연기에 뮤지컬 무대에 섰던 카이가 정극에서 어떻게 대응했는가를 보기 위해서였다. 역시 한명구는 논리적이고 예민한 감성의 아티스트 로스코 역을 유려한 화술과 빈틈없는 연기로 무

연출 김태훈 무대 여신동 조명 나한수 의상 백경진 조연출 김준영 음향 박승은 무대감독 황지원
출연 강신일 한명구 카이 박정복

대를 압도해 나갔다. 반면 조수 켄 역의 카이는 성악가 출신다운 미성이 연극 언어로는 약간의 핸디캡이 되었으나 순수하면서 열정적인 캐릭터를 무리 없이 소화해냈다.

추상표현주의 대가 마크 로스코 역을 맡은 한명구와 화가 지망의 풋내기 조수 조수 켄 역을 맡은 카이가 연기한 <레드>.

미술에 대한 치열한 논쟁 다룬 진지한 연극

〈레드〉는 러시아 유태인으로 미국으로 이주한 추상표현주의 대가이자 당대 혁신의 주자로 자부심 강한 마크 로스코와 화가 지망의 풋내기 조수 켄이 화실에서 함께 작업하며 벌이는 미술에 대한 치열한 대화와 논쟁을 다뤄 재미가 있는 연극은 아니다. 어려운 미술 용어도 많이 나오고 로스코 전기를 읽지 않은 관객들에게는 낯선 상황들도 있지만, 관객들은 조금의 흐트러짐 없이 진지하게 무대에 몰두했다. 두 배우의 앙상블도 좋았지만 작품의 주제가 예술가의 치열한 의식을 다루고 있어 극 속에 빨려들기 때문이다. 기존의 가치와 새로운 변화가 부딪치고, 구세대와 신세대의 다른 의식이 대립하는 내용이 흥미를 끄는 요소이기도 했다.

극 후반에 조수 켄이 로스코에 정면으로 대드는 장면은 이 연극의 압권이다. 그런 조수에게 로스코는 "넌 처음으로 존재했어"라며 밖에 나가 자신의 세계를 찾으라며 그를 해고한다. 국내에서도 이 같은 대화 위주 연극 팬들이 많다는 것은 바람직한 현상이다. 또 다른 느낌은 마크 로스코 주제의 연극을 보면서 국내 화단과 화가들을 떠올리게 된다는 것이다. 조수는 쓰지만 캔버스를 짜거나 화구를 청소하는 일에 그치고 작품에 간섭 못하게 하는데 우리는 다른 사람 그림에 덧칠해 파는 게 관행이라고 우기는 실정이다. 로스코를 비롯해 연극에 거론된 대가들은 작업실에서 중노동을 하며 예술과 대결하는 점도 눈여겨보았다.

금세기 최고가의 화가로 꼽히는 마크 로스코의 작품은 2006년 리움에서 개최한 '마크 로스코 : 숭고의 미학'을 통해 국내에 소개되었다. 그 전시를 보며 나는 색면 추상화인데도 감정이 느껴진다는 것을 처음 체험했다. 그 이후 애호가가 되었는데 지난해 3~6월 예술의 전당 한가람미술관에서 열린 마크 로스코전을 통해 더욱 깊이 그의 작품세계에 매료되었다. 이 전시에서는 로스코의 마지막 작품 〈레드〉(이 작품을 화랑에서 본 평론가는 로스코의 자살을 예견했고 실제로 얼마 후 그는 생을 마감했다)와 함께 미국의 명소가 된 휴스턴의 로스코채플에 걸린 흑색 작품들, 그리고 300만 달러의 거금을 받고 의뢰받은 뉴욕 시그램빌딩 레스토랑 벽화를 상류사회 호사 취미에 내 그림을 걸 수 없다며 취소시킨 유명한 일화의 작품도 함께 선보였다. 그동안 화가를 주제로 한 영화나 연극은 많았지만 로스코의 생전 어록에 무게를 두어 한 예술가의 철학과 미학을 이처럼 명징하게 담아낸 〈레드〉를 보며 작가의 힘을 다시금 느꼈다.

시로 써내려간 **암울**한 **시대**의 **청춘** **윤동주**

<윤동주, 달을 쏘다> _ 서울예술단

2016.3.20 ~ 3.27
예술의 전당 CJ 토월극장

2016년 3월 27일 오후 5시 57분

<윤동주, 달을 쏘다>. 마지막 날, 놓치지 않고 보기를 잘했다. 근래 본 뮤지컬 중 가장 진솔했고 완성도가 높았다. 어렵게 예매를 해서 3층 꼭대기 열악한 좌석에서 보았는데도 감동이 전해졌다. 사실 서울예술단 공연은 잘 보지 않았다. 목적성이 앞서거나 필요 이상 예산을 들여 과대포장된 작품이 적지 않았기 때문이다.

그런데 몇 년 전 초연한 이 창작 가무극은 보고 싶었다. 윤동주라는 시인을 어떻게 형상화했을까 궁금했다. 몇 차례 다듬어서인지 우선 잘 만들었다. 지루한 부분이 없지는 않았지만 노래가 좋았고 시가 좋았다. 가장 칭찬하고 싶은 스태프는 극본·작사를 한 한아름이고, 이를 우리 정서에 맞게 작곡·편곡한 오상준, 그리고 차분하면서도 핵심을 살릴 줄 아는 권호성의 연출 솜씨였다.

극본·작사 한아름　연출 권호성　무대 이인애　작곡 오상준　예술감독 정혜진　출연 박영수 김도빈 조풍래 외

주옥같고 심장 같은 시를 잘 살려낸 <윤동주, 달을 쏘다>의 라스트.. 박영수가 윤동주 역을 맡았다.

내실 갖춘 값어치 있는 공연

이런 든든한 무대를 살려낸 것은 윤동주 역 박영수였다. 노래가 뛰어났고, 무엇보다 윤동주의 주옥같고 심장 같은 시를 잘 살려냈다. 여기에 송몽규 역 김도빈, 강처중 역 조풍래의 앙상블이 극의 분위기를 살려냈다. '달을 쏘다'라는 시를 형상화한 라스트는 압권이었고, 솔로와 3중창도 내용과 음악 모두를 잘 전달했다.

인물을 그리는 창작극은 거의 평면 나열과 설명 위주로 지루했는데 이 가무극은 "시로 써내려간 암울한 시대의 청춘 윤동주"를 찬란한 기억으로 각인시켰다. 요즘 요란하기만 하고 값만 비싼 뮤지컬과는 다르게 내실을 갖춘 값어치가 있는 공연이었다.

김광보 연출, 햄릿형 여자 함익 등장시켜 관객의 호기심 자극

<함익> _ 서울시극단

2016.9.30 ~ 10.16
세종문화회관 M씨어터

2016년 10월 3일 오후 7시 29분

햄릿의 패러디 또는 재창작. 서울시극단 김광보 연출의 <함익>은 여러 난제가 있음에도 불구하고 재미를 주는 데 성공한 연극이다. 이제까지 셰익스피어 따라하기도 벅찼던 국내 현실에서 김은성 작가는 햄릿형 여자 함익을 등장시켜 관객의 호기심을 자극했다. 햄릿 비틀기 내지 현대사회에서의 햄릿형 인간상을 구현해 보려 한 김광보 연출은 매장면 배우들의 앙상블과 강약을 조절해 매끄럽게 극을 이끌었다. 배우들도 리드미컬한 몸짓으로 생동감 있는 연기를 펼쳤다.

그럼에도 어딘가 조화를 이루지 못했다. 작가는 햄릿의 고독을 현대 재벌가 여성에게 투영시켜 햄릿 같은 광기까지 끌어가려 했다.

작 김은성 연출 김광보 무대 박동우 조명 김정태 의상 홍문기 분장 이동민 소품 정윤정 안무 금배섭 음악 장한솔 음향 남윤수 무대감독 장연희 조연출 이은영 윤영은 기획제작 최상윤 홍보 김수진 제나영 인주희 우리리 출연 강신구 최나라 이지연 윤나무 황성대 박기덕 구도균 이원희 김두봉 김수아 나성민 조아라 송철호 전운종 이정주 정보연 이세영 박진호 호효훈 장석환 정유진 유원준 한정훈 박현 이희순 최동혁 재창작이라고 하지만 햄릿이란 텍스트에 대해 이 작가만큼 자의적인 해석과 응용(학생들의 햄릿 제작 실습)에 예리하고 신선한 대사를 살려낸 경우는 별로 보지 못했다. 셰익스피어의 명대사를 극중에 적절히 인용하면서도 자기 만의 맛깔스런 대사로 젊은 관객의 감성을 흔든 작가의 극작술은 대단하다.

젊은 관객의 감성 흔든 작가의 극작술 탁월

하지만 한국형 캐릭터 창출이라는 벽을 뛰어넘지 못했다. 비극 전공 연극과 교수의 성격은 살려냈으나 재벌가의 딸로 정략결혼에 흔들리는 부분은 통속 드라마처럼 생경했다. 이 대목까지 희곡으로 숙성시켜 무대화했다면 셰익스피어 재해석에 이정표를 세울 수 있었는데 그 과정이 약한 점이 못내 아쉽다.

또 하나는 타이틀 롤 함익의 연기 유연성이다. 주역을 맡은 최나라 배우는 너무도 성실히, 너무도 열정적으로 어려운 연기를 잘 소화해냈다. 그러나 3중 4중의 캐릭터를 각기 다른 몸짓과 화술로 표현하는 데는 한계가 있었다. 더욱이 검은색 일색의 단조로운 의상은 이 배우의 개성을 옥죄는 선을 넘어 관객인 나를 답답하게 했다. 평소처럼 적절하게 긴장을 풀고 좀 더 덜 무거운 의상으로 신나게 또는 햄릿처럼 비장하게 연기를 펼쳤더라면 이 연극의 재미는 배가되었을 것이다. 연우 역 윤나무의 열정과 패기가 빛났고, 분신 역 이지연도 함익의 내면을 잘 풀어내 숨통을 텄다.

분신 역 이지연,
연우 역 윤나무(앞줄) 등의
연기가 빛난 <함익>.

<함익> 같은 시도 계속되어야

셰익스피어가 400년 전 작가라서 분명 지루한 면이 있지만 그의 극작술과 인생 철학은 오늘도 뛰어넘기 어려운 큰 산임에 틀림없다. 그럼에도 <함익> 같은 시도는 계속되어야 한다.

동영상처럼 실감 있게 연출한 셰익스피어의 사극

<헨리 4세> _ 서울시극단

2016.3.29 ~ 4.14
세종문화회관 M씨어터

2016년 3월 31일 오전 12시 19분

셰익스피어의 사극을 이해하고 감상할 수 있다는 것은 얼마나 행복한 일인가. 서울시극단장 김광보 연출의 〈헨리 4세〉는 올해 서거 400주년을 맞는 셰익스피어가 영국의 15세기 정치사를 그린 사극이어서 우리에겐 어렵다. 희곡이라도 읽을 기회가 있었으면 좋으련만 희·비극 몇 편 섭렵한 게 고작이니 아무리 쉽게 재해석한다고 해도 편히 즐기기란 지난하다.

그런데 김광보 연출과 배우들은 희곡 속에 박제된 셰익스피어의 명문들을 화술로 살려내고, 위대한 작

원작 윌리엄 셰익스피어 각색 오세혁 번역 이태주 연출 김광보 조명 이동진 안무 금배섭 의상 김지연 조연출 이은영 윤영은 음악 장한솔 미술감독 박동우 무대미술 정재진 출연 강신구 이창직 박정복 김신기 최나라 이지연 황성대 박기덕 구도균 이원희 김두봉 김수아 나석민 조아라 송철호 전운종 이정주 박세기 정보연 허진 이세영 박진호 호효훈 장석환 정유진 유원준 한정훈 박현

가가 희곡 속에 녹여낸 권력과 야망과 투쟁, 이기심과 배신의 적나라한 모습을 동영상처럼 실감 있게 극화해냈다. 내친김에 칭찬을 더 하자면 셰익스피어 연극을 한 단계 업그레이드시켰을 만큼 작품 전체의 완성도가 높았다는 점이다. 원작에 충실하면서도 연출의 메소드가 돋보이고 배우들의 기량을 최대로 뽑아내 앙상블을 이룬 데다 최근 두각을 나타내는 정재진의 무대와 영상이 신선한 무대 공간을 체험케 해주었다.

헨리 4세 역의 강신구,
정확한 발성과 중량감 있는 연기

그래도 연극은 배우의 예술이다. 내가 가장 멋지게 본 배우는 헨리 4세 역의 중견 강신구였다. 그는 정확한 발성과 중량감 있는 연기로 극의 중심을 받쳐주며 활

헨리 4세 역의 강신구와 폴스타프 역 이창직(앞줄 가운데)의 중량감 있는 연기가 극의 중심을 받쳐준 <헨리 4세>의 커튼콜 무대.

화산 같은 열정을 뿜어냈다. 폴스타프 역의 이창직은 특유의 신체조건과 능란한 연기로 권력 앞에 무색해지는 백성의 진면목을 코믹하면서도 애잔하게 표출해냈다. 헨리 왕자 역의 박정복도 신예다운 패기와 가능성을 보여줬으나 관록이 붙지 않은 게 아쉬웠다.

에너지 넘쳤던 세 시간

인터미션 포함 세 시간 동안 진행되는 이 작품의 미덕은 에너지였다. 조명을 활용한 등·퇴장의 변화, 어릿광대의 퍼포먼스와 10여 명 배우들을 코러스처럼 연출한 다양한 볼거리, 그리고 팽팽한 긴장감을 잃지 않은 템포 유지 등은 셰익스피어의 작품을 관객에게 새롭게 접근시키고 그 내면의 재미까지도 느끼게 했다. 반세기 전 연세대 문과대에서 오화섭 교수에게 들었던 셰익스피어 강의가 새삼 떠오르는 밤이다.

연출은 쌈박했으나 민간 극장에서 했다면 더 좋았을 작품

<나는 형제다> _ 서울시극단

2015년 9월 19일 오후 11시 13분

2015.9.4 ~ 9.20
세종문화회관 M씨어터

토요일 저녁 세종문화회관 M극장에서 서울시극단장 김광보 연출의 〈나는 형제다〉를 관람했다. 지난해 국립극단이 공연한 〈전쟁터를 훔친 여인들〉과 〈살아 있는 이중생 각하〉를 보고 김광보 연출에 매료되어 그가 국립극단이나 서울시극단을 이끌면 좋겠다는 생각을 했다. 그래서는 아닐 테지만 김광보 연출은 50대 초반에 서울시극단장이 되었고, 그 첫 작품이 〈나는 형제다〉였다. 체코 프라하와 크로아티아를 여행하며 나는 페친들에게 귀국하면 국립극단의 〈아버지와 아들〉, 서울시극단의 〈나는 형제다〉를 보겠다고 했다. 어제 명동예술극장에서 이성

작 고연옥 연출 김광보 무대 황수연 조명 이동진 안무 금배섭 의상 이명아 조연출 허영균 음악 장한솔
출연 이승주 장석환 이창직 강신구 주성환 최나리 천정하 유성주 문호진 김동석 박진호 신해은 유미선 이지연 조용진 허재용

열 연출의 〈아버지와 아들〉을 본 것은 재작년 명동예술극장에서 이성열이 연출한 체홉의 〈바냐 아저씨〉가 너무 좋아서였다. 그리고 바로 김광보 연출작을 찾은 것은 그의 연출력을 신뢰하기 때문이었다.

타이틀 롤을 맡은 형 역의
이승주(오른쪽)와
동생 역의 장석환.

국공립극단은 어떤 작품을 올려야 하나

그런데 두 작품 모두 기대에 미치지 못했다. 제작 여건이나 맨파워로 보면 이전 작품보다 더 멋진 작품을 선보여야 했다. 그런데 왜 기대에 미치지 못했을까? 두 작품을 보면서 국공립극단은 어떤 작품을 올려야 하는가에 대한 의문이 들었다. 여러 견해가 있겠지만 국민과 시민의 세금으로 운영되는 공연장이니까 좋은 작품을 좀 더 많은 국(시)민들이 볼 수 있게 하는 것이 모범 답안일 것이다. 그런데 인구 천만에 달하는 서울에서 500석도 안 되는 두 국공립극장의 객석은 꽤 비어 있었다. 우리 연극 예술 인구는 이 극장을 채울 만큼도 안 되는지 아니면 관객이야 보든 말든 공연만 올리면 되는 것인가. 일본 사계 본부를 방문하고 가장 감명 깊었던 것은 개막 전에 관객 예매로 객석을 확보하는 전략이었다.

잘 연출하고 잘 연기한 작품이지만 대사가 어려워

고연옥·김광보 콤비의 창작극 〈나는 형제다〉는 잘 연출하고 잘 연기한 괜찮은 작품이다. 주제인 잠재적

테러리스트에 나도 공감한다. 이 나라에서 이 나이로 살면서 그런 감정은 누구나처럼 나도 느끼기 때문이다. 그런데 시민의 평균을 고졸로 했을 때 대사나 주제 해석은 너무 어려웠다. 연출이 삼빡하고 배우들의 연기가 매끄러워 볼 만했으나 쉬운 얘기를 어렵게 한다는 생각이 들었다. 국공립극장보다 민간 극장에서 했다면 좋았을 작품이었다. 형제 역을 맡은 이승주·장석환 연기가 신선했고 출연진 전체 연기가 안정감을 보인 점은 특기할 만하다. 그럼에도 국공립극단은 어떤 작품을 올려야 하는가에 대한 의문은 여전히 풀리지 않는다.

고연옥·김광보 콤비의 창작극 <나는 형제다>는 공립극장에 적합한 주제는 아니라고 생각했다.

그 밖의 연극 무대

형식의 파격인가, 자기들만의 리그인가

<나는야 연기왕> _ 극단 그린피그

2016.10.26 ~ 11.6
남산예술센터 드라마센터

2016년 10월 29일 오전 1시 11분

배우에게 연기란 무엇인가? 아마도 이 질문에 고민해 보지 않은 배우는 없을 것이다. 연기란 가르치고 배워서 익혀지는 것일까. 천부적 재능을 타고나야 관객들의 박수를 받는 것일까. 왕도가 없다 보니 배우에게 '연기란 무엇인가?'라는 질문은 불편할 수밖에 없다. 그 불편한 현장을 오늘 2시간 30분을 참고 또 참으며 관람했다.

극단 그린피그와 남산예술센터가 공동 제작한 <나는야 연기왕>은 좋게 평하면 연극의 지평을 넓힌 형식의 파격이고, 나쁘게 평하면 관객을 안중에 두지 않은 자기들만의 리그였다. 형식 파괴라는 표현을 썼지만 오디션을 차용한 것이고 장면만들기에 다름 아니었다. 그래도 공동창작의 취지는 매우 좋았다. 연기 경력이 다른 14명의 남녀 배우가 '나에게 연기란 무엇인가?'라는 명제로 자신을

공동창작 그린피그 연출 윤한솔 드라마터그 조만수 조명 최보연 음악 민경현 영상 윤민철 조연출 박현지
출연 김윤희 김효영 남호섭 박근영 박하늘 이동영 이정호 임정희 임지영 정대용 정양아 최문석 최지연 황미영

조명하는 탐험을 통해 그 느낌을 쓴 에세이를 오디션 연기에 오버랩시켜 타자의 음성으로 투영시킨 시도는 참신했다. 배우마다 연기의 심연을 찾아 헤매는 고행의 여정을 참회록 형식으로 기술한 내용들이 너무도 절박하고 아프다는 것을 객석에서도 절감할 수 있었다. 자살 문턱까지 다다랐다가도 연기의 마력에 끌려 연기를 운명처럼 받아들이겠다는 배우들의 고백에 숙연해졌고, 더 잘 해보겠다는 각오에는 박수를 보내고 싶었다.

연기왕 뽑는 경연 형식이었다면 더 흥미롭고 현장감 넘쳤을 듯

그러나 아무리 좋은 형식과 내용이라도 14번을 반복한다면 객석의 공감대는 식을 수밖에 없고 지루함 또한 떨칠 수 없다. 윤한솔이 연출한 무대는 꽤 정성을 들여 시청각적으로 다매체 연기를 보여주려고 했다. 관객은 오디션을 보러 온 배우들의 연기를 무대에서 직접 보고 스크린의 영상을 통해서도 입체적으로 볼 수 있었다.

연기할 작품의 제목과 대사를 자막으로 펼쳐 배우들이 명작의 한 장면을 어떻게 연기하는지 비교해 보는 것도 관극의 재미이기는 했다. 하지만 연극을 시작하기도 전에 연기란 무엇인가에 관한 온갖 정의들을 낭독하더니 인터미션 시간에도 오디션 연기를 계속 펼쳤고, 배우들이 일제히 들어가 버린 후 나오지 않아 박수치려던 관객들은 그냥 자리를 떠야 했다.

학교 실습이나 워크숍 공연에서는 어떤 형식으로 하든 자유로울 수 있다. 하지만 입장료를 받는 공연이라면 관객들에게 최소한의 배려가 있어야 했다. 1막이 지루하게 이어지다 보니 2막에선 관객이 절반으로 줄었다. 2막 역시 14명의 배우들이 국내외 유명 작품의 한 장면을 연기하는 것인데 이 역시 다 지켜보기엔 인내가 필요했다. 차라리 <나는야 연기왕>이란 제목처럼 연기왕을 뽑는 경연 형식이었다면 더 흥미롭고 현장감이 넘치지 않았을까.

<나는야 연기왕>에 출연한 14명의 남녀 배우.

관객들, 배우들과 함께 기이한 여행 길에 동행하는 일종의 로드무비

<불역쾌재> _ 극단 이와삼

2016.10.26 ~ 11.6
LG아트센터

2016년 10월 28일 오전 12시 45분

이 풍진 세상, 속을 펑 뚫리게 하는 연극을 오늘 보았다. 이 시대의 이야기꾼 장우재가 쓰고 연출한 <불역쾌재>를 보고 마지막 장면에서 쾌재를 불렀다. 최근 많은 공연을 보러 다니면서 연극의 효용과 감동을 맛보긴 하지만 어딘가 허전함이 남았는데 이 연극을 보면서 이 망할 것 같은 세상을 꿰뚫어보는 작가의 날카로운 시선과 날선 대사들이 가슴에 꽂혔다.

배우들도 잘했고 스태프들도 세련되었지만 희곡과 연출을 먼저 말하고 싶다. 그중에서도 기억나는 대사들을. "어차피 사는 게 다 연극이다. 그걸 희극으로 살지 비극으로 살지는 스스로 결정하는 거다"(경숙 대감 역 이호재의 대사), "궁금했습니다. 세상이 왜 이렇게 됐는지…"(호위무사 역 최광일의 대사), "사람을 선하게 보고 일을 하면 결국 끔찍한 일을 마주 대하고, 사람이 악하다 생각하고 일을 하면

연출 장우재 출연 이호재 오영수 윤상화 최광일 이명행 김정민 유성주 조판수 마두영 김동규 이동혁 황설하 전영서 고광준 라소영 손은경

그래도 그런 일이 훨씬 덜한 법이다"(선왕 역 유성주의 대사), "나는 정하는 자다. 정해서 버릴 것과 취할 것을 오늘 지금 여기서 갈라야만 하는 자가 나란 말이다"(왕 역 이명행의 대사).

세상을 꿰뚫어보는 작가의 날카로운 시선과 날선 대사 가슴에 꽂혀

장우재는 오늘의 상황을 읽었을까. 조선시대 성현이 지은 '관동만유'에서 모티브를 잡고 정약용의 시 '불역쾌재행'에서 따온 제목을 붙인 이 작품은 일종의 로드무비 같은, 길 위에서 인생을 논히는 극중극 형식이다. 관객들은 영문을 모른 채 배우들과 함께 기이한 여행 길에 동행한다.

1막은 좀 길고 지루했다. 정치적 파란에 휩쓸려 하루아침에 파직당한 경숙(이호재)과 기지(오영수)가 금강산 여행 길에서 기묘한 사건들을 겪는다. 길을 상징하듯 경사면에 레이어를 둔 미니멀한 무대에 나목을 배치한 소품, 등을 활용한 조명, 음향, 음악이 하모니를 이뤄 한 폭의 산수화를 보듯 무대는 여백의 미를 품격 있게 형상화해 냈다. 거기에 배우들이 설 자리가 넉넉하니 관객들은 배우에게 집중할 수가 있었다.

이호재·오영수라는 두 노장 배우가 한 무대에 섰다는 것만으로 빛이 나고 무게 있는 그림이 그려진 <불역쾌재>.

이 작품은 이호재·오영수라는 두 노장 배우가 한무대에 섰다는 것만으로 빛이 나고 무게 있는 그림이 그려진다. 그러나 필자의 눈에는 이 노련한 두 배우가 1막에선 덜 풀어진 느낌을 주었다. 연출 또한 최근 어느 연극보다도 미장센이 돋보였지만 영화에서의 롱테이크처럼 원경만을 보여줘 80분이 좀 지루한 감을 주었다. 2막이 시작되자 두 베테랑 배우의 앙상블이 살아나고 이명행(왕), 윤상화(사관), 최광일(호웅), 유성주(기준호), 김정민(젊은 사관) 등의 배우들이 고른 기량으로 제 역할을 해주면서 극이 활기를 띠었다. 클라이맥스의 대반전은 이 연극의 백미였고 이 작품을 사랑하게 하는 매력 포인트였다. 필자는 두 명의 사관을 배치시켜 언로를 트게 하고 극의 중심을 잡아나간 설정이 마음에 들었다. 이 가상의 조선시대 왕처럼 소통을 중시하였다면 오늘날 사태가 이 지경에 이르지는 않았으리라. 고전의 형식을 빌려 현실에 발언하고, 스태프들의 호흡이 잘 맞아 완성도를 높인 대극장 연극을 예매해 본 기분이 매우 뿌듯했다.

국악의 고장 남원에서 본 노경식 작, 김성노 연출의 〈두 영웅〉

<두 영웅> _ 극단 동양레파토리

2016.10.5
남원 춘향문화예술회관

2016년 10월 5일 오후 10시 6분

노경식 작, 김성노 연출의 〈두 영웅〉의 남원 특별공연에 초대받아 왔다. 1000석 가까운 춘향문화예술회관. 5일 오후 3시에는 학생들, 저녁에는 남원시민 대상으로 두 차례 공연했다. 고등학생들이 단체관람했는데 사명대사가 도쿠가와 이에야스에게 할 말 통쾌하게 퍼붓자, 중간 박수가 나왔다.

서울에서 호응을 얻은 공연을 지방에서 하기가 쉽지 않았다. 이번 남원 공연은 이환주 남원시장이 남원 출신 노경식 작가의 등단 50년 기념공연을 초청하는 형식이었다. 재정이 빠듯해 배우의 수를 줄이고 내용도

작 노경식 연출 김성노 예술감독 김도훈 협력연출 이우천 출연 김종구 배상돈 문경민 최승일 노석채 장연익 장지수 양대국 임상현 김대희 이준 김준식

압축해야 했다. 김성노 연출은 핵심을 강조해 관객의 이해를 도왔다. 김종구(도쿠가와) 배상돈(사명대사)의 호흡이 잘 맞았고, 최승일·노석채·문경민·장연익 등 배우들이 개성 있는 연기를 펼쳤다.

열악한 지역 연극의 현실 절감

부러운 것은 노경식 선생 고교 동창 10여 명이 보여준 아낌없는 성원과 뜨거운 우정이었다. 저녁 공연에는 시장 부부와 박호성 국립민속국악원 원장 등이 관람했다. 국악의 고장 남원에서 정극 공연은 흔치 않은 듯했다. 지역 연극의 현실은 너무 열악했다.

도쿠가와 역 김종구와 사명대사 역 배상돈(왼쪽 세 번째와 네 번째)의 호흡이 잘 맞은 <두 영웅> 남원 공연..

악극과 정극 조화시킨 이종훈 연출의 〈불효자는 웁니다〉 중장년 관객 많아

<불효자는 웁니다> _ 극단 파피루스

2016.9.10 ~ 10.31
국립중앙박물관 극장 용

2016년 9월 19일 오후 2시 12분

악극의 진화. 어제 국립중앙박물관 극장 용에서 이종훈 연출의 악극 <불효자는 웁니다>를 보았다. 통속적인 분위기는 깨지 못했지만 출연진들의 역량이 탄탄하고 무대미술, 의상, 조명 등에서 예전보다 한층 업그레이드되었다. 가요를 가미시킨 악극 형식이지만 정극과 뮤지컬에서 경륜을 쌓은 이종훈의 연출력에 힘입어 드라마를 강화시킨 점이 돋보였다.

이날의 주요 캐스팅은 어머니에 고두심, 아들 안재모, 그의 연인 장옥자 역에 이연두, 악역인 따개비에 정운택 등이었다. 그리고 김재건·김성근 등 중견들, 춤과 노래로 신명을 돋우는 남녀 배우에 아역까지 26명이 큰 무대를 채웠다. 특히 개그맨 이홍렬이 변사로 나와 막간에 재치 있는 입담과 깍두기 연기로 극에 활력을 불어넣었다. 관객은 거의가 중장년들이었다. 그들이 울고 웃는 것을 보며

작 윤정건 연출 이종훈 음악 엄기영 출연 고두심 김영옥 이종원 안재모 이유리 이홍렬 정운택 문제령 윤빛나

왜 악극이 필요한지를 새삼 실감했다.

심금을 울리는 가사로 악극의 재미 배가

문제는 소재인데 이 점에서 <불효자는 웁니다> 역시 아직 신파성을 벗어나지 못했다. 출세한 아들에게 짐이 될까 봐 어머니는 죽은 몸이 되어 거렁뱅이로 아들 집 앞을 맴돌고, 잘난 아들은 10년이나 어머니 묘소를 찾아 효성을 보이지만 바로 옆의 어머니를 몰라보고 대성통곡한다는 줄거리는 자연스럽지가 않다.

40년 관록 고두심(오른쪽)의 연기력은 말할 것 없고, 막간에 개그맨 이홍렬(왼쪽)이 변사로 나와 재치 있는 입담과 깍두기 연기로 극에 활력을 불어넣었다.

그럼에도 불구하고 이번 공연에서는 윤정건의 극본이 사건의 경위를 대사로 잘 풀어내 어색함이 덜했다. 악극의 재미는 배우들에게 달렸다. 역시 40년 관록 고두심의 연기력은 호소력이 짙었고, 아들 역 안재모는 연기에 노래 실력까지 겸비해 관객을 울렸다. 정운탁의 따개비 역은 악역이긴 하지만 너무 거칠어 무서울 정도였다.

우리 옛 가요를 분위기에 맞게 선곡해 노래와 연주로 들려주는데 극장 용의 음향이 아주 좋은 데다 가사가 절절하게 심금을 울려 악극의 재미를 느끼게 해주었다. 고령화사회로 성큼 다가선 지금, 공연계에도 이들에게 다가서는 다양한 형식의 작품을 개발해야 할 것 같다.

중장년층 관객을 행복하게 만든 힐링 연극

<사랑별곡> _ 극단 수

2016.9.4 ~ 10.1
동국대학교
이해랑예술극장

2016년 9월 10일 오후 3시 38분

〈사랑별곡〉. 어제 고인배·손숙이 부부로 나오는 장윤진 작, 구태환 연출의 힐링 연극을 이해랑예술극장에서 보았다. 오래전 〈마누래 꽃동산〉이란 초연도 보았는데 좋은 배우를 캐스팅하고 무대에 공을 들여 다시 만들었다. 느림의 미학. 한의 정서, 고령화 시대 노인의 쓸쓸한 초상. 〈사랑별곡〉을 보면서 떠오른 단상들이다. 빠른 전개의 작품을 많이 보아 와서인지 이 작품은 매우 느리게 느껴졌다. 암전도 길었고 배우들의 대사도 느릿느릿했다. 하지만 연극을 보고 나면 이것이 작가가 의도한 우리네 삶의 원형질이란 것을 느끼게 된다. 80대의 이순재와 70

작 장윤진 연출 구태환 조연출 이범석 노현열 무대디자인 신종환 조명디자인 남진혁 음향디자인 안창용 음악감독 김태근 의상디자인 임예진 분장디자인 임영희 출연 이순재 손숙 고인배 배상돈 정재성 김성미 김현 황세원 이수미 김성철 노상원

대의 손숙이 노부부로 나오는데 구태환 연출도 굳이 빠르게 할 이유가 없었을 것이다

고령화 시대 노인의 쓸쓸한 초상 같은 작품

한의 정서. 이 작품은 굳이 극적으로 꾸미려 하지 않았다. 우리 부모들에게서 보아왔던 무뚝뚝함과 세상사 아픔들을 안으로 삭여 속병이 깊어진 그런 모습을 배우들을 통해 토해내는, 그리고 관객은 그것을 듣고 공감하고 위로받는 옛 사람들의 삶의 거울 같은 작품이다. 특별히 클라이맥스가 없는 대신 장마당에서 순자(손숙)가 딸(김성미)과 대화하는 장면, 옛 연인 김씨가 순자를 저승으로 이끄는 대목, 그리고 순자가 떠난 후 남편 박씨(고인배), 딸, 며느리(황세원)가 창수네(이수미) 앞에서 한바탕 해대는 장면이 이 극의 절정이라고 할 수 있다.

초연 때와 달리 프롤로그와 에필로그를 넣은 것도 눈여겨볼 만하다. "바람, 다녀가세요?" 아침잠에서 깬 순자가 밭은기침을 하며 마당에 나와 하는 첫 대사다. 작가는 남편 박씨의 코고는 소리 높낮이까지 깨알처럼 지문에 적어 놓았으니 이 작품이 얼마나 섬세한지를 짐작할 수 있다. 에필로그에서 박씨는 안식처의 방문을 닫는 것으로 세상과의 이별을 전하고 있다.

이번 작품에서 주목받는 배우는 단연 남편 박씨 역 고인배이다. 올 들어 왕성하게 작품 활동을 해온 그는

고인배와 손숙이 부부로 나온 <사랑별곡>은 우리네 노인들의 자화상 같은 작품이다.

이번 작품으로 톱배우 반열에 올라 농익은 연기를 보이고 있다. 실감 연기를 위해 강화도에 가서 강화 사투리를 익힌 그는 성질을 부리며 물통을 발로 차고, 대드는 딸에게 물싸대기를 날리는 성깔 연기도 하지만, 마누라 무덤을 꽃동산으로 가꾸고 그 앞에서 생전에 못다한 넋두리를 하는 장면에선 객석을 숙연케 한다. 마지막에 친구 최씨마저 보내고 혼자 앉아 있는 그의 실루엣은 영락없는 노인의 초상이었다. 나 같은 70대 관객은 그 모습이 나 같아서 가슴이 미어지는 아픔이 느껴졌다.

평범한 사람들의 삶의 일기 같은 사실극

아내 순자 역 손숙은 한복 맵시가 고왔고 서양 번역극 할 때와 달리 우리네 정서, 특히 여인의 한과 애증을 명료한 대사와 노련한 연기로 펼쳐냈다. 조역들 연기도 탄탄했는데 김씨 역 정재성의 서늘한 연기, 친구 최씨 역 배상돈의 능청스런 연기, 창수네 이수미의 재기발랄한 연기가 조화를 잘 이뤘다. 한 가지 불만은 꽃으로 장식한 무대가 너무 튄다는 점이었다.

하지만 고령화 시대에 이처럼 평범한 사람들의 삶의 일기 같은 사실극이 올려졌다는 것 자체만으로도 중장년 관객들은 행복해하고 있다.

한국 역사상 가장 많은 순교자 낸 병인박해 150주년 기념 순교극

<요셉 임치백> _ 엠포컴퍼니

2016년 9월 5일 오전 10시 16분

2016.9.4 ~ 9.9
명동성당 서울대교구청 앞
야외무대

<요셉 임치백>. 어제 명동성당 앞 야외무대에서 막을 올린 이 공연은 역사적 의미도 있지만 종교극으로서의 울림이 컸다. 2016년은 한국 천주교 역사상 가장 많은 순교자를 낸 병인박해 150주년이 되는 해다. 이를 기리는 각종 행사 중 연극인들도 서울가톨릭연극협회를 창단해 요셉 임치백 성인(1984년 한국 천주교 창설 200주년 기념 여의도 대집회에서 교황 바오로 2세가 시성한 103위 중 1인)의 순교극을 올린 것이다.

서울 마포나루의 부유한 중인이었던 임치백은 천주교인들과 함께 붙잡힌 아들을 구하기 위해 천주 학쟁이라고 거짓 고백을 하고 감옥에 들어가 옥중에서 만난 김대건 신부에게 감화되어 영세를 받고 교수형으로 순교해 가톨릭의 최고 영예인 성인품에 올랐다. 이 같은 몇 줄 안 되는 기록으로 박경희 작가가 희곡을 썼고 천주

작 박경희 연출 유환민 예술감독 김석만 조연출 강진광 권용준 출연 최주봉 심우창 류재필 승주영 윤태웅 이가은 류시현 유태균 홍대성 박기산 구대영 유순철 장영주 이명희 김추월 반혜라 양영준 박인환 남희주 박정미 박경득 이승호 홍여준 김발렌티노

명동의 서울교구청 앞마당에 십자가형으로 야외무대를 설치하고 4면에 객석을 둔 구도의 종교극 <요셉 임치백>.

교 사제인 유환민 마르체릴노 신부가 연출했다. 그리고 서가연의 최주봉 회장이 주역을 맡았다. 교구청 앞마당에 십자가형으로 야외무대를 설치하고 4면에 객석을 마련한 구도도 특이했지만, 무엇보다 신앙심으로 참여한 배우들의 연기가 인상적이었다. 원로 연기자인 박경득·유순철·양영준을 비롯해 이승호·유태균·장영주 등의 원숙함과 젊은 배우들의 패기가 어울려 설득력 있는 연극을 만들어냈다.

극의 수훈갑은 타이틀 롤 맡은 최주봉

역시 수훈갑은 타이틀 롤을 맡은 최주봉이었다. 신분상승을 위해 악착같이 돈을 모아 거부 행세를 하던 임치백이 회개하고 김대건 신부에게 옥중 세례를 받고 교수형으로 치명하는 과정을 짧은 시간에 표출하기가 쉽지 않은데, 그는 특유의 능청과 쩌렁한 발성으로 400여 관객의 심금을 울리고 박수를 받아냈다. 부인 역 장영주, 갓바치 역 유순철, 포졸 역 이승호, 포도대장 역 유태균, 김대건 신부 역 승주영 등도 진정 어린 연기를 펼쳤다.

특기할 일은 한국 천주교의 수장인 염수정 안드레아 추기경이 까메오(박해 시대 취조받는 교인)로 출연해 멋진 연기력을 보여준 점이다. 또 연출의 유환민 신부와 예술감독 김석만 교수가 사제지간이라는 점이다. 유 신부는 연극 전문가가 되기 위해 한예종에 입학했고 연출가인 김 교수는 석사과정 지도교수였다는 것이다. 스태프로 참여한 손진숙은 독특한 디자인의 한복과 죄수복을 선보였고 조명도 좋았는데 와이어리스 마이크는 속을 썩였다. 연극의 기능은 다양하다. 천주교 순교 성인을 기리는 이번 무대를 계기로 보다 많은 인물극이 펼쳐졌으면 하는 바람이다.

민속국악원 공모작 **〈나운규 아리랑〉, 브랜드화 가능성** 보인 **창극**

<나운규, 아리랑> _ 국립민속국악원

2016년 9월 2일 오후 10시 58분

2016.9.2 ~ 9.4
남원 민속국악원 예원당

브랜드화 가능성을 보인 창극 〈나운규, 아리랑〉. 오늘 남원 민속국악원 예원당에서 초연된 창작 창극 〈나운규, 아리랑〉은 아직 숙성되지 못한 부분이 적지 않음에도 불구, 서양의 오페라나 뮤지컬에 버금가는 파워를 지닌 대형 무대의 스펙터클한 에너지를 뿜어냈다. 특히 라스트의 20여 분은 1막의 산만함을 씻어주는 창극의 재미를 창출해 냈으며, 연출 기법이나 작창, 작곡과 편곡 등에서 새로운 경지를 일궜다고 해도 과언이 아니다. 판소리 다섯마당에 의존해 왔던 창극 풍토에서 신작을, 그것도 새로운 방식으로 창작해 낸다는 것은 결코 쉬운 작업이 아니다.

작 최현묵 연출 정갑균 작창 안숙선 작곡 양승환 안무 복미경 출연 김대일 정민영 외 국립민속국악단원

도플갱어 기법으로 예술가 나운규와 나운규의 <아리랑> 대목을 창극으로 창작해 낸 <나운규, 아리랑>.

그런데 남원의 국립민속국악원(원장 박호성)은 소재 공모로 나운규 영화 〈아리랑〉을 선정, 최현묵 극본, 정갑균 연출, 안숙선 작창, 양승환 작곡, 복미경 안무로 현대적인 창극 제작에 성공했다고 평가할 만하다.

현대적 창극 제작에 성공, 창극의 재미 창출

물론 아직은 풀어야 할 과제들이 산적해 있다. 첫째는 극본이다. 영상 유산인 나운규 〈아리랑〉을 무대화해야 하는 난제를 최 작가는 도플갱어 기법을 차용해 창극에 모든 걸 쏟은 나운규란 인물을 창조, 그의 변사 해설로 영화의 주요 내용을 재현하는 이중 구조의 극본을 내놓았다.

하지만 이종교배에서 오는 이질감을 매끄럽게 해결하지 못한 데다 1막의 구성이 단조로웠다. 연출도 이 난제를 풀지 못하다가 2막 후반부터 가속이 붙어 마치 영화의 장면과 연극의 장면이 하나의 무대에서 동시에 전개되는 독특한 형식의 무대로 신선한 감동을 안겨주었다. 주인공 나운규 역 정민영은 소리도 좋고 열연했으나 역할에 과부하가 걸렸고, 무대를 가로지르는 동선의 반복도 시선에 불편을 주었다. 영진 역 원세훈은 좀 더 강렬

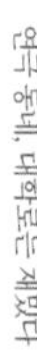

한 연기로 인상을 주어야 하는데 잘 부각되지 않았다. 명창 안숙선은 예술가의 고뇌 대목에서 힘찬 남성 소리로 처연함을 극대화했다. 양승환도 유려한 선율을 선보였으나 인상적인 노래를 내놓지 못한 게 아쉬웠다. 또 아리랑 주제의 창극이지만 너무 다양한 아리랑을 섭렵하듯 나열한 것은 극 분위기에 어우러들지 못한 감이 없지 않다.

스펙터클한 창극 제작 역량 보여준 것이 가장 큰 성과

이번 초연에서 가장 돋보인 것은 이만한 스펙터클 창극을 제작할 수 있는 역량이었다. 판소리 기량을 갖춘 배우들, 연기력을 갖춘 무용수들, 그리고 20인조 이상의 국악관현악단이 라이브로 음악을 들려줄 수 있는 맨파워가 남원에 있다는 것은 특기할 만한 일이다. 라스트의 폭발적 에너지를 극 전반에 안배했다면 훨씬 좋은 공연이 될 수 있었는데 전반적인 조율이 덜 된 점이 아쉬웠다.

그럼에도 〈나운규, 아리랑〉은 잘 다듬어 가면 세계를 지향하는 브랜드 창극이 될 수 있다는 가능성을 발견했다. 공연에 앞서 가진 국악극 포럼도 유익했다. 나는 포럼에서 아리랑 연구가 김연갑씨 등과 나운규 〈아리랑〉의 민족정신에 대해 발표했다.

신부님과 식복사의 인정 그린 문삼화 연출의 휴먼드라마

<밥> _공상집단 뚱딴지& 엠포컴퍼니

2016.6.24 ~ 7.24
가톨릭청년회관
CY씨어터

2016년 6월 25일 오전 12시 32분

연극 <밥>. 김나영 희곡, 문삼화 연출, 김재건·강애심 주연의 <밥>을 보러 홍대 앞까지 정신없이 달려갔다. 2번 출구 뒷골목 가톨릭청년회관 CY씨어터. 김재건 배우가 자신이 출연하는 이 공연 소식을 SNS로 알려줬을 때 난 내용을 분석해 보지도 않고 첫 공연을 예약했다. 내가 기자 생활을 하면서 진솔한 배우로 꼽아 활동을 지켜봐 온 김재건·강애심이 커플을 이뤄 출연한다기에 너무 보고 싶었던 것이다. 나이가 들어서일까? <밥>의 내용이 현실처럼 다가왔다.

치매 걸린 노사제와 식복사의 마지막 이별여행

<밥>은 치매에 걸린 노사제(김재건)와 그에게 밥을 지어준 식복사 윤정(강애심)의 마지막 이별여행을 그리고 있다. 이승의 마지막 길을 동행해 주며 따뜻한 밥 한 그릇을 대접하는 아름다운 이야기

작 김나영 연출 문삼화 무대 김혜지 조명 박성희 의상 홍정희 조연출 승리배 PD 박용범 음악 류승현
출연 김재건 강애심 현대철 김지원 조승연 윤관우

다. 그러나 세속의 호사가들과 매스컴은 그들의 관계를 통속으로 몰아간다. 인생 황혼 길에 누군가 나를 지켜주며 추억을 반찬 삼아 밥 한 끼 같이 한다는 것은 얼마나 멋진가. 김재건은 치매 걸려 식탐이 유난해지긴 했지만 진정 인간을 사랑한 사제 역을, 강애심은 자신의 인생을 오로지 밥 봉사로 바치는 헌신적인 식복사 역을 진솔하게 해냈다. 연륜이 깊은 배우들이 적역을 맡아 곰삭은 연기를 펼치는 무대를 보는 것 또한 행복한 일이다. 젊은 윤정 역의 조승연과 박씨 역 현대철 등 공연자들의 때묻지 않은 연기 앙상블도 좋았다. <밥>이 내 가슴에 와닿은 것은 <밥>을 사랑으로 엮어낸 작가와 이를 섬세한 감성으로 풀어낸 문삼화 연출이 호흡을 맞췄기 때문이다. 최근 <뽕짝>, <지상 최후의 농담>을 잇달아 보면서 문삼화 연출에 관심을 가졌는데 이번 작품을 통해 신뢰를 더 높였다.

진정 인간을 사랑한 사제 역을 맡은 김재건과 평생 밥 봉사를 헌신적으로 해온 식복사 역의 강애심이 깊이 있는 연기를 보여준 연극 <밥>.

연륜 깊은 배우들의 곰삭은 연기 보는 것은 행복한 일

이 연극은 내 가슴속에 있던 옛 추억을 새삼 떠올려 주었다. 휴전 후 폐허가 된 서울의 암담한 현실에서 불구경 갔다가 우연히 본 미사의 장엄함에 끌려 나는 초등학교 4학년 때 영세를 받았고 새벽 미사에 나가 복사를 했다. 그때는 종교가 진정 위안이 되었고 수도자들도 사랑을 실천했었다. 지금 <밥>이 따습게 다가오는 것은 세상이 메말랐고 인간관계가 식었기 때문이 아닐까. 이 공연을 제작한 엠포컴퍼니는 장애인들을 배려한 좌석과 편의를 제공하는 베리어 프리 운동에 동참하고 있어 더욱 온기가 느껴졌다.

30여 년 전 마임에 도전, 독보적 경지 오른 유진규

<다섯 개의 몸맛> _ 아트 앤 에듀, 프로젝트 에이

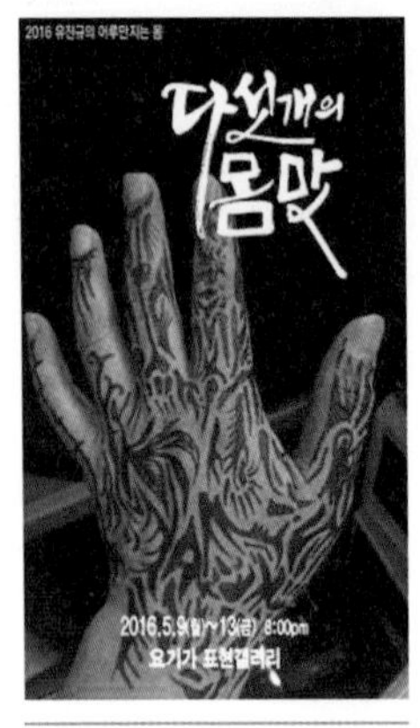

2016.5.9 ~ 4.13
요기가 표현갤러리

2016년 5월 9일 오후 10시 42분

오늘 낮 유진규 마임이스트에게 문자가 왔다. 9일부터 닷새간 '몸맛'이란 주제로 각기 다른 콜라보 공연에 초대하고 싶다는 것이다. 나는 선뜻 응했다. 마임 본 지 오랜데다 홍대 인근 지하 갤러리에서 한다는 장소성과 왠지 색다른 이벤트가 펼쳐질 것 같은 실험성이 마음에 들어서였다. 기자 시절 마임이란 생소한 분야를 신문에 소개한 건 세계적 마임아티스트 마르셀 마르소 내한공연 전후가 아닌가 생각된다.

그러니까 지금으로부터 30여 년 전 유진규라는 신인이 마임에 도전하여 이제는 독보적 경지에 오른 것

공동제작 아트 앤 에듀 프로젝트 에이 출연 유진규 영상 김제민 실험음악 불가사리 전자음악 창작집합소 물오름 + 싱어송라이터 노갈 보디페인팅 배달래 넋전춤 양혜경 보조출연 박순영 김현주 유성국

불모지나 다름없는 우리나라에 마임의 씨앗을 뿌리고 키운 유진규 마임이스트(가운데).

이다. 그는 불모나 다름없는 이 땅에 마임을 연마 개척하여 춘천에 세계마임축제를 정착시킨 주역이기도 하다. 공연장인 요기가 표현갤러리는 카페 거리 지하에 있었다. 예전에 뉴욕에 가면 이스트빌리지 슬럼가부터 찾았다. 그곳에는 무명의 아티스트들이 펼치는 별의별 퍼포먼스와 전시가 시끄러운 음악과 소음 속에 펼쳐져 심장을 쿵쾅거리게 했다.

유진규 특유의 농익은 마임이 펼쳐진 공연

'어루만지는 몸'이라는 주제로 한 이날 콜라보 작가는 움직이는 사진 작업을 하는 김제민이었다. 그는 폐가를 찍은 정사진에 사람의 동작을 영상으로 투사시켜 무언의 메시지를 전했다. 오랜만에 접하는 유진규의 마임은 도입부와 본 공연으로 형식에 구애 없이 관객을 이동시키며 진행되었다. 전반부는 의자와 성냥불을 매개로 실존과 살아 있는 몸에 대해 주술적 마임을 곁들여 설명했다. 본 공연은 커다란 종이 한 장과 이글거리는 조명을 배경으로 유진규 특유의 농익은 마임이 펼쳐졌다.

지하공간 가득 채운 젊은층 고정 관객

보고 느끼는 것이 마임이거늘 장황한 설명은 금물이다. 놀라운 것은 실험과 변화를 갈구하는 젊은층 고정 관객이 지하공간을 가득 채웠다는 점이다. 그중 장년 관객은 나뿐이었지만 그래서 더 뿌듯했다.

현대를 살아가는 부부 세 쌍의 갈등과 화해 그린 세미 뮤지컬

<헬로 마마> _ 대영뮤지컬컴퍼니

2016년 5월 1일 오전 11시 41분

2016.4.21 ~ 5.29
윤당아트홀

김민정. 1970년대 초반에 떠오른 신인이자 표지 모델로도 인기였던 김민정을 어제 강남의 윤당아트홀에서 만났다. 창작뮤지컬 〈헬로 마마〉. 70을 바라보는 이 배우는 여전한 미모로 무대를 누비며 연기와 노래와 춤을 보여주었다. 고령화 사회에서 연기자들의 활동 폭도 넓어졌지만 온몸으로 총체 연기를 해야 하는 뮤지컬에서 주역을 해내기는 쉽지 않은 일이다.

신대영 연출의 〈헬로 마마〉는 중견배우 김덕한, 탤런트로 낯익은 박승호와 김태리, 이혜근, 박상희 등 10여 명의 배우가 출연하는 세미 뮤지컬이다.

원작 서미영 연출 신대영 조명 이용배 안무 김은경 작곡 이정인 무대감독 김건우 출연 김민정 민경옥 김덕환 임용희 박승호 박기선 김태리 윤수현 김도신 이혜근 박상희 율비 강신혜 유정은 유윤정 김대영 유영애 김건욱

40여 년 전 초년 기자로
활동했을 때 알게 된
김민정 배우는 지금도
열정 인생을 살고 있다.

현대를 살아가는 부부 세 쌍의 갈등과 화해를 에피소드로 엮어 가면서 노래와 춤을 곁들여 중년 여성들의 공감을 얻고 있다.

부부 세 쌍의 갈등 그려 중년 여성들의 공감 얻어

창작뮤지컬이다 보니 다듬어야 할 대목도 여럿 보였지만 60대부터 20대 배우까지 앙상블을 이루는 모습이 보기 좋았다. 뒤풀이까지 초대받아 배우들과 어울렸는데 특히 김민정 배우가 40여 년 전 초년 기자로 활동했던 나를 알아봐 줘 반가웠다. 그는 결혼 후 한동안 활동을 쉬었다가 80년대부터 TV 드라마와 연극무대를 오가며 열정 인생을 살고 있다.

임영웅 연출이 **평생**을 다져온 **작품**의 단골 배우 **한명구**

<고도를 기다리며> _ 극단 산울림

2016년 4월 29일 오후 9시 58분

2016.4.5 ~ 5.1
산울림 소극장

<고도를 기다리며>. 지금 나는 성대 대학원 동문들의 관람 마치기를 기다리고 있다. 나는 며칠 전 보았지만 박사 선배인 한명구 배우의 열연을 후배들이 보고 있기 때문이다. 아마 이 연극은 국내에서 가장 많이 공연된 레퍼터리일 것이다. 나는 60년대 함현진 출연의 초연은 보지 못했지만 70년대 이후 40여 년간 임영웅 선생님이 연출한 <고도를 기다리며>를 보아왔다. 임 연출님의 배려로 기자 시절 아비뇽연극페스티벌과 폴란드 북쪽 그다니스크 공연을 취재하는 행운도 얻었다. 이번에도 블라디미르를 맡은 한명구 배우는 이 연극의 달인이라고 해도 과언이 아니다. 한 중견 배우의 신들린 연기, 임영웅 연출과 한명구 배우는 한국 연극사의 신화를 쓰고 있는 것은 아닐까. 오늘밤 문득 그런 생각이 들었다.

원작 사무엘 베케트 번역 오증자 연출 임영웅 무대 박동우 조명 김종호 의상 박항치 조연출 박혜선 무대감독 이신애 예술감독 임수현 출연 한명구 박상종 정나진 박윤석

경허선사의 생애와 사상 극화한 인간 드라마

<경허> _ 극단 까망

2016.5.9 ~ 4.13
동국대학교
이해랑 예술극장

2016년 4월 24일 오후 8시 24분

오늘 낮 이해랑예술극장에서 강만홍의 공연 <경허>를 관람했다. 강만홍은 자기 언어를 가진 독창적인 퍼포머이다. 지난 수십 년간 지켜본 그의 퍼포먼스는 우리 전통과 인류 정신세계가 녹아든 장엄한 리추얼(제의)이었다.

그런데 <경허>는 달랐다. 한국 근대의 선승 경허 선사의 일대기를 공연으로 보여준 인간 드라마로 강만홍이 직접 써서 연출하고 경허선사 역을 맡아 진지한 연기를 보여주었다. 불교 용어가 많은데 마이크를 쓰지 않아 대사 전달이 안 된 사례가 많았지만, 공연은 해설을 맡은 스님과 강 교수의 문하생 10여 명이 배역과 코러스를 맡아 경허의 생애와 사상을 에피소드 중심으로 극화해 냈다.

작·연출 강만홍 안무 강만홍 출연 강만홍 성웅스님 이란아 김자애 인우기 박인수 윤여경 양승일 고은결 이봉현 김도연 정민호 조주현 강인정 홍지연 고성현

한국 근대의 선승 경허선사의 일대기를 보여준 <경허>는 강만홍이 직접 써서 연출하고, 경허선사 역을 맡아 진지한 연기를 보여주었다.

대중성을 띤 공연예술로 되살아난 경허선사

요즘 우리 시대에는 어른이 없다. 나는 불교 신도는 아니지만 기자 시절 경허·탄허·청담·성철 같은 큰스님들의 말씀에 공감했었다. 그러나 이들이 세월 속에 묻혀 가는 세태에서 강만홍은 대중성을 띤 공연예술로 경허선사를 오늘에 되살려냈다. 화두 중심 또는 생애 위주의 장면들로 엮어져 지루한 감은 있었지만 이런 공연은 강만홍 아니면 해낼 수 없는 귀중한 기회이자 한국의 무형유산이 아닐 수 없다.

100년 동안 **경계인**으로 살아온 **재일교포**의 **한**이 **가슴** 울렸던 **공연**

<백년, 바람의 동료들> _ 신주쿠 양산박

2016.3.23 ~ 3.25
왕십리역 광장
텐트극장

2016년 3월 24일 오후 12시 32분

천막극장. 일본 극단 신주쿠 양산박이 왕십리역 광장에 천막을 치고 <도라지>와 <백년, 바람의 동료들>을 잇달아 공연 중인데 어제 <백년…>을 보았다. 재일교포 신세 백년. 이제 고향 조국에서도, 타향 일본에서도 흐릿해져 버린 그들의 정체성이 한으로 토해져 가슴이 아픈 공연이었다. 조박이 쓰고 김수진이 연출한 이 작품은 이 나라 위정자들이 보고 느껴야 했다. 무료 초대로 감동 받으면 사례하는 공연인데 600석 객석이 꽉 차 입추의 여지가 없었다.

경계인으로 살아온 재일교포의 한과 응어리 쏟아낸 실험극

백년이 지나 강산도 변하고 3대가 흘렀으나 타향살이 신세이고, 분단 조국은 기댈 곳 없고 투표권도 없는 타국에서 자존심 하나로 버텨온 그들은 정말 할말이 많았다. 양산박 특유의 실험극 형식은 좋았는데 제주 4·3에서 민주화, 북송의 허구, 일본에서의 불복종

작 조박 연출 김수진 출연 조박 김수진 미우라 신코 히로시마 코 와타라이 쿠미코 야츠시로 사다하루 신 다이키 미즈시마 칸나 코바야시 요시나오 에비네 히사요 소메노 히로타카 아리스가와 소와레 덴다 케이나 카토 료스케 사토 마사유키 아라타 쇼코 시미즈 슈헤이

작가 조박(가운데)은 백년살이 한을 노래로 작사 작곡하고 직접 기타 치며 무대에서 불러 박수를 받았다.

까지 사설이 길어 극성이 약해진 게 좀 아쉬웠다. 경계인으로 살아온 그들의 처지가 이해는 되지만 이번 작품은 100년의 응어리가 곪아 터진 것 같아 쓰리고 아팠다.

천막 한쪽 열리며 왕십리역과 광장 드러난 클라이맥스 장면 압권

김수진 연출도 배우로 나와서 남과 북에서 잊혀지고 타국에서 차별받는 신세를 목 놓아 외쳤다. 작가 조박은 100년살이 한을 노래로 작사·작곡하고 직접 기타 치며 무대에서 불러 박수를 받았지만 가사 내용은 원망에 차 있어 듣기 거북한 대목도 있었다. 클라이맥스에서 천막 한쪽이 열려 왕십리역과 광장이 드러나는 장면은 압권이었다. 우리 일행의 뒤풀이 장소에 조박 작가와 김수진 연출, 한국 배우 김응수가 나타나 기뻤지만 인사만 하고 얘기를 나누지 못한 게 아쉬웠다.

마리아 칼라스가 되어 **관객**의 **혼**을 흔들어 놓은 **윤석화**

<마스터 클래스> _ ㈜돌꽃컴퍼니

2016.3.10 ~ 3.20
LG아트센터

2016년 3월 11일 오전 2시 36분

"나는 무대에 내 모든 것을 다 바쳤다." 윤석화의 〈마스터 클래스〉를 18년 만에 다시 LG아트센터에서 어제 보고 예술이 왜 필요하며 자신의 모든 것을 바쳐 관객을 무릎 꿇게 하는 예술가의 길에 대해 다시 생각해 보았다. 인생 60, 무대 40년을 맞는 배우 윤석화는 원숙했다. 18년 전보다 생기발랄하진 않았지만 작품의 주인공 마리아 칼라스만큼 삶과 예술의 아픔과 희열을 온몸으로 뿜어내는 아우라가 정말 대단했다. 소프라노 마리아 칼라스는 활화산 같은 열정과 예술혼을 지닌 당대의 디바였다. "예술을 위해서는 모든 것을 다 버리세요!" "공연

원작 테렌스 맥날리 연출 임영웅 무대 박성민 조명 민경수 의상 박항치 조연출 홍민정 음악 구자범
무대감독 김건우 출연 윤석화 구자범 배해선 이유라 이상규 김현수

은 투쟁이다" 같은 어록과 아픈 삶의 독백을 엮어 놓은 이 작품은 윤석화가 아니면 해내기 어려운 공연이다. 설령 해낸다 해도 관객에게 울림을 주기가 어렵다.

윤석화가 아니면 해내기 어려운 공연

윤석화가 무대 인생 40주년 기념으로 왜 〈마스터 클래스〉를 택했는지 공연을 보고 알 수 있었다. 자신의 특기를 가장 잘 살릴 수 있는 작품을 택한 것이다. 마리아 칼라스의 불같은 성격, 예민한 감성, 다양한 감정을 누구보다 맛깔스럽게 해낼 수 있는 배우가 윤석화다. 엄청난 대사를 소화하며 모노드라마를 하듯 역할 변신을 하고 100분의 무대를 긴장을 늦추지 않고 끌어가는 에너지야말로 윤석화의 특기이자 매력이다. 무대에서 그는 마리아 칼라스가 되어 대사와 연기로 관객의 혼을 흔들어 놓았다. 재미를 추구하는 관객에겐 지루할 수도 있지만 내겐 그 반대였다. 어록의 대사들이 깊은 울림으로 다가왔고 객석과 소통하며 관객을 장악하는 노련함과 여유가 묻어나 힐링의 느낌을 받았기 때문이다.

내가 인터뷰 때 즐겨 쓰는 문장이 있다. 배우 윤석화는 자신의 단점까지도 매력으로 승화시킨다는 점이다. 윤석화의 〈마스터 클래스〉를 보면서 나는 오페라극장의 VIP석에 앉아 있는 것 같은 품격을 느꼈다.

윤석화는 무대에서
마리아 칼라스가 되어
대사와 연기로 관객의 혼을
흔들어 놓았다.

배우 **남윤호**, **소년 앨런**의 **심리**와 **행동** **리얼**하게 **표출**

<에쿠우스> _ 극단 실험극장

2015.9.4 ~ 11.1
충무아트홀 블랙

2016년 3월 11일 오전 2시 36분

추석 연휴 첫날에 연극 〈에쿠우스〉를 관람했다. 다이사트 안석환, 앨런 남윤호였다. 한마디로 무대에서 처음 대한 앨런 남윤호의 연기가 좋았다. 기초가 되어 있고 고전작품도 소화할 수 있는 가능성을 발견했다.

〈에쿠우스〉는 연극 기자를 오래한 내게 잊을 수 없는 추억의 명작이다. 1975년 실험극장이 운니동에 소극장을 열고 첫 작품으로 올려 대박을 터뜨렸다. 다이사트 역을 맡았던 김동훈 대표, 앨런 역으로 스타가 된 강태기 배우 모두 저 세상으로 갔다. 벌써 40년이 흘러 〈에쿠우스〉는 실험극장의 대표 레퍼터리가 되어 앨런 역만

원작 피터 쉐퍼 번역 신정옥 연출 이한승 조명 조인곤 안무 김윤규 의상 조문수 조연출 김소영 음악 김태근
출연 안석환 김태훈 남윤호 서영주 유정기 차유경 이양숙 서광일 박서연 유지은 노상원 은경균 김태완 조민교 김재훈 김성호 임동현

도 조재현·송승환 등 많은 스타들이 해내면서 인기를 얻었다. 1975년 이후 40년간 나는 수십 번 이 연극을 보았지만 초연 때만큼의 감흥이 오지 않았다.

40년을 이어온 실험극장의 대표 레퍼터리

그런데 어제 예전의 감동이 되살아났다. 배우 남윤호가 작가 피터 셰퍼를 이해하고 있었고, 소년 앨런의 심리와 행동을 연기로 리얼하게 표출해냈기 때문이다. 기자 생활을 하면서 나는 역량을 갖추고 가능성이 보이는 준비된 신인들을 발굴해 클로즈업해 주고 지속적인 후원을 해왔는데 참 오랜만에 좋은 배우를 발견한 것이다. 앨런이 무대에서 펄펄 날기 위해서는 너제트를 비롯한 일곱 마리 말들이 일심동체가 되어야 하는데, 이번 말팀은 몸 근육만 과시하지 않고 남윤호와 앙상블을 잘 이뤄냈다. 아쉬운 점은 초연 때 보석처럼 빛났던 소녀 질 역이 언제부턴가 눈에 잘 띄지 않는 조역이 돼버렸다는 것이다. 결국 좋은 작품은 초연 때의 열정과 완성도를 되살려야 관객에게 꾸준한 감동을 줄 수 있음을 어제 남윤호의 연기와 열정을 보며 실감했다. 극단 여행자 배우 남윤호의 다음 작품이 기대된다.

1975년 초연 후 40년을 맞은 실험극장의 <에쿠우스>, 포스터 앞에서 필자.

배우 **윤석화**가 **임영웅** 연출가에게 **헌정**한 **작품**

<먼 그대> _ 극단 산울림

2015.6.18 ~ 7.5
소극장 산울림

2015년 6월 25일 오전 11시 55분

의리는 남자들에게만 있는 것은 아니다. 요즘 산울림 소극장에서 공연 중인 윤석화 모노드라마 〈먼 그대〉는 한국 연극의 거목 임영웅 연출가를 위한 헌정 작품이다. 지난 40여 년간 산울림 소극장 무대를 빛내고 늘 만원을 이룬 관객들에게 아련한 추억과 무대 아우라를 안겨주었던 명배우들이 노익장 연극 대부에게 자신이 각색·연출하고 출연한 일인극을 헌정한다는 것은 얼마나 아름다운 일인가.

60분 동안 독백하고 연기하고 노래

어제 수요일 낮 공연을 배두나 엄마, 이재희 배우

원작 서영은 연출 윤석화 예술감독 임영웅 출연 윤석화

60분 동안 연기하고 노래하며 관객을 사로 잡은 배우 윤석화(왼쪽). 윤석화와 함께 기자회견하는 임영웅 연출가(오른쪽 가운데).

와 함께 보았는데 전석이 꽉 찼다. 요즘 메르스 공포로 공연장이 한산한데 만석을 이룬 걸 보면 윤석화의 파워는 여전했다. 공연은 여성들에게 울림이 큰 것 같았다.

이 시대 감성의 배우 윤석화

60분 동안 독백하고 연기하고 노래하는 윤석화는 환갑이라는 나이가 무색할 정도로 짙은 호소력으로 관객을 사로잡았다. 화술의 핸디캡까지도 자신의 매력으로 전환하는 이 시대 감성의 배우 윤석화. 오랜만에 그의 건재를 보는 것만으로도 뿌듯한 공연이었다.

안중근 의사를 재조명한 의미 있는 연극

<나는 너다> _ (주)돌꽃컴퍼니

2014.11.27 ~ 2015.1.31
광림아트센터 BBCH홀

2014년 11월 28일 오후 12시 48분

어제 압구정동 광림교회가 신축한 아트센터 BBCH홀에서 윤석화가 제작·연출한 연극 〈나는 너다〉를 보았다. 공연에 앞서 영국에서 돌아와 한국 무대에 복귀한 윤석화가 멋진 오픈파티를 열었다. 왕년의 스타 신성일, 오늘의 스타 장동건, 국회의원과 각계 인사들이 공연 개막과 윤석화의 컴백을 축하해 주었다. 윤석화는 지난 4년간 영국 런던의 웨스트엔드에서 프로듀서로 활동하며 수상도 했다. 그런 그가 고국에 와서 〈나는 너다〉를 다시 무대에 올린 이유는 무엇일까? 직접 듣지는 못했지만 어제 공연을 보면서 혼자 깊은 감회에 젖었다.

올해 우리는 세월호 참사의 아픔을 겪었다. 이제 겨우 수렁에서 벗어나긴 했지만 상처는 아물지 않은 채 해를 보내고 있다. 이 참사를 겪으며 우리는 국가의 무책

작 정복근 연출 윤석화 미술 박성민 조명 구윤일 음악 김태근 출연 송일국 박정자 예수정 배해선 한명구 전재홍 원근희 외

임과 정부의 무능력을 절감하면서 리더를 갈구하게 되었다. 최민식 주연의 영화 〈명량〉이 1700여만 명의 사상 초유의 관객을 모은 것도 이순신이라는 호국의 영웅이 오늘에 어필한 측면이 컸다고 본다.

이 시대 안중근의 부활이 상징하는 의미와 메시지 전달

연극 〈나는 너다〉는 2010년 여름 국립극장 하늘극장에서 초연을 접했을 땐 솔직히 별 감흥을 얻지 못했다. 그런데 어젯밤 다시 보면서 커다란 울림이 가슴을 벅차오르게 했고 의사 안중근의 존재감이 강렬하게 부각됐다. 무대가 다르고 연출을 다듬은 면도 있겠지만 이 시대 관객들에게 안중근의 부활이 상징하는 깊은 의미와 메시지가 절절하게 전달됐기 때문이 아닐까. 작가 정복근은 오늘의 현실을 예견이라도 하듯 나라를 빼앗긴 그 시대 난세를 구할 영웅호걸은 어디 있느냐고 외쳤고 안중근은 나라를 위해 자기를 던진 것이다. 작가는 안 의사의 가련한 아들을 통해 안중근을 재조명했고, 타국에서 조국의 소중함을 체감한 윤석화가 조명·음향 등의 첨단 기술을 활용해 안중근의 희생을 실감나게 입체화했다. 특히 코러스 기법을 활용한 몸신은 극적 긴장을 팽팽하게 하며 설득력을 높였다.

안중근과 아들 준생을
1인2역으로 맡은 송일국.

송일국, 안중근과 아들 준생 1인2역

안중근과 아들 준생을 1인2역으로 맡은 송일국은 4년 전에 비해 극의 흐름을 온전히 파악하고 아비와 아들의 캐릭터를 차별화한 자신감 있는 연기를 펼쳤다. 배우는 무대에서 커 보이기도 하고 작아 보이기도 하는데 송일국이 그랬고 무엇보다 뿜어내는 에너지가 객석을 압도했다. 박정자의 처연한 연기도 무대를 빛냈다. 근래 주목받는 연기를 펼치지 못했던 이 노배우는 절도 있는 움직임과 허스키한 톤으로 한 시대를 온몸으로 증언해 내는 노련한 연기력을 과시했다. 관객들도 연기진의 열연에 두 번이나 박수로 화답했고 일부는 커튼콜 때 기립하기도 했다.

내년은 광복 70주년이 되는 해이다. 70년 동안 많은 사건과 격변이 있었지만 오늘 우리가 이만큼 사는 것은 우리 국민의 저력과 이순신·안중근 같은 의인과 영웅이 있었기 때문일 것이다. 광복 70주년에는 50주년 때처럼 다양한 행사를 펼치기보다 나라를 세운 진정한 애국자와 의인들을 재조명하고 널리 기려 오늘의 젊은이들에게 귀감이 되게 하고 미래의 신성장 동력의 에너지로 삼았으면 하는 바람이다.

기발한 상상력으로 동심의 세계 맛보게 한 동화 같은 연극

<챙!> _ 극단 산울림

2014년 5월 21일 오후 6시 25분

2014.5.8 ~ 6.8
소극장 산울림

오늘 낮 산울림 소극장에서 이강백 작, 임영웅 연출의 <챙>을 보았다. 국립극단 출신 배우 한명구와 손봉숙이 나오는 2인극인데 심벌즈 소리만큼이나 울림이 컸고 가슴속 막힌 곳을 확 뚫어 주는 느낌을 받았다. '어느 교향악단의 심벌즈 연주자 이야기'라는 부제가 말해주듯, 비행기 사고로 죽은 악단원의 1주기를 맞아 악단 지휘자가 미망인을 초대해 가진 조촐한 추모 행사를 연극 형식으로 꾸몄는데 이야기도 따뜻하고, 연출도 아기자기 볼거리가 많고, 연기도 깔끔해 모처럼 흐뭇한 감동을 맛보았다.

심벌즈란 타악기 통해 인생을 수채화처럼 그린 작품

이 연극을 보면서 오케스트라에서 거의 의식하지 않았던 심벌즈란 타악기의 존재감을 확실히 인식했고, 나아가 심벌즈란 악기를 통해 우리네 인생을 이처럼 수채화처럼 투명하고 포근하게 그려낸 작가의 상상력에 상쾌한 매력을 느꼈다. 마지막 순간에 한 번의

작 이강백 연출 임영웅 심재찬 무대 박동우 조명 김종호 음악감독 김기영 출연 한명구 손봉숙

클래식을 연주하는 지휘자 역 한명구와 슬프고도 아름다운 심벌즈 주자의 아내 역을 맡은 손봉숙.

소리를 내기 위해 전 악장을 같이 호흡하며 때를 기다린다는 메시지의 울림에 숙연해지기까지 했다. 심벌즈의 쨍! 소리가 꽃도 피우고, 아이도 쑥쑥 빼내고, DMZ에 평화도 가져온다는 작가의 생기발랄한 상상력이 관객들에게 모처럼 동심의 세계를 맛보게 했다.

클래식 음악 팬들에게 어울리는 음악 주제의 연극

그런데 우리 감성에 와닿는 좋은 창작극에 관객이 많지 않았다. 세월호 사고 여파가 문화계에도 짙은 음영을 드리우고 있음을 실감할 수 있었다. 이럴 때일수록 아내와 자식 등 가족의 소중함을 일깨워 주는 이 어른들의 동화 같은 연극 <챙!>을 권하고 싶다.

특히 클래식 음악팬들에게 어울리는 음악 주제의 연극이다. 베토벤 교향곡 7번, 드보르작의 신세계교향곡 등을 지휘하는 한명구의 연기가 일품이고, 슬프고도 아름다운 심벌즈 주자의 아내 역을 맡은 손봉숙의 애잔하면서도 열정적인 연기가 때로 슬픔으로 다가오고, 때로 미소를 짓게 만든다.

뮤지컬 촌평

소극장 창작 뮤지컬의 성공 사례, 노래와 연기로 객석 압도

<인터뷰> _ 김수로프로젝트

2016.9.24 ~11.27
수현재씨어터

2016년 10월 15일 오전 12시 31분

소극장 창작 뮤지컬의 성공 케이스. 오늘 저녁 대학로 수현재씨어터에서 본 뮤지컬 〈인터뷰〉는 잘 짜여진 희곡에 탄탄한 연출력, 무엇보다 젊은 뮤지컬 배우들의 기량을 유감없이 보여준 웰메이드 공연이었다. 거의 전석을 채운 관객 중 일부는 커튼콜 때 기립하여 박수를 칠 정도였다. 초반에는 서양 작품을 옮긴 줄 알았다. 유진킴, 싱클레어, 조안 등 주인공들 이름이 그렇고 비가 자주 오는 런던이 배경이기 때문이었다. 그런데 서울예대 연극과 출신의 추정화가 쓰고 연출했다는 것 아닌가.

작 추정화 연출 김수로·김민종 음악 허수현 안무 김병진 무대디자인 이은석 조명 마선영 음향 권지휘 의상 문혜민 분장 장혜진 무대감독 방진혁 음악조감독 박수연 연주 강수영 조연출 배하나 컴퍼니매니저 이지원 출연 이건명 민영기 이선근 임병근 김수용 김경수 조상웅 고은성 이용규 문진아 김주연 전예지

20대 배우 고은성, 다중인격자 역할 훌륭하게 소화

스릴러 뮤지컬을 시종 긴장감 있게 연출한 능력도 높이 평가할 만하지만 배우들의 기량을 최대한 끌어낸 용병술도 대단하다. 여러 배우들이 조합을 이루는데 이날 무대는 유진킴 역에 민영기, 싱클레어 역에 고은성, 조안 역에 전예지가 앙상블을 이뤄 노래와 연기로 객석을 압도했다. 이미 여러 뮤지컬에서 정평을 얻은 민영기는 안정된 연기와 노래로 극의 중심 역할을 잘 해냈다. 김예지의 미성도 인상에 남았다. 가장 눈여겨본 배우는 고은성이었다. 아직 20대라는 그는 어눌한 작가 지망생부터 양부에게 학대받고 엄마에게 버림받은 심리적 충격으로 다중인격자가 된 여러 역할을, 다양하게 목소리를 변주하고 연기 패턴도 달리하며 열정적 에너지로 무대를 누볐다. 그

숨가쁘게 전개되는 기괴한 사건들을 세 명의 배우가 노래와 연기로 소화해 낸 뮤지컬 <인터뷰>.

는 어려서의 심리적 충격으로 인해 자신 속에 또 다른 흉악한 자아를 키우는 해리 장애자가 되어 누나를 살해하고 연쇄살인의 범인으로 체포된 과정을 온몸으로 풀어냈으며 노래 솜씨도 상큼했다.

숨가쁘게 전개되는 기괴하고 야릇한 미궁의 사건들

이 뮤지컬은 작가로 변신한 유진킴이 싱클레어를 조수(보조 작가)로 채용하기 위한 인터뷰 형식으로 시작되어 걷잡을 수 없는 기괴하고 야릇한 미궁의 사건들을 숨가쁘게 엮어낸다. 암전도 거의 없이 기관차처럼 달리는 무대에서 관객은 한 치의 여유도 없이 배우들이 펼치는 심리 스릴러 극 속으로 빠져들고 만다.

그런데 잘 달리던 열차가 라스트에서 서행을 하며 극적 긴장을 반감시킨 게 좀 아쉽다. 정신과 의사가 법정에서 이 사건이 심리적 충격이 만든 해리 장애 다중인격자라고 자상하게 설명해 주는 것이 오히려 내겐 고무풍선에서 바람이 빠지는 것 같은 느낌이 들었던 것이다.

피아노(키보드?) 한 대로 시종 긴장을 고조시키고 아름다운 선율을 엮어낸 허수현의 음악도 강렬하고 신선했다. 다만 많은 뮤지컬 넘버들이 너무 세련되어 매끈했으나 울림이 큰 노래가 없었다는 것 역시 아쉬운 부분이다. 노래 위주의 뮤지컬이 아니라 노래가 서사극의 보조가 된 느낌을 주어 차라리 노래 없이 더 극적 반전과 긴장도를 높였으면 어떨가 하는 생각도 들었다.

단 세 명의 배우로 관객과의 소통 이뤄내

그럼에도 이 뮤지컬을 높이 평가하고 싶은 이유는 국내 창작 뮤지컬의 수준을 업그레이드시켰기 때문이다. 작가, 연출, 음악의 완성도가 높은 데다 배우들의 기량이 탄탄하고 자신감 넘쳐 무대라는 바다를 마음껏 유영하며 관객의 혼을 빼앗을 정도가 된 것이다. 더욱이 매너리즘에 빠진 수입 뮤지컬에서 느낄 수 없는 배우들의 매력과 뮤지컬의 재미를 소극장에서 단 세 명의 배우로 관객과의 소통을 이뤄낸 김수로 프로젝트에 점수를 주고 싶다. 연극을 공산품처럼 만들지 않고 이처럼 열정 어린 수작업으로 최고의 창작을 이뤄낸다면 해외 수출도 가능하지 않을까 하는 생각도 가져 보았다.

여러 배우들이 조합을 이뤄 출연하는 뮤지컬 <인터뷰> 대형 사진 앞의 필자.

브로드웨이 뮤지컬로도 손색없는 앙상블들의 황홀하고 다이내믹한 군무

<브로드웨이 42번가> _ SEM Company

2016.6.23 ~ 8.28
예술의 전당 CJ토월극장

2016년 6월 29일 오후 6시 55분

뮤지컬 〈브로드웨이 42번가〉. 어제 예술의 전당 CJ토월극장에서 본 최신 리메이크 버전의 이 라이선스 뮤지컬은 한국 뮤지컬 맨파워가 얼마나 강해졌고 완성도가 높아졌나를 눈으로 실감할 수 있었다. 1996년 국내 무대에서 초연되었을 때는 그저 탭댄스가 좀 특이했고 당시 신인 임선애의 신데렐라 스토리가 눈길을 끈 정도였다. 음향은 형편없었고 세트나 조명도 걸음마 수준이었으며, 앙상블들의 춤 실력도 초보에 그쳤다.

그로부터 20년, 이번 무대 앙상블들의 일사불란하고 현란한 군무는 황홀하고 다이내믹했다. 무대 세트와

연출 레지나 알그렌 협력연출 박인선 조명 백시원 안무 레지나 알그렌 의상 김미정 음악감독 최재광 출연 송일국 이종혁 김선경 최정원 임혜영 에녹 이호성 임기홍 김경선 허정규 최영민 김민강 홍설영 김은주 이효진

기술, 조명과 음향도 흠잡을 데가 없었는데 특히 영상을 이용한 그림자 이미지 활용과 대형 세트를 이동시켜 보여준 분장실 장면은 정말 멋졌다. 캐스팅도 화려했다. 연출가 줄리안 역은 송일국·이종혁, 도로시 역은 김선경·최정원이 더블로 맡았다. 탤런트 박찬환과 함께 본 이날은 이종혁과 최정원이 호흡을 맞춰 젊은 페기 역 임혜영과 빌리 역 에녹이 빈틈없는 무대를 이끌었다. 스폰서 역의 이호성은 노련함으로 객석에 웃음을 선사했고, 초반 코러스 군무를 리드한 최영민의 기량과 연기도 돋보였다.

남녀 앙상블 30여 명이 펼치는 버라이어티한 군무

뉴버전의 압권은 단연 춤이었다. 30여 명의 남녀 앙상블들이 펼치는 버라이어티한 군무는 화려한 의상과 조명과 어우러져 관객의 등을 의자에 기대지 못하게 했다. 계단을 활용한 스피디한 군무, 그랜드 피아노 위에서

이종혁과 최정원이 호흡을 맞춰 젊은 페기 역 임혜영과 빌리 역 에녹이 함께 펼친 <브로드웨이 42번가>.

늦은 시간 줄리안 역 이종혁과 스폰서 역 이호성, 탤런트 박찬환 등과 함께한 뒤풀이.

임혜영과 앙상블들이 펼치는 탭댄스는 쇼 뮤지컬의 정수를 유감없이 보여주었다. 시골 처녀 페기가 코러스걸에서 브로드웨이 스타로 탄생하는 성공과 사랑의 이야기를 뮤지컬 제작 뒷얘기와 엮어 가는 이 작품에서 주역 4명의 연기와 기량이 관건인데 이종혁은 매력적인 연기로, 최정원은 무르익은 가창력으로, 그리고 젊은 에녹은 싱싱한 노래와 연기로, 뮤지컬 배우 임혜영은 고난도 탭댄스와 당찬 연기로 관객을 사로잡았다. 특히 임혜영의 발견은 한국 뮤지컬의 앞날을 밝게 해주었다. 풍성한 볼거리로 신난 멋진 여름밤이었지만 우리도 이런 수준의 뮤지컬을 만들 수 있는 창의력을 길러야 한다는 생각을 했다.

1980년에 초연된 〈브로드웨이 42번가〉는 미셸 스튜어트 극본에 하리 워렌 작곡, 고어 챔피언의 연출로 토니상을 받았다. 뉴버전의 안무는 레지나 알그렌이 맡아 더욱 화려해졌다. 이런 완제품을 라이선스를 내고 차용해 와 이만큼 멋진 무대를 만든 우리 스태프와 배우들의 역량에 박수를 보내지만 원전의 차용에는 한계가 있다. 협력 연출과 안무로 실력을 높이는 것도 좋지만 우리도 브로드웨이 수준에 버금가는 세계적 창작 뮤지컬이 나왔으면 하는 바람이다.

온주완이 호연한 신문팔이 소년들의 이야기, 멋진 춤과 무대디자인

<뉴시즈(NEWSIES)> _ 오디 컴퍼니

2016년 5월 5일 오전 2시 39분

2016.4.12 ~ 7.3
충무아트홀 대극장

오랜만에 가슴이 펑 뚫리는 뮤지컬을 보았다. 월트디즈니 제작에 오디 신춘수가 아시아 초연으로 충무아트홀 대극장에서 공연 중인 <뉴시즈>. 뉴욕의 신문팔이 소년들이 거대 언론 재벌 퓰리처의 횡포에 대항하다 청소년 인권운동으로 번진 1890년대 실화를 그렸는데, 내 취향에 너무 잘 맞았다. 신문 소재이기도 했지만 연기와 무대가 너무 좋았고 좀체 하지 않는 기립박수까지 쳤을 만큼 맘에 드는 웰메이드 뮤지컬이었다.

사실 최근 많은 공연을 보러 다니지만 뮤지컬은 잘 접하지 못했다. 가격도 비싸지만 너무 기계적이어서 감흥을 느끼지 못했기 때문이다. 그런데 장년 배우로 꾸준히 뮤지컬 무대에 서오며 이 작품에서 루스벨트 주지사(후에 미국 대통령에 오름) 역을 맡은 김봉환 아우

원작 하비 피어스타인 번역 김수빈 연출 데이비드 스완 무대 오필영 조명 이우형 안무 데이비드 스완 의상 조문수 가사 잭 펠드맨 작곡 알렌 멘켄 출연 온주완 서경수 이재균 강성욱 강은일 린아 최수진 황만익 최현선 이호진 고훈 최광희 신우석 박종배 정일 조현우 정택수 박현우 조윤상 정창민 장재웅 한철수 남정현 진한빛 박준형 박진상 심형준 김봉환 강상범 김명희 윤소미 김영완 남궁윤혜 이태경

가 초대해 별 정보나 기대 없이 관극했는데, 모든 게 마음에 들어 밤늦게까지 술잔을 나누며 공연 얘기를 했다. 나는 춤이며 무대가 너무 완벽해 브로드웨이 최신 뮤지컬을 직수입해 그대로 모방한 줄 알았는데 김봉환 배우에 의하면 대본과 음악만 들여와 모든 걸 한국에서 만들었다니 놀라지 않을 수 없었다.

특히 돋보였던 잭 역의 온주완과 무대디자이너 오필영

이 연극은 주인공 잭(온주완)을 비롯해 데이비(강성욱), 크러치(강은일), 여기자 캐서린 역의 최수진 등이 주역이지만 10여 명에 달하는 코러스들이 진짜 주인공이라고 할 만큼 비중이 크다. 12막 130분이 넘는 공연을 스피디하면서도 짜임새 있게 이끈 데이비드 스완의 연출력이 대단했다. 브로드웨이 출신의 스완은 다이내믹한 안무까지도 겸해 실화의 무게감을 살리면서도 전혀 지루할 틈이 없는 박진감 넘치는 무대를 연출해냈다.

너무도 칭찬할 사람이 많지만 연출 외에 두 사람을 꼽는다면 주역 잭 역의 온주완과 무대디자이너 오필영이다. 올해 33세의 연기자 온주완은 TV 드라마와 영화에서 다양한 배역을 소화했지만 뮤지컬 무대는 이번이 처음이라는데 연기가 뛰어나고 노래도 되는 뮤지컬 스타로 부족함이 없었다. 아마 아이돌 가수가 이 역을 맡았다면 온주완 같은 관록과 매력을 발산할 수 없었을 것이다. 온주완은 손가락 하나의 움직임까지 디테일한 연기를 펼쳤으며 노래에도 감정을 실어 공감을 이끌었고, 특히 2막에서 그만의 사랑스런 매력을 유감없이 발휘했다. 캐서린 최수진, 데이비 강성욱, 크러치 강은일도 제 기량을 다했지만 온주완의 카리스마가 전편에서 단연 돋보였다.

이 정도 퀄리티면 뉴욕에 가서 보는 것보다 더 감동적일 듯

관객의 시선을 압도하며 기능적이기도 한 무대디자인은 브로드웨이 공연을 본뜬 줄 알았는데 오필영의 솜씨라니 놀라지 않을 수 없었다. 뉴욕의 빌딩숲과 할렘가, 브루클린 대교까지 시각적으로 재현해낸 무대미술은 정말 멋졌고, 특히 신문 지면을 활용한 박준의 영상, 이우형의 조명과 상승작용을 일으켜 뮤지컬의 묘미를 즐길 수 있게 해주었다. 이 정도의 무대 퀄리티라면 뉴욕에 가서 보는 것보다 더 생생한 감동을 얻을 수 있겠다는 생각이 들었다.

내가 신문기자 출신이라 너무 과찬한 점도 없지 않겠지만 유명인(작곡 알렌 멘켄, 대본 하비 피어스타인) 작품도 아닌데 이만한 완성도를 이루어냈다는 것은 한국 뮤지컬 제작 수준의 장족의 발전이 아닐 수 없다. 밤늦게까지 김봉환·고인배 배우와 술잔을 기울였지만 전혀 피곤하지 않을 만큼 <뉴시즈>는 내 관극 인생에 큰 방점을 찍어 주었다.

뉴욕의 빌딩숲과 할렘가, 브루클린 대교까지 시각적으로 재현해낸 오필영의 무대미술은 정말 멋졌다.

80·90세대 겨냥한 가요 위주 복고풍 무대

<젊음의 행진> _ (주)피엠씨프러덕션

2015.11.13 ~ 2016.1.10
이화여자대학교 삼성홀

2015년 12월 26일 오후 8시 47분

오랜만에 제자의 요청으로 창작 뮤지컬을 보았다. 오늘 낮 이대 삼성홀에서 박광선·정가희 주연 〈젊음의 행진〉. 80·90세대를 겨냥한 가요 위주 뮤지컬인데 관객은 20대부터 60·70대까지 만원을 이뤘다.

80년대와 90년대의 히트 넘버 중심 뮤지컬

요즘 응팔 등 복고 유행에 따라 이선희의 〈한바탕 웃음으로〉, 유재하의 〈가리워진 길〉, 이상은의 〈언젠가는〉 등 80년대와 90년대의 히트 넘버를 중심으로 남녀의 사랑이야기를 곁들인 평범한 뮤지컬이나 관객들이 무척 좋아했고 박수와 함성으로 즐겼다.

작 추민주 연출 심설인 무대 이엄지 조명 원유섭 안무 이현정 의상 박소영 작곡 양주인 무대감독 김형배
출연 신보라 정가희 조형균 박광선 김동현 김슬기 임진아 전역산 송유택 김려원 허순미 배유진 김은애 강지혜 유연 김민성 최성욱 박현지 곽민서 박성광 김상균 김종년

배우들의 노래와 춤이 발랄하고 젊은이들이 아는 가요가 어우러져 흥겨웠던 <젊음의 행진>.

여장한 전역산의 춤과 노래 인상적

하지만 60·70세대인 나는 신명이 나지 않았다. 아는 노래도 적었고 배우들도 낯익지 않은 때문이다. 개콘에서 맹활약했던 신보라가 인기짱인데, 이날은 안 나왔고 대신 울랄라의 박광선이 정가희와 호흡을 이루었다.

이 뮤지컬의 특징은 배우들이 노래를 잘하고 춤도 잘 춘다는 것이다. 특히 여장한 전역산의 춤과 노래가 돋보였다. 지상파에도 70·80 가요 프로그램이 있는데 60·70은 어디서 위안을 찾을까?

공연 20주년 기념으로 한층 업그레이드된 윤호진의 대표작

<명성황후> _ (주)에이콤

2015.7.28 ~ 9.10
예술의 전당 오페라극장

2015년 8월 1일 오전 2시 33분

뮤지컬 〈명성황후〉 20주년 기념공연에 초청받아 예술의 전당 오페라극장에서 어제 저녁 관람했다. 〈명성황후〉는 1995년 연출가 윤호진의 요청으로 조선일보와 공동제작했는데, 당시 나는 문화부장으로 실무를 담당했다. 당시만 해도 노래하고 연기하는 배우가 드물어 미국에 체류 중인 윤석화를 어렵게 섭외하여 막을 올릴 수 있었다. 다행히 관객들의 호응을 얻어 성공을 거두었다. 그런데 브로드웨이에 진출하면서 주최가 동아일보로 바뀌었고, 초연 배우 윤석화를 제외시키고 다른 배우가 타이틀 롤을 맡았다. 그 후 여러 논란에도 불구하고 〈명성황후〉는 윤

작 이문열 연출 윤호진 무대 박동우 조명 최형오 안무 서병구 의상 김현숙 작곡 김희갑 음악감독 김문정 김길려
출연 김소현 신영숙 김준현 테이 박송권 민영기 박완 이희정 정의욱 김도형 김법래 김덕환 김태문 이승환 조영태 장동혁 박형규 김태현

호진의 대표 브랜드가 되어 꾸준히 공연되었다.

무대와 조명 등 기술 20년 동안 발전 거듭

20주년 공연은 새롭게 하려는 의지가 무대 전반에 엿보였다. 1막은 거의 새롭게 꾸몄다고 할 만큼 정성을 쏟았는데 나의 관점에선 너무 평면적이고 설명적이어서 기대에 미치지 못했다. 2막은 좋았는데 명성황후 시해 후 일본 낭인들에게 무죄 판결을 내리는 법정 신에 자막까지 넣은 건 바로 이어지는 '백성이여 일어나라' 피날레 하이라이트의 감동을 반감시켰다. 키를 높인 주역들의 가창력은 괜찮았으나 대사나 연기가 매끄럽지 못한 점이 아쉬웠다. 오히려 기대하지 않았던 가수 테이의 열연이 돋보였다.

<명성황후>의 하이라이트를 장식하는 '백성이여 일어나라' 피날레 장면.

무대와 조명 등 기술은 20년 동안 엄청 발전했고 이번에도 진일보했다. 특히 고종과 미우라를 상하 2층으로 대비한 무대 연출이 돋보였다. 20주년 리셉션에서 공로자들에게 시상했는데 집안잔치였다. 한 공연이 20년 동안 지속된 것은 극단 자체의 노력도 컸지만 그를 에워싼 사회·문화적 요소가 컸음을 주최자들은 간과하는 것 같았다.

정극을 뮤지컬로 각색한 초연이지만 세계 진출은 시기상조

<보이첵> _ (주)에이콤

2014.10.9 ~ 11.8
LG아트센터

2014년 10월 12일 오전 8시 45분

윤호진 연출의 창작 뮤지컬 〈보이첵〉 초연을 LG아트센터에서 보았다. 한마디로 초연임에도 기대 이상으로 완성도가 높았고 감동을 안겨주었다. 정극을 뮤지컬화한 발상이 신선했다. 무엇보다 처음 접하는 음악이 생경하면서도 가슴에 와닿았고 뮤지컬 넘버들도 조금 미진하지만 호소력이 있었다. 세트 디자인과 조명이 어우러진 무대는 매우 세련됐고 충분히 기능적이었다.

그리고 가장 중요한 주역들의 연기력과 앙상블들의 호흡이 잘 맞아떨어졌다. 김수용과 김다현이 보이첵으로 더블캐스팅되었는데 이날은 김수용이 무대에

원작 게오르그 뷔히너 극본·작사 크리스 브로더릭 작곡 롭 셰퍼드 크리스 브로더릭 황규동 연출 윤호진 무대 박동우 조명 고희선 안무 이란영 의상 이은경 음악감독 장소영 출연 김다현 김수용 김소향 김법래 정의욱 박성환 박송권 김영완 임선애 김태현 임의재 주홍균 홍준기 이강 정은규 황경석 이호진 이종민 구준모 김아름 김순주 홍광선 황한나 김려원 이아름솔

섰다. 아역 배우 출신의 그는 연기 몰입도도 높았지만 애잔한 음색에 감정을 녹인 노래로 관객을 사로잡았다. 20여 년 전만 해도 수입에 의존하던 한국 뮤지컬이 이제는 세계에 내놓을 만한 수준으로 성장했다는 것이 놀랍고 대견했다.

비극적인 사랑의 종말 그린 2막이 좋아

몇 년 전 윤호진이 뷔히너의 희곡을 뮤지컬로 만들고 싶다고 했을 때 솔직히 반신반의했다. 19세기에 쓰여진 이 희곡은 20세기와 21세기 세계 각국에서 다양하게 연출되어 관객에게 충격을 던진 고전이지만 그 누구도 대형 뮤지컬로 재창작하지 않았다.

그런데 윤호진이 이에 도전하여 LG아트센터와 합작으로 8년 만에 이를 완성해 무대에 올린 것이다. 1막은 이야기를 전개하다 보니 다소 길고 어딘가 부족했지만 2막은 비극적인 사랑의 종말을 감동적으로 표출해 냈다. 주제가 강하고 문학성이 짙은 원작을 애절한 남녀의 비극적인 사랑으로 그려낸 〈보이첵〉은 메시지와 애국심을 앞세웠던 윤호진의 이전 작품들보다 훨씬 섬세하고 아름다웠으며 감동적이었다. 계속 다듬어 나간다면 세계화도 가능하겠다는 생각이 들었다.

김수용과 김다현이 더블캐스팅됐는데,
이날은 김수용이 무대에 섰다.

최첨단 조명과 음향으로 뮤지컬의 진화 꾀했으나 관객 호응 얻지 못해

<고스트>_(주)신시컴퍼니

2013.11.19 ~ 2014.6.29
디큐브아트센터

2013년 11월 25일 오전 1시 58분

어제 디큐브아트센터에서 뮤지컬 고스트를 보았다. 3D 영화 〈아바타〉를 처음 대했을 때처럼 강렬하고 신선한 충격이었다. 한마디로 '진화된 뮤지컬'이란 표현밖에 떠오르지 않는다. 하이테크와 특수효과로 창출해낸 현란한 비주얼이 뮤지컬의 기본 요소인 연기와 노래와 춤을 압도했다고 해도 과언이 아니다. 아이러니한 것은 그 극대화된 영상 쇼 안에서 귀신과 산 자와의 아날로그적 러브스토리가 가슴 저리게 다가온다는 점이다. 사실 20년 전에 보았던 영화의 감동을 무대에서 살릴 수 있을 거라곤 기대하지 않았다.

극본 브루스 조웰 루빈 음악 데이브 스튜어트 글랜 발라드 연출 매튜 워처스 안무 애슐리 월렌 무대효과 폴 키에브 협력연출 한진섭 음악감독 박칼린 협력안무 황현정 출연 주원 김준현 김우형 아이비 박지연 최정원 정영주 이창희 이경수 성기윤 박정복 심건우 장예원 강웅곤 고정희 차정현 서승원 강동주 이윤형 연보라 최광희 한유란 신우석 변효준 왕시명 배명숙 신혜원 김아람 김수현

한데 뮤지컬 〈고스트〉는 영화의 줄거리를 살리면서 노래와 춤 연기로 표현하지 못하는 가상의 세계를 최첨단 조명과 음향과 영상과 미술로 관객을 사로잡았다. 그간 공연예술에 영상이나 특수효과가 활용되긴 했지만 오히려 관극의 재미에 방해될 때가 적지 않았다.

하이테크를 예술화한 놀라운 창의력

그런데 이번 영국 웨스트엔드의 제작진들은 과학이 개발한 하이테크들을 예술화하는 놀라운 창의력을 보여주었다. 무대 위 배우의 몸짓을 촬영해 바로 LED 화면에 투사하는 기법 등은 오래된 것이지만, 러닝머신으로 다양한 이동과 걷는 장면을 연출한 아이디어는 재미있으면서도 참신했다.

주원이 보여준 뮤지컬 역량과 최정원의 놀라운 변신

라이선스 뮤지컬의 단점은 우리 정서에 와닿지 않는 것인데 〈고스트〉는 우리말 가사들이 비교적 또렷하게 들렸고 배우들의 노래 소화력도 뛰어났다. 주원이라는 배우의 뮤지컬 역량을 발견한 것도 반갑지만 무엇보다 큰 기쁨은 최정원의 변신이었다. 무대에서 주역만 해오던 그가 영화에서 우피 골드버그가 해낸 점성술사 역할을 멋지게 해내 무대엔 활력을, 객석엔 웃음을 선사했다. 2막에서 최정원의 무대가 너무 뜨거워 사랑이야기가

디지털 기술이 돋보이긴 했으나 아날로그 감성을 살리지 못해 좌초된 <고스트>.

묻히지 않나 걱정했는데 역시 클라이맥스의 액션은 스피디했고, 엔딩의 이별은 애잔한 여운을 안겼다.

20여 년 전 〈스포츠조선〉에서 뮤지컬보기운동을 할 때만 해도 우리 뮤지컬은 초보나 다름없어 무대 또한 허점투성이였다. 그 후 세계 4대 뮤지컬을 오리지널과 라이선스로 보면서 한국 뮤지컬의 수준은 일취월장했고 시장도 커졌다.

가장 중요한 관객과의 소통은 잘 안 돼

그러나 아직 가야 할 길이 멀다. 작사·작곡·연출·안무와 함께 이번 〈고스트〉의 첨단 기술을 우리가 전수한 것은 큰 수확이다. 할 수만 있다면 공연예술을 전공하는 교수나 학생들이 보고 자극을 받았으면 하는 바람이다. 조명·음향·미술·영상에서 일루전까지, 특히 지하철 장면과 무대공간 활용 등은 눈여겨볼 만하다. 나는 분명 어젯밤 진보된 뮤지컬을 보았다. 그런데 〈아바타〉 이후 3D 영화를 별로 보고 싶지 않듯이 디지털이 아날로그의 숨통을 막을까 우려되기도 한다.

연극 축제와 행사들

배우 정진각,
'아름다운 예술인상' 수상

제6회 아름다운 예술인상을 수상한 정진각 배우.

2016년 10월 25일 오전

아름다운 배우 정진각. 오늘 명보아트홀에서 열린 신영균예술문화재단 제정 제6회 아름다운 예술인상 연극예술인상(상금 2천만원)을 극단 목화 배우 정진각이 수상했다. 대상은 영화배우 송강호, 영화예술인상은 영화감독 윤가은, 선행예술인상은 션과 정혜영 부부가 받았다.

필자도 참여한 심사에서 정진각 배우는 올해 원로연극제에서 새롭게 무대에 올린 오태석의 <태> 와 <춘풍의 처>에서 격조있는 연기를 펼쳐 수상의 영예를 안았다.

1975년 유덕형 연출 <마의 태자>로 데뷔해 41년의 인생을 무대에 쏟아온 그는 오태석 사단에서 조련된 배우 중에서 섬세하면서도 각이 있는 연기세계를 구축했다는 평을 듣고 있다. <백마강 달밤에>, <도라지>, <템페스트> 등 대표작이 많지만 필자는 국립극단에서 김광보 연출로 공연한 <살아 있는 이중생 각하>에서의 열연을 잊을 수가 없다. 정진각 배우에게 축하의 인사를 전한다.

한국 최대의 아동청소년공연장이 된 아시테지 국제여름축제

2016년 7월 20일 오후 6시 45분

김숙희 이사장이 일군 한국 최대의 아동청소년공연축제

아시테지(ASSITEJ) 국제여름축제. 한국 최대의 아동청소년공연축제가 오늘 개막, 대학로 예술극장 대극장에서 프랑스 극단 아르코즘의 <바운스>를 관람했다.

올해 24회를 맞는 아시테지 페스티벌은 여름·겨울 국제아동극축제로 발돋움했다. 삼복에 열리는 여름 축제는 열정적이어서 좋다. 프랑스 아비뇽연극페스티벌과 스코틀랜드 에딘버러프린지 페스티벌은 내게 강렬한 체험을 안겨준 여름 축제였다.

김숙희 이사장이 아시테지 한국본부를 맡은 후 규모나 내용이 매년 향상되고 있다. 올 여름 축제에는 독일·스웨덴·일본 등 10개국에서 15편의 작품이 초청되어 한국 작품과 함께 공연되고, 특별히 한불수교 130주년을 맞아 프랑스 주간이 설정됐으며 안산으로 무대를 넓혔다.

개막작 <바운스>는 라이브 음악과 춤을 결합시킨 퍼포먼스로 '두려움을 용기로'라는 주제를 살려 넘어져도 다시 일어서는 의지를 아름답고 재미있게 엮어냈다. 아시테지 축제가 이만큼 발전해 대학로 일대에서 펼쳐지게 된 것은 김숙희 이사장의 노력이라고 본

제24회 아스테지 페스티벌 여름축제. 김숙희 이사장이 아시테지 한국본부를 맡은 후 규모나 내용이 매년 향상되고 있다.

아시테지 여름축제에서 개막작으로 공연된 프랑스 극단 아르코즘의 <바운스>.

다. 페북을 보면 그는 일년의 절반 이상을 세계를 돌며 어린이·청소년 연극을 초청하고 교류하고 있다. 올해는 종로구 협조로 어린이 전용 아이들극장을 개관해 예술감독을 맡고 있다.

손주와 놀아 주다 보면 어린이극의 중요성을 느끼게 된다. 한국의 아동청소년 연극은 아직 발전의 여지가 많다. 그런 점에서 올해 내실 있는 오프닝과 리셉션은 미래를 밝게 해주었다.

김정옥 기획의 전시와 공연을 겸한 '뮤지엄시어터'

2016년 5월 6일 오후 6시 25분

화려한 행차, 저승 가는 길. 오늘 오후 경기도 광주시 분원의 얼굴박물관에서 전시와 공연을 겸한 '뮤지엄시어터'를 체험했다.

얼굴박물관은 원로 연출가이자 예술원 회원이신 김정옥 선생님이 만든 예술 공간이다. 얼굴 관련 여러 매체 작품을 상설 전시하는 곳인데, 특별전을 열며 배우 김성녀의 노래 공연으로 개막식을 장식한 것이다. 특별전에는 꽃상여와 꼭두를 선보였는데 9월 4일 전시를 마치면 프랑스 세계문화의 집 초대로 프랑스 순회전과 공연을 가질 계획이다. 상여와 꼭두. 우리네 전래 장례 도구들이지만 선인들은 저승 가는 길을 화려한 행차로 꾸몄다.

이날 김성녀는 전시 주제에 맞는 상여 소리와 함께 '어머니의 노래'를 주제로 <봄날은 간다> 등의 가요를 공연처럼 열창해 뜨거운 박수를 받았다. 올해 85세의 김정옥 선생님은 체력과 기억력이 여전했고, 올해 마지막이라며 손님에게 대접한 사모님의 요리 손맛도 변치 않았다. 비 오는 봄날 100여 명 가까운 문화예술 애호가들이 분원까지 찾아와 공연은 성황을 이루었다.

종로 '아이들극장' 개관 어린이전용극장은 반갑지만 설계는 실망

2016년 4월 30일 오후 5시 18분

아이들극장. 이 얼마나 멋진 이름인가. 어린이 전용 소극장이 오늘 혜화동에서 개관됐다. 국가도 서울시도 못한 일을 종로구청이 해낸 것은 칭찬할 만하다. 특히 해외 취재를 다니며 우리도 선진국처럼 어린이 전용 극장을 갖추고 유아부터 청소년까지 맞춤형 레퍼터리를 갖췄으면 했는데 그런 바람이 실현되는 것 같아 기뻤다.
특히 소극장이 운집한 세계적 명소 대학로 인근에 아이들극장을 개관하는 데 큰 역할을 한 분이 아동극 전문가로 아시테지 한국본부의 김숙희 이사장인데 초대 예술감독을 맡아 반갑고 기대가 크다.

그런데 개막식에 참석해 극장 내부를 돌아보니 아쉬운 점이 한둘이 아니다. 아이들극장의 주체는 아동극 관계자들이다. 하지만 개막식에 그들이 기대만큼 많이 보이지 않았다. 종로구청장, 구의회 의장, 구의원들이 주빈이었고 그들의 말잔치로 일관했다. 그거야 하루 참으면 되지만 극장 내부는 탄성이 아닌 비명을 지를 만큼 실망스러웠다.

선진국 중소도시에서 보았던 어린이 눈높이와 정서에 맞춘 아늑하고 소담한 무대와 객석을 꿈꿨는데 어린이용 객석 경사가 가팔라 3~4세는 물론 5~8세도 도우미 없이 앉아 관극하기가 매우 불

안정해 보였다. 무대도 프로시니움이어서 다양한 공연을 하기에는 한계가 있어 보였다.

어린이 눈높이와 정서에 맞춘 소담한 무대와 객석 필요

아이들극장의 목적은 자라나는 새싹들에게 꿈과 창의력, 예술적 소양과 관극 태도 등을 길러주는 산 교육장 역할을 하는 것이다. 그런데 지역 극장인 건물에 주차가 90대 가능하다니 애초부터 이런 배려는 없이 행정 마인드로 지은 것이다. 가까운 일본 도쿄의 어린이극장만 참고했어도 이렇게 설계 시공은 하지 않았을 것이다. 다행히 김숙희 이사장이 예술감독을 맡아 단점들을 개선해 간다면 멋진 이름, 멋진 로고의 아이들극장은 대한민국 어린이 예술의 요람으로 어린이들에게 행복한 문화 경험을 안겨주고, 공간 확산의 본보기가 될 것으로 기대한다. 김숙희 예술감독은 아이들극장을 세계적 명소로 만들겠다고 했다. 기대가 컸던 탓으로 내 의견을 피력했지만 반가운 일임에 틀림없다.

어린이 전용극장 개관은 바람직하지만 극장 내부 객석은 어린이용으로 부적합했다.

김광보 서울시 극단장, 제26회 이해랑연극상 수상

2016년 4월 30일 오후 5시 18분

서울시극단장인 김광보 연출가가 이해랑연극상을 수상했다. 현재 <헨리 4세>를 공연 중인데 상까지 받아 축하의 마음을 페북으로 전하고 싶다.

이해랑연극상은 내가 조선일보 문화부 재직 시절에 이해랑문화재단(이방주 이사장은 이해랑 선생 장남)과 협의해 조선일보가 수상자를 선정하고 시상하는 연극계의 권위 있는 상이다. 공동주최 후 첫 수상자는 연기자 윤주상으로 당시로서는 파격이었다.

장래가 기대되는 중견들 수상

그동안 박정자·윤석화 등 내로라하는 연기자·연출가·희곡 작가들이 수상했는데, 몇 년 전 이성열에 이어 김광보 연출가 등 장래가 기대되는 중견들이 수상해 한국 연극계에 희망을 주고 있다.

오늘 조간에서 수상 인터뷰 기사를 읽으며 나는 김광보에 대해 많은 것을 알게 되었고 그의 인생 여정에 숙연한 마음이 들었다. 사실 나는 김광보 연출의 작품을 많이 보지 못했다. 서울시 극단장을 맡아 처음 올린 작품은 연출은 명료했지만 시민들에게 보여주기에는 적합치 않았다고 나는 페북에서 지적했다.

그의 연출력 유감없이 보여준 <헨리 4세>

그런데 이번의 <헨리 4세>는 그의 연출력을 유감없이 보여주었다. 1·2부 장대한 셰익스피어 작품을 일목요연하게 정리해 그 행간의 의미와 400년이 지난 지금도 생생한 메시지를 전달했고 배우들의 명연과 짜임새가 있는 앙상블로 관객이 이해할 수 있게 웰메이드 공연으로 펼쳐냈다. 그것은 부단한 노력과 융화력이 뒷받침되었기 때문이라고 본다.

다시 한 번 영예로운 수상을 축하드리고 앞으로 더욱 주옥같은 작품을 연출해 주기를 바란다.

이해랑연극상을 수상한
김광보 연출가와 필자.

연극계의 어른
김의경 선생 작고

연극계의 어른으로
멋진 신사였던 김의경 선생님이
4월 9일 작고하셨다.

2016년 4월 9일 오전 8시 51분

김의경 선생님이 작고하셨다. 그간 편찮으셔서 지난 연말에 강북 삼성병원으로 문병을 가뵌 게 마지막이 되고 말았다. 김의경 선생님은 한국 연극사에 기록될 큰일을 하신 분이지만 응분의 대접을 받지 못한 것은 아쉬운 일이다.

<빠담 빠담 빠담>, <바람과 함께 사라지다> 등 연출

동인제 시대이던 1976년 극단 현대극장을 창단한 그는 전문 연극을 표방했다. 상업극이라는 비판도 있었으나 배우에게 합당한 보수를 지급하고 기업처럼 경영해 질을 높이자는 취지를 나는 크게 보도했다. 윤복희 주연의 <빠담 빠담 빠담>은 한국 뮤지컬의 흥행 토대를 놓은 히트작이었다. 아무도 엄두를 못 내던 세종문화회관 대극장에 기라성들을 출연시켜 <바람과 함께 사라지다>를 올렸다. 배우를 무대에서 날게 한 <피터팬>을 비롯해 아동청소년극을 활성화시킨 분이기도 하다.

1981년 제3세계 연극제 개최

기자의 눈으로 볼 때 김의경 선생님이 이루신 가장 큰 업적은 1981년 3월 서울에서 개최한 제3세계 연극제의 성공이었다. 우물 안 개구리 같던 한국 연극계에 세계를 호흡하게 하는 큰 자극을 준 것이다. 극작가로서도 지적인 작품을 남긴 그는 <남한산성> 등 사극, 이중섭을 그린 <길 떠나는 가족>의 공연으로도 사랑받았다.

영원한 추억이 돼버린 선생님과의 소주 한잔

최근 몇 년 간 나는 김의경 선생님과 뭔가 의미 있는 일을 해보고자 의기투합했으나 중도에 그치고 말았다. 연극을 통해 왜곡된 우리 역사를 바로잡아 보자는 취지로 백민역사연극원을 발족해 선생님이 원장을, 내가 부원장을 맡아 1회 역사극 페스티벌을 어렵게 성사시켰다. 얼마 전까지만 해도 연극계 어른으로 비판의식이 강했던 멋쟁이 신사 김의경 선생님과 나눴던 소주 한잔이 이제는 영원한 추억으로 남고 말았다.

극작가 노경식 등단 50주년 기념식

노경식 선생 등단 50주년 기념작 <두 영웅> 축하 공연에 앞서 찍은 사진. 오른쪽부터 배우 이순재, 심양홍, 연출가 임영웅, 그리고 필자와 출판인 허성윤이다.

2016년 2월 29일 오후 2시 11분

배우 이순재, 배우 심양홍, 연출가 임영웅, 언론인 정중헌, 출판인 허성윤. 어제 <두 영웅> 마지막 공연에 오신 연극계 어른들과 아르코예술극장 대극장 로비에서 기념사진을 찍었다.

노경식 선생 등단 50년을 기념해 무대에 올린 이번 공연은 우리 연극계의 큰 경사였다. 이날 임권택 감독, 배우 전국환 등 문화계 많은 분들이 <두 영웅>을 관람했다.

연극계 원로인 임영웅 선생은 "안 봤으면 손해볼 뻔했다"고 짧지만 의미 있는 코멘트를 해주셨다. 남일우·권성덕 등 원로부터 대학에서 연극을 전공하는 학생에 이르기까지 전 세대가 동참한 이번 공연은 연극의 생명인 앙상블 그 자체였다. 좋은 공연의 필수인 희곡(노경식)과 연출(예술감독 김도훈, 연출 김성노, 협력연출 이우천), 배우(오영수·김종구·이인철·이호성·최승일·고동업·배상돈·신현종·노석채 등)가 한 호흡을 이룬 결과라고 본다. 이 공연의 전 과정을 기록으로 남기고 합평회를 열어 더 좋은 공연의 자양으로 삼았으면 하는 바람이다. 그리고 전국 대도시 순회공연이 가능하도록 유관기관과 후원 기업이 적극 나서 주기를 기대한다. 마지막으로 일본에 가서 이 작품을 올려 선린외교의 가교 역할을 했으면 하는 바람이다.

연극인들이 따뜻한 마음으로 보내드린 영원한 배우 백성희

2016년 1월 12일 오후 12시 20분

영원한 배우 백성희 선생님을 연극인들이 따뜻한 마음으로 보내드렸다. 오늘 오전 백성희장민호극장에서 백성희 선생 영결식이 연극인장으로 거행되었다. 백성희 선생님은 험난한 연극의 길을 걸어오셨지만 행복한 예술인으로 기억될 것이다. 배우가 자신의 이름이 붙은 극장에서 관객과 이별할 수 있다는 것은 얼마나 아름다운가.

백성희 선생님 연극인장에서 고인의 아들이 인사말을 하고 있다.

수백 편의 연극으로 금자탑 세운 백성희 선생

그는 한국 연극사에서 가장 대사가 잘 전달되는 배우였다. 기자 시절 취재했던 백 선생님은 배우들이 힘들어하는 국립극장 대극장에서도 어느 방향에서나 대사가 들리는 무대 전문 배우였다. 그는 연극을 경건하게 대했다. 철저한 준비와 인물 분석, 그리고 무엇보다 화술에 역점을 두어 수백 편의 연극에서 금자탑을 쌓았다. 그는 이승을 떠났지만 그의 연극 정신과 무대 혼은 영원토록 기억될 것이다.

원로 연극인 무대 지원 연극계 중진·중견들이 꾸미는 값진 무대로 여는 새해

2016년 1월 11일 오후 1시 57분

새해 연극계는 중견·중진들의 전면 활동으로 기대가 크다. 영화나 다른 장르도 그렇지만 연극계도 경륜이 높은 연출가나 배우들이 설 자리가 넉넉지 않았다.

그런데 새해 70대의 최치림이 연출하고 오영수·권병길 등이 출연하는 로베르 토마의 <그 여자 사람 잡네>, 60대의 이윤택이 연출하고 개성 있는 중견들인 김지숙·기주봉·곽동철·고인배·이재희·이용녀·이봉규 등이 출연하는 안톤 체홉의 <바냐 아저씨>가 무대에 오르면서 모처럼 중·노년층이 스포트라이트를 받게 된 것이다.

1월 15일 동숭아트센터 동숭홀에서 개막하는 <그 여자 사람 잡네>는 극단 자유의 창단 50주년 기념작으로 자유극장의 원로인 이병복·김정옥 예술원 회원도 제작에 이름을 올렸다. 1978년 세종문화회관 별관에서 자유가 공연하여 대박이 난 코믹 스릴러로 원년 멤버인 오영수·권병길 등이 38년 만에 다시 같은 배역으로 나오는 것도 화제다.

개성 연출가로 주목받아 온 이윤택이 연출하는 <바냐 아저씨>는 이제까지와는 다른 기발한 해석으로 벌써부터 주목받는 기대작이다. 진지한 연극으로 알려진 작품을 유쾌하고 일상성이 넘치는 블랙코미디로 만들겠다는 것이다. 그 같은 연출 의도가 가능한 것은 대학로의 베테랑들을 한자리에 모았기 때문이다. 캐스팅만으로 절반의 성공을 거뒀다고 할 수 있다.

대학로 연극의 아쉬움은 여러 이유로 배우들의 수준이 고르지 못했다는 것인데 이윤택은 중창단(중견연극인창작집단)의 알짜배기들인 개성파 연기진으로 마음껏, 그러나 세련되고 살아 있는 바냐를 보여줄 수 있게 된 것이다.

연초 두 작품에 동시에 캐스팅된 내가 아끼는 연기자 고인배는 지난해 말부터 하루 두 차례 연습을 하는 강행군을 해왔지만 얼굴에 미소가 가득하다. 연극계는 물론 매스컴에서 관심을 가져 인터뷰까지 했기 때문이다. 이윤택과 중창단의 <바냐 아저씨>는 이달 27일부터 대학로 아트씨어터 2관에서 공연한다. 관건은 중견 중진들의 새해 약진에 중년 관객들이 얼마만큼 호응해 주느냐에 달려 있다. 중년 아줌마 아저씨들이 공연장 앞에 줄을 서는 모습을 보고 싶다.

아시테지 겨울축제 개막, 전통인형극 <돌아온 박첨지> 공연

아시테지 겨울축제 개막식 장면.

2016년 1월 7일 오후 6시 48분

서울 아시테지 겨울축제 개막 공연 <돌아온 박첨지>를 오늘 낮 대학로 예술극장에서 보았다. 아스테지는 국제아동청소년연극단체로 이번 축제는 김숙희 이사장이 이끄는 한국본부가 개최하는 국내 최대 규모다.

선진국들은 유아부터 연령별로 아동청소년극이 공연되고 있을 만큼 공연예술에서 차지하는 비중이 크다. 2014년 여름 에딘버러 프린지 페스티벌에 갔을 때도 어린이극이 연일 매진 만원을 이루는 현장을 보고 아동극에 대한 인식을 새로이 했다. 우리나라도 한때 아동극이 반짝했으나 상업적으로 수지를 맞추지 못해 침체되고 말았다.

국내 최대 규모 아동청소년연극축제

김숙희 이사장이 아시테지를 맡으며 여름·겨울에 아동극 축제를 열어 이번이 열두 번째다. 페북을 보면 김 이사장은 전 세계를 수시로 오가며 아동청소년극 발전을 위해 헌신하고 있다. 이런 분이 있어 어린이극 인식이 넓혀지고 최근 종로에 전용극장까지 생겼다.

전통인형극을 현대 감각에 맞춰 되살린 작품

개막작 <돌아온 박첨지>는 오랜만에 대하는 한국 전통인형극이어서 의의가 컸다. 부모와 함께 온 어린이들이 많았는데 흥미있게 관람하며 이벤트에 동참했다. 전통인형극을 현대 감각에 맞춰 되살려낸 극단 사니너머의 열정에 박수를 보낼 만하다. 거기에 젊은이들이 헌신하고 있는 모습이 너무 아름다웠다.

아시테지 겨울축제 개막식에서 공연된 전통인형극 <돌아온 박첨지>.

90세 노배우를 기리는 백성희 선생 회고록 『연극의 정석』 출판기념회

2016년 1월 7일 오후 6시 48분

백성희 원로배우님. 아흔의 선생님을 기리는 회고록 『연극의 정석』이 출간됐다. 지금 백성희장민호극장에서 『국립극단과 65년』 출판기념회와 2015 국립극단 송년회가 열리고 있다. 연극인들 문화인들이 자리를 메웠고 나도 권성덕·김재건 배우 사이에 앉아 있다.

한국 연극계의 살아 있는 전설

'국민배우'로 불리는 백성희 선생님은 1943년 극단 현대극장의 <봉선화>로 처음 무대에 섰으니 72년을 배우로 살아오신 한국 연극계의 살아계신 전설이다. 이날 건강 때문에 참석하시진 못했지만 박정자·손숙·정상철·박상규 등 후배 배우들은 그의 빛나는 업적을 회고했다. 그의 발자취는 한국 연극이 걸어온 그 험난하면서도 보석 같은 역사가 아닐까. 백성희, 그는 지금도 그 길을 가고 있다.

'연극인 100인 선언' 서명운동

2013년 5월 27일 오후 5시 57분

원로들을 중심으로 연극인들이 모처럼 목소리를 냈다. 연극인 100인 선언. 김의경·유민영·이태주 씨 등 연극계 중진과 현역 20여 명이 5월 24일 대학로 예술가의 집에서 열린 한국예술포럼(대표 정중헌) 주최 심포지엄 후 '연극인 100인 선언' 서명운동에 나섰다.

연극인들, 모처럼 제 목소리를 내다

'문화융성을 위한 연극계 3인의 제언'을 주제로 열린 심포지엄에서 김의경 선생(극작가)은 '문화융성' 표상으로서의 국립세종극장 건립을 제안했다. 유민영 선생(연극학자, 서울예술대학 석좌교수)은 국립극단을 국립극장 전속 체제로 환원하고 전속 배우도 두는 등 국립 위상에 맞게 개선하는 방안을 제시했다. 이태주 선생(연극평론가)은 문화예술 진흥의 핵심은 인사정책임을 강조하고 전문가들이 공정한 경로를 통해 발탁되어 올바른 시스템 속에서 집단이 형성되고, 그 속에서 자유롭게 능력을 발휘할 수 있는 행정과 운영 시스템이 보장되어야 하는데 우리 현실은 그렇지 못하다며 인사정책의 문제점을 지적했다.

토론자로 나선 이승옥(한국여성연극협회 회장), 김종구(전 국립극단 배우, 동양대 교수), 김창화(상명대 연극학과 교수) 씨도 원로들의 제언에 동조

했다. 심포지엄 종합토론에서 정중헌 대표는 원로들의 제언을 정책으로 실현하기 위한 범문화계 캠페인을 제안했고 김의경 선생이 '연극인 100인 선언'을 발의하자 참석자 전원이 선언문에 서명 날인했다.

연극인 100인 선언

1. 국립극단을 국립극장 체제로 환원하여 국립 위상에 맞게 개편하라.
2. 박근혜 정부의 '문화 융성'에 부응하여 그 위상의 표상으로서 세종특별자치시에 국립세종극장 건립과 운영을 제안한다.
3. 문화예술기관 인사의 편향성을 해소하고 공정한 경로를 통해 전문가를 발탁하라.

서명자(무순)
이태주(연극평론가), 김의경(극작가), 유민영(연극학자·서울예술대학 석좌교수), 백수련(배우), 박웅(배우·극단 자유) 이승옥(여성연극인회 회장), 김재건(배우), 최강지(연출가·극단 판), 김창화(상명대 연극학과 교수), 최성웅(한국배우협회 회장), 안치용(극단 신협 대표), 김종구(배우·동양대 교수), 박찬빈(연출가), 이경희(배우), 반진수(극단 대중), 홍성일(극단 신협), 박정재(극단가가의회대표), 곽동철(배우), 예술정책포럼참석자정중헌(대표), 김숙희(부대표·국제아동청소년연극협회한국본부 이사장), 서성록(부대표·안동대 교수), 김긍수(운영위원·중앙대 교수), 왕치선(사무처장)

부록

대학로의 멋진 사람들

연극인들이 즐겨 찾는
대학로 맛집과 쪽파티 장소

대학로의 멋진 사람들

연극은 혼자 하는 예술이 아니다.

작가와 연출가, 배우 외에도 무대미술, 조명, 음향, 영상, 음악, 의상, 소품, 분장 등 다양한 스태프들이 힘을 합쳐 하나의 무대를 완성해 낸다.

또 작품이 완성되기까지는 기획자, 프로듀서, 홍보, 마케팅 분야에서 전문가들이 뛰어야 하고, 포스터와 프로그램 북 등 인쇄물 제작도 큰 비중을 차지한다.

막이 오르면 평론가들의 발길도 이어진다.

대학로 연극동네에는 많은 사람들이 모여 저마다의 전문성을 살려 연극 만들기에 여념이 없다. 부업을 하면서까지 연극에 임하는 젊은이들이 있는가 하면, 은퇴 후 옛날의 향수를 못 잊어 대학로를 찾는 연극인들도 있다.

필자는 기자 생활을 해오면서 참으로 많은 연극인들을 만났고 인터뷰와 리뷰를 했으며, 공연을 보고 나서 뒤풀이도 엄청나게 했다.

그 많은 분들을 다 소개하고 싶은 것이 필자의 욕심이지만, 지면 관계로 은퇴 후 자주 만나는 연극동네 어른들과 전문가 몇 분만 내 나름의 시각으로 소개하고자 한다.

연극동네 촌장 노경식 선생님

옛날 동네에 어른이 있듯 대학로 연극동네에도 어른이 있다. 필자에게 극작가 노경식 선생님은 연극동네 촌장 같은 분이다. 대학로에는 여러 어른들이 계시지만 동네에서 자주 뵐 수 있고, 마을 경조사에 빠지지 않으며, 더욱이 후배들과 어울려 막걸리잔을 기울이며 연극과 인생을 상담해 주고 조언해 주는 형님 같은 어른이시기 때문이다.

조선일보 연극기자 시절 노경식 선생님을 자주 뵙지는 못했다. 하지만 그의 대표작 <달집>을 본 기억이 생생해 늘 존경해 마지않았다. 성대 대학원 박사과정 재학 중 희곡 <달집>을 텍스트로 읽으며 그 명료한 테마와 토속성 짙은 걸쭉한 대사에 반해 다시 한 번 무대 공연을 보고 싶었다.

그 염원이 2013년 10월 신주쿠 양산박 대표이자 재일교포 연출가 김수진에 의해 이뤄졌다. 그가 일본 단원들을 이끌고 아르코대극장에서 일본어로 <달집>을 공연한 것이다. 대사가 일본어인데도 원작의 농촌 분위기를 우리 정서로 살려내 참으로 감동적이었다. 1971년 명동 국립극단에서 임영웅 연출로 초연된 <달집>에서 간난 노파 역을 백성희 선생님이 맡아 명연기를 펼쳤는데, 이 작품에선 이려선이 피나는 노력으로 열연해 호평을 받았다. 이 연극을 보며 다시 한 번 희곡의 힘을 느꼈고, 노경식 작가에 대한 경외감을 갖게 되었다.

지난 2월 대학로 아르코예술극장 대극장에서 노경식 작, 김성노 연출의 <두 영웅>이 막을 올렸다. 이 공연은 극작가 노경식 선생의 등단 50주년을 기리는 뜻깊은 무대였다. 2월 29일 공연 마지막 날 등단 50주년 축하식이 극장 로비에서 열렸다.

이 자리에는 연출가 임영웅 선생님, 원로배우 이순재 선생님, 임권택 영화감독, 배우 심양홍·전국환 등 많은 문화예술계 인사들이 참석했다. 필자도 연극계 어른들과 함께 기념사진을 찍고 축하했다. 이 공연을 계기로 노경식 선생님과 가깝게 지내게 되었다.

이심이면 전심이라고 했던가. 노경식 선생님과는 SNS를 통해 더 가까워졌다. 몇 년 전부터인가 페북(facebook) 친구가 되어 많은 정보와 개인사를 전해 듣고 공유하는 사이이다. 필자가 페북에 공연 리뷰나 여행기 등을 올리면 '좋아요'를 눌러 주시거나 "박수 짝~ 짝~" 같은 답글을 달아 주신다. 노 선생님이 글을 올리면 필자도 '좋아요'를 누르거나 댓글을 올리곤 한다.

그러나 정치적 이슈나 이데올로기 면에서는 서로 다름과 차이를 분명히 한다. 노 선생님이 페북에 공유하는 글들 중에는 필자의 생각과 다른 것들이 많은데 그럴 때는 '좋아요'를 누르지 않는다. 오직 공연예술 분야에서만 정보를 공유하고 서로를 격려하고 있다.

80을 바라보는 노경식 선생님이 젊은이 못지않게 SNS 활동을 한다는 것은 놀라운 일이다. 노 선생님은 페북은 물론 카톡도 달인이시다. 선생님이 이끄는 만빵구락부 카톡방의 방장 역할을 하시며 그룹 채팅에도 적극적이시다. 짤막한 글이지만 애정 어린 격려와 소신 발언으로 분위기를 이끄는 것이다.

현재 만빵구락부 카톡방 식구는 15명이다. 배우 권성덕·오영수·권남희·김명희·김용선·복진오·박광웅·이태훈·최종원, 연출가 김상화·문삼화·김도훈·김성노·문고헌·박계배, 노경식 선생님과 필자다.

이 멤버들이 중심이 되어 한 달에 두 번 목요일 저녁 대학로 빈대떡집에서 모임을 갖는다. 회비 만 원을 내고 간단한 안주에 막걸리나 소주를 나누며 담소하는 평범한 친목 모임이지만 연극계 현안이나 문제점들을 난상토론하기도 하고, 멤버들의 작품 활동이나 경조사 등의 동정이 오가는 소통의 자리이기도 하다.

만빵구락부 모임의 좌장은 노경식 선생님이시다. 서울연극협회 고문이기도 한 노 선생님은 시시비비가 분명한 분이다. 검열 문제나 블랙리스트 같은 현안은 발벗고 나서 성토하지만 예술인들의 복지나 창작 활동 면에서는 늘 연극인 편에서 따뜻한 격려를 보내신다. 그래서 연극동네 어른이시다.

노경식 선생님은 1938년 전북 남원에서 태어나 경희대 경제학과를 졸업하고 출판사에서 오래 근무하셨다. 1962년 드라마센터 연극아카데미를 수료하고 1965년 서울신문 신춘문예에 희곡 <철새>가 당선되면서 극작가로 활동하게 되었다. <달집>, <정읍사>, <하늘만큼 먼 나라>, <징계멍개 너른 들>, <서울 가는 길>, <두 영웅>, <연극놀이> 등 7권의 희곡집을 냈고, 2013년에는 산문집 <압록강 이뿌콰를 아십니까>를 출간했다. 유치진연극상, 예술원상 등을 수상했고 다수의 희곡상을 받았다.

노경식 선생님은 '서울 연극인의 날' 선언문을 썼으며, 국립극단의 원로배우 백성희·장민호 선생님을 내치려는 당국에 맞서 '노배우를 위한 항변'을 써서 두 노배우를 국립 배우로 남게 하는 일에 앞장선 분이기도 하다. 연극계 원로들이 작고하면 조사를 하시고, 후학들이 출간을 하거나 좋은 일이 있으면 축하와 덕담을 해주시는 분이다.

늘 모자를 쓰고 대학로에 나와 연극인들과 막걸리잔을 나누며 '죽을 때까지 이 걸음으로' 가겠다는 분. 연극계 크고 작은 일이 있을 때마다 앞장서는 노경식 선생님이야말로 연극동네를 이끄는 촌장이시다.

연극동네 지킴이 김도훈 연출가

노경식 선생님이 연극동네 촌장이라면 극단 뿌리의 대표이자 연출가인 김도훈 선생은 연극동네 지킴이다.

경기도 안산에 사는 그는 지하철역에서도 버스로 한참을 가야 하는 교통 불편 지역에 살면서도 거의 거르지 않고 대학로에 출근해 왔다. 필자도 4호선 이촌역에서 지하철을 자주 타는데 눈을 감은 채 좌석에 앉아 있는 김 선생을 여러 번 보았다. 그가 언제부터 대학로를 지켰는지 알 수는 없지만 필자가 알기로는 30대부터 76세인 지금까지 40여 년의 세월이 흐르지 않았나 생각된다.

그 오랜 기간 김도훈 선생은 대학로를 중심으로 참으로 다양한 연극 활동을 해왔다. 1966년 서라벌예대 연극영화과를 나와 극단 산울림과 실험극장에서 활동했던 그는 1976년 극단 뿌리를 창단하여 현재까지 40년간 이끌어 왔다. 열악한 연극 풍토에서 뿌리를 내리고 열매를 맺어 왔다는 것은 참으로 대단한 뚝심이 아닐 수 없다.

11월 6일 연극계 지인들과 극단 뿌리 40주년 기념 공연 첫 무대인 김도훈 연출의 <마누라를 찾습니다>(이언호 작)를 관람하고 조촐한 뒤풀이를 했다. 연기파 이태훈과 신예 조예영이 국악기 연주단과 펼친 이 공연은 김 대표가 그간 연출해 온 <멋꾼>, <허풍쟁이>에 이은 한국 전통연희 시리즈의 완결편으로 의의를 더했다.

40년 동안 극단 뿌리의 순수 공연만 총 122편을 무대에 올린 김 대표는 '연극으로의 긴 여로…'라는 글에서 "지금은 과거처럼 화려하지도 않습니다. 그러나 그 화려함을 찾는 것은 이제 의미가 없습니다. 중요한 건 무대를 쉬지 않고 채워야 한다는 것입니다. 멈추면 언젠가 사라지게 됩니다"고 심경을 토로했다.

필자가 김도훈 연출을 만난 것은 1981년 명동의 엘칸토극장에서 공연한 테네시 윌리엄즈의 <유리동물원>이었다. 김복희·정가희·배규빈 등이 출연한 이 작품에서 김도훈 연출은 주인공 로라의 이상과 모험을 산뜻하게 그려 관객들의 호평을 받았다. 그 후 연극계 유망주로 미국 뉴욕의 라마마극단 연수를 다녀온 그는 1982년 4월 문예회관 대극장에서 당시의 스타 장미희를 타이틀로 캐스팅해 창작극 <황진이>를 올려 빅히트를 했다. 작품도 좋고 관객도 많아 연극제 화제를 집중시켰는데, 당시 필자도 조선일보에 크게 보도했던 기억이 떠오른다. 구상 시인의 희곡을 극단 뿌리의 창작극 시리즈로 선보인 <황진이>에는 정동환·배규빈 등이 출연했는데 연기진들의 앙상블도 좋았지만 연출 기법이 특이했다. 대사와 대사 사이에 시조, 시창, 판소리, 가야금 연주 등을 깔아 토속적인 정취를 살려낸 것이다.

<황진이> 하면 또 하나 떠오르는 기억은 전두환 대통령이 관람하고 김 대표에게 금일봉을 주고 갔다는 것이다. 기자인 필자는 그 액수가 궁금했는데 끝내 김 대표는 침묵을 지켰다.

김도훈 연출가와는 좋지 않은 사건이 있었는데 최근 화해를 했다. 1995년 정진수 교수가 한국연극협회 이사장에 당선되었을 당시 코리아나호텔 커피숍에서 일행을 만났는데 필자가 김 연출에게 욕을 했다는데, 왜 무슨 일로 화를 냈는지 지금은 잘 기억이 나지 않는다. 아무튼 그 일도 서먹하게 지냈는데 세월이 흘러 지금은 형 아우처럼 허물없이 대하는 사이가 되었다.

김도훈 연출의 매력은 모자에서 나온다. 183cm의 훤칠한 키에 검은색 계열의 옷, 늘 모자를 쓰고 나타나 모자는 이제 그의 트레이드마크가 되었다. 황해도 재령이 고향이지만 부산에서 명문고를 나와 동창들로 구성된 후원회가 짱짱하다.

그는 대학로 연극동네를 직장처럼 여기고 지금껏 살아왔다. 오후 1시 전후해 대학로에 출근하면 극단 일을 하거나 가끔은 동료인 강영걸 연출 등과 바둑을 즐기기도 한다. 오후에는 늦도록 연출 작업을 하고 밤에는 어김없이 한 잔 술을 걸친다. 맥주에 소주를 약간 타는 칵테일 스타일을 즐기는 그는 취하도록 마시는 법이

거의 없다. 한창 취흥이 올라도 지하철 막차가 끊기기 전에 자리에서 일어나 칼같이 집으로 간다.

대학로 연극동네를 반세기 이상 지켜오며 연출 작업에 매진해 온 그는 그 공로로 2015년 보관문화훈장을 받았다. 2012년에는 대학로 지킴이로 '연극인'의 날에 공로상을 받았다.

이처럼 그의 경력은 연극으로 일관되어 있다. 1990년에 서울연출가그룹 회장을 맡았고, 1998~2000년에는 거창연극제 조직위원장, 2001~2005년에는 영호남연극제 조직위원장으로 활동했다. 지역 연극제에서는 김도훈 연출을 단골 심사위원으로 초청하고 있다.

서울연극제와 인연이 깊어 1992년 <누군들 광대가 아니랴>, 1997년 <남에서 오신 손님>으로 대상 및 연출상을 수상하기도 했다. 근래에는 창작극을 주로 발표해 왔다. 2010~2011년 한윤섭 작 <조용한 식탁>으로 주목을 받았고, 2014년부터는 마당놀이 음악극인 <멋꾼>, <허풍쟁이>를 선보였다.

김도훈 대표 겸 예술감독은 다양한 사조의 서구 연극과 사실주의 작품들, 부조리 계열의 현대극까지 다양한 스펙트럼의 작업을 해왔다.

오늘도 대학로에 가면 만날 수 있는 연극인, 김도훈 연출은 건강이 허락하는 날까지 대학로를 지키는 파수꾼으로 살 작정이다.

대학로의 만능 연극인 박팔영 배우

대학로 연극동네에는 다양한 연극인들이 모여 살지만 배우 박팔영만큼 1인 다역을 하는 연극인은 흔치 않다.

그의 본업은 배우다. 연극배우로 무대에 설 뿐 아니라 영화와 TV 드라마에서는 기업 회장이나 병원장 단골의 인기 있는 배우이자 탤런트이기도 하다. 송중기·송혜교 커플의 화제작 <태양의 후예>에도 나왔고 최근 <K2>에도 출연하고 있다.

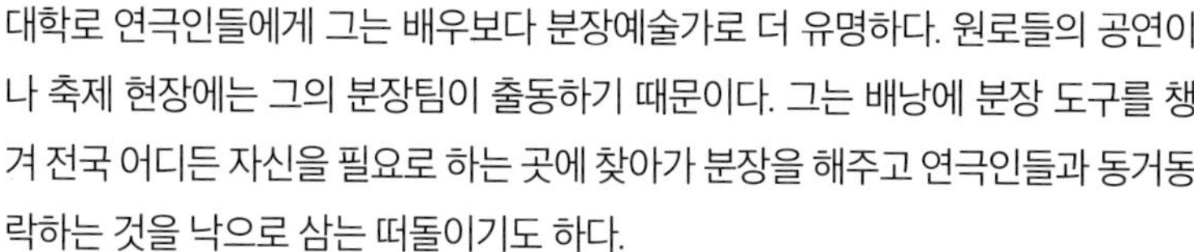

대학로 연극인들에게 그는 배우보다 분장예술가로 더 유명하다. 원로들의 공연이나 축제 현장에는 그의 분장팀이 출동하기 때문이다. 그는 배낭에 분장 도구를 챙겨 전국 어디든 자신을 필요로 하는 곳에 찾아가 분장을 해주고 연극인들과 동거동락하는 것을 낙으로 삼는 떠돌이기도 하다.

박팔영은 인물 크로키를 잘 그리는 화가이기도 하다. 연극동네 어른들은 물론이고 분장실에서 만난 배우나 스태프들의 얼굴 특징을 잡아내 크로키로 완성한 연극인 초상이 수백 장에 이른다. 문장력도 뛰어나 크로키한 연극인들의 특징을 명료하게 표현하고 있다. 그가 손수 코팅한 인물 크로키를 받는 연극인들은 행복감을 느낀다. 원본은 연극인에게 주고 복사본은 연극제가 열리는 현장에서 전시되어 인기를 끌고 있다. 올해 청주 예술의 전당에서 열린 제1회 대한민국연극제에서도 박 배우의 연극인 크로키전이 열려 성황을 이루었다.

박 배우는 침도 잘 놓는다. 자신의 건강이 악화되어 자구책으로 배운 뜸과 침술을 지금은 연극인들에게 베풀고 있다. 침구사로 수많은 인술을 베풀어 온 명인의 휘하에서 침술을 익힌 그는 최근 법으로 시술이 허용되자 비영리로 허리 아픈 배우, 어깨 쑤시는 스태프들에게 침과 뜸으로 증세를 완화시켜 주고 있다. 그의 배낭에는 언제고 침을 놓을 수 있는 장비가 들어 있다. 필자의 와이프도 손주 보느라 허리 통증이 심했는데 박 배우가 내왕해 침을 놓아 주어 증상이 호전되었다. 연극계에서 그의 침술 봉사는 소리 소문 없이 번지고 있다.

박팔영 배우는 생활연극 운동에도 앞장서고 있다. 대학로 주민이기도 한 그는 이화동 주민들과 함께 지난해 연극을 공연한 데 이어 올해 두 번째로 주민밀착형 생활연극인 가요 뮤지컬 <잣골 노래방 콩쿠르>를 연출해 9월 30일 저녁 대학로 마로니에 야외무대에서 창작 초연했다. 박 배우는 이화동의 옛 명칭인 잣골 주민들의 애환을 희곡으로 직접 써서 연출까지 해 소극장협회가 주최한 대학로 거리공연 축제의 개막작으로 공연하는 열정을 보였다. 금산이 고향인 박 배우는 금산인삼축제에 생활연극 경연을 펼치겠다며 요즘 고향을 자주 찾고 있다.

필자는 팔방 재능을 지닌 박 배우와 의형제를 맺었을 만큼 가깝다. 그는 매사에 적극적이고 성실할 뿐 아니라 어떤 대가나 잇속에만 연연하지 않고 연극동네 사람들을 위해 일하는 것을 즐기는 진정한 연극인이다. 그뿐 아니라 그는 대학로의 좋은 술벗이다. 아직 그의 풍류나 진면목을 보지는 못했지만 언제 만나도 부담 없이 한잔 할 수 있는 기분 좋은 친구다.

재미 희곡작가 유강호씨는 박팔영 배우를 다음과 같이 평했다. "항상 바쁜 시간 틈틈이 그림을 그리고 연기하고 연출하며 후배들을 가르치는 그는, 창작의 희열을 즐기는 진정한 예술인이다. 따뜻한 인간관계가 두텁고 두루두루 인맥을 쌓는 그가 보면 볼수록 멋있다. 다재다능한 그는 대학로의 공연예술가, 새내기 연극배우, 엔터테인먼트, 아마추어 그룹들을 솔선수범해 돕는다. 그러니까 일거리도 많고 상복도 많다. 원로 배우들이 특별히 아끼고 사랑한다."

2013년 이만희 작, 강영걸 연출의 <그것은 목탁 구멍 속에 작은 어둠이었습니다>에 출연해 대한민국 연극대상 최우수연기상을 수상한 박팔영 배우는 요즘 윤대성 작, 정일성 연출의 <당신 안녕>(11월 9~20일 대학로 휴먼시어터)이란 작품 연습으로 바쁘다.

착해서 더 아름다운 이용녀 배우

연극·영화·TV에서 개성이 강한 캐릭터를 소화해 온 배우 이용녀는 배우 고인배를 통해 알게 된 여동생 같은 존재다.

10월 중순 한 중식당에서 가진 필자의 생일 파티에 케이크를 사들고 온 그는 표정이 밝아 보였다. 치매

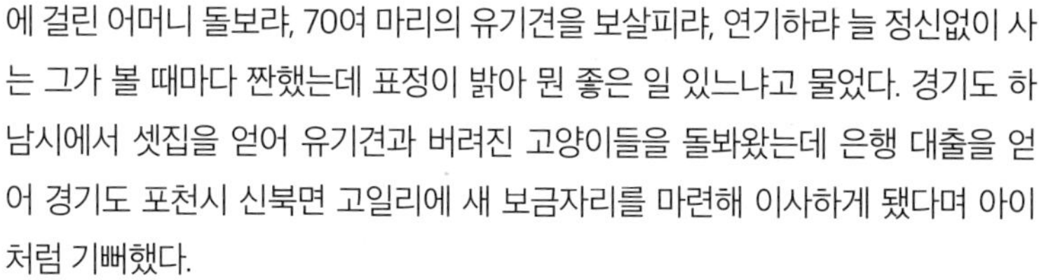

에 걸린 어머니 돌보랴, 70여 마리의 유기견을 보살피랴, 연기하랴 늘 정신없이 사는 그가 볼 때마다 짠했는데 표정이 밝아 뭔 좋은 일 있느냐고 물었다. 경기도 하남시에서 셋집을 얻어 유기견과 버려진 고양이들을 돌봐왔는데 은행 대출을 얻어 경기도 포천시 신북면 고일리에 새 보금자리를 마련해 이사하게 됐다며 아이처럼 기뻐했다.

중앙대 연극과를 나와 무대에서 잔뼈가 굵은 이용녀지만 지금은 다매체에서 맹활약하는 연기파 배우, 잘 나가는 조연 1순위에 꼽히는 인기 배우다. 최근에만 해도 영화 <신의 한 수>, <곡성>, <아가씨>, <럭키>에서 인상적인 조연 연기를 펼친 그는 수십 편의 TV 드라마에서도 무속인, 교도소 수감자, 기숙사 사감, 노역 등으로 개성을 뿜어냈다. 작년 MBC 휴먼다큐 <사람이 좋다>에 출연해 치매 어머니와 가까워지기를 온몸으로 해냈던 그가 올해 JTBC <힙합의 민족>에서 쟁쟁한 스타를 제치고 힙합 여왕으로 등극해 세간의 화제를 모으기도 했다.

이처럼 바쁘게 살아온 이용녀 배우가 올해 대학로에 돌아와 세 작품을 했다. 체홉 작품을 이윤택이 연출한 <바냐 아저씨>에선 어머니 역을 했고, 정형석 작 연출의 <그놈을 잡아라>에선 1인다역을 매력 있게 해냈으며, 한진섭 작 연출의 <오거리 사진관>에선 치매 걸린 어머니 역을 실감 넘치게 해내 공감을 얻었다.

워낙 사는 문제가 버겁다 보니 주연을 따내지는 못했으나 대학로에서 이용녀만큼 연기에 욕심을 내고 주어진 배역에 혼신을 다하는 배우가 많지 않다. 그는 연기도 성실하게 하지만 연극동네에서 착하기로 정평이 나 있다. 그는 '친절한 용녀씨'로 불릴 만큼 동료들에게 인정을 베푼다.

그런 성격의 이용녀 배우가 유기견의 대모가 된 것은 어찌 보면 당연한 일인지도 모른다. 어려서 아빠가 닭·토끼·개를 많이 돌보는 것을 보고 자랐다는 그는 중학교 때부터 배우의 꿈을 키워 오면서도 길에 버려진 강아지를 그냥 버려둘 수 없어 데려가 돌본 것이 한때는 100마리가 넘었다고 한다. 최근에는 유기된 고양이에게도 먹이를 주고 거두고 있다니 웬만한 연기 수입으로는 사료 값 대기도 버거운 게 사실이다. 그래도 개가 좋아 반려동물 보호운동에도 앞장서온 그는 몇 년 전 개에게 물려 오랫동안 고생을 했으면서도 개 사랑을 멈추지 않아 왔다. 이사도 여러 차례, 개에 얹혀 사는 신세가 되면서까지 집세에 쪼들리던 그가 큰마음 먹고 개들의 보금자리 터전을 마련했다니 대견한 일이 아닐 수 없다.

자신의 연기자 꿈을 반대했던 어머니와 한동안 소원했던 그가 치매 걸린 어머니를 지극정성 돌보는 모습은 참으로 아름답게 보였다. 올해 대학로 연극동네에서 자주 만난 이용녀 배우가 더욱 활기찬 활동을 하기 바라는 마음이다.

대학로의 여성 파워,
문삼화 연출가

대학로 연극동네에도 여성 파워가 막강하다. 배우들은 말할 것 없고 극작가와 연출 분야에서도 여성들의 진출이 두드러지는 추세다. 연극동네를 드나들며 필자가 주목해 온 여성 연출가 문삼화다.

국립극단 출신의 아우 김재건 배우는 오히려 국립 시절보다 더 활발하게 대학로 연극에 출연하고 있어 그의 공연을 자주 보러 가는데 기억에 남는 것만도 세 작품이나 된다.

한국 연극계 기대주로 꼽히는 오세혁 작가의 <지상 최후의 농담>, 신예 신채경 작가의 <핑키와 그랑죠>, 그리고 김나영 희곡의 <밥>이다. 이 세 편을 모두 문삼화가 연출했다. 세 편의 연출 성격이 조금씩 달랐다. <밥>은 따뜻했고, <지상 최후의 농담>은 블랙코미디의 재치가 돋보이고, <핑키와 그랑죠>는 섬세한 감성의 연극성을 강조한 작품이다.

한 사람의 연출가가 이처럼 다양한 스펙트럼의 작품을 연출할 수 있다는 것은 그만큼 기초가 탄탄하고 세상 보는 시각이 넓고, 인간의 심성과 배우의 능력을 꿰뚫고 있기 때문이라고 본다.

올 3월에 공연한 <밥>은 은퇴 신부님과 식복사의 마지막 이별여행을 그린 따뜻한 휴먼드라마다. 필자가 기자 생활 중 진솔한 배우로 꼽아온 김재건과 강애심이 콤비를 이뤄 좋은 앙상블을 보였는데, <밥>이 더욱 가슴에 와닿은 것은 인정가화를 사랑으로 엮어낸 작가와 이를 섬세한 감성으로 풀어낸 문삼화 연출의 애정이 합쳐졌기 때문이다.

27세의 젊은 작가 신채경이 쓴 <핑키와 그랑죠>를 외국 작품처럼 세련되게 연출해낸 것도 문삼화의 힘이었다. <지상 최후의 농담>에서 보여준 문삼화의 웃기면서도 슬픈 무대는 지금도 눈에 선하다. 군더더기 없는, 한 치의 오버나 허세를 용납하지 않는 깔끔담백한 연출이 문삼화라는 이름을 기억하게 했다.

2015년 5월에 공연한 강병헌 작, 문삼화 연출의 <뽕짝>도 재미있게 본 작품이다. 정신병동 환우들로 합창단을 만들어 공연하기까지 다양하게 펼쳐지는 에피소드들을 문삼화 연출은 감정선을 잘 조정해 맛깔나게 보여주었다.

올해 만 49세인 중견 연출가 문삼화는 이제까지도 좋았지만 앞으로가 더 기대되는 여성 파워다. 미국 노던아이오와대학에서 연출을 전공, 2008년 공상집단 뚱딴지를 창단해 소극장 중심으로 60여 편의 작품을 무대에 올려 활발한 연출 활동을 해온 그는 김상렬연극상(2014) 등 다수의 상을 받는 등 평단의 주목을 받아 왔다.

최근 연출작으로는 <거미 여인의 키스>(마뉴엘 푸익 작, 2015. 11), <맴>(하경진 작, 2015. 11), <그렇게 살아진다>(안치선 작, 2015. 12), <맘모스 해동>(이미경 작, 2016. 2), <오사카 맥베스>(현대일본희곡 낭독 공연, 2016. 2) 등을 꼽을 수 있다.

소극장 연극을 주로 해온 문삼화는 무엇보다 인간의 심리를 섬세하고 따뜻하게 그려내는 연출적 특징을 지녔는데, 앞으로는 그 능력을 대극장 무대에서 본격적으로 펼쳐내기 바라는 마음이다.

40여 년간 연극 인쇄물을 도맡아온 동방인쇄 허성윤 사장

대학로 연극동네에서 연극 한 편 공연하려면 인쇄비 부담도 만만치 않다. 특별한 홍보 수단이 없다 보니 없는 살림에도 포스터는 찍어야 하고 프로그램 북도 만들어야 하기 때문이다. 줄잡아 200만~300만 원, 많으면 500만 원 이상을 지출해야 하는 형편이니 누군가의 도움이 절실하다.

서울 성수동에 첨단 인쇄 장비를 갖추고 40년 동안 인쇄사업을 해온 동방인쇄공사 허성윤 사장은 연극동네에서 알아주는 사업가이자 후원자이기도 하다. 대학로의 많은 극단들이 그에게 인쇄물을 맡겨 왔다. 대한항공, LG전자, 교보생명 등 대기업 인쇄물을 납품하는 허 사장에게 연극 포스터나 프로그램 북은 사업에 큰 도움이 되지 않지만 연극에 대한 애정과 연극인들과의 우정으로 연극 인쇄물을 염가로 해주고 있다. 싼 곳도 있겠지만 타 업체보다 평균 40% 정도 할인해 주고 있다는 것이다.

허성윤 사장이 연극계와 인연을 맺은 것은 회사를 차리기 전인 1971년부터다. 친척뻘 되는 재미 연극인 김경옥 선생의 소개로 차범석 당시 한국연극협회 이사장을 알게 되면서 여러 극단의 포스터와 프로그램, 티켓 인쇄 등을 맡기 시작했다. 이후 연극협회가 발간하는 월간 연극 전문지 <한국 연극>의 인쇄를 지금껏 해오고 있다.

2015년 한국연극협회는 대한민국 연극인의 밤과 제8회 대한민국 연극대상 시상식에서 허성윤 사장에게 감사패를 수여했다. “1975년부터 40년간 각별한 관심과 애정으로 연극계를 지원, 연극에 대한 가치 실현과 저변 확대에 기여한 공로”를 인정받은 것이다.

허 사장은 1970년대 동인제 극단과 소극장 연극을 주도했던 극단 대표와 연기자들과 오랜 친분을 쌓아왔다. 극단 산하의 차범석, 극단 자유의 김정옥, 산울림의 임영웅, 실험극장의 김동훈, 민예의 허규, 여인극장의 강유정, 성좌의 권오일, 고향의 박용기 대표 등과 가까워 당시 그 극단의 인쇄물을 도맡다시피 했다. 연극협회 이사장을 역임한 이진순, 삼일로 창고극장을 운영한 이원경 연출가 등과도 교분이 두터웠다. 개인적으로는 구자흥·최치림·정진수·김도훈·박인환·최주봉·양재성·오승명 · 김흥기·홍순창 등과 자주 만나며 술잔을 기울이기도 했다.

"돈벌이로보다는 연극 하는 사람들 만나는 것이 즐겁고 연극 인쇄를 오래하다 보니 연극에 대한 애정도 깊어져 연극 동네를 자주 찾게 된다"는 허성윤 사장은 가장 기억에 남는 공연으로 1975년 실험극장이 빅히트한 <에쿠우스>와 1979년 삼일로 창고극장에서 붐을 일으킨 추송웅의 모노드라마 <빨간 피터의 고백>을 꼽는다.

"5년간 롱런한 <에쿠우스>는 초창기 관객이 운니동 실험소극장에서 헐리우드 극장까지 줄을 설 정도로 대성황이었어요. 당시 김동훈 대표는 디자인을 달리해서 포스터를 계속 찍었고 프로그램 북도 아주 고급스럽게 제작했어요. 인쇄물 수입도 꽤 짭짤했지요."

필자는 1980년 조선일보에 '한국 연극에 신화 탄생'이라는 거창한 제목으로 추송웅의 <빨간 피터의 고백>을 대서특필했다. 이 공연 전까지만 해도 추송웅은 가난한 연극인이었다.

"이 작품 제작 때도 제작비가 없어 제가 제작비의 절반가량을 차지하는 인쇄물을 맡아 주었지요. 그 작품이 그렇게 대박이 날 줄 몰랐어요."

안타깝게도 김동훈 대표나 추송웅 배우는 세상을 떴다.

"잊지 못할 추억 중 하나는 허규 선생이 만든 극단 민예가 이대 앞 소극장에서 공연 마치고 연극인들과 함께한 쫑파티였어요. 공연보다 쫑파티가 더 재미있다고 할 만큼 신명이 났던 기억이 생생해요."

요즘도 쫑파티에 참석하지만 예전 같은 낭만은 느낄 수 없다고 허 사장은 말한다. 그래도 연극인들과 만나 함께 식사하고 대폿잔을 기울이는 것이 늘그막의 낙이라는 그는 연극계 중요 행사에 참석하고 뒤풀이를 자처하고 나선다. 김정옥 선생과의 연으로 경기도 광주 얼굴박물관에 행사 때마다 참석하고 있다. 박정자 배우가 이끄는 연극인복지재단에 500만원을 기부하기도 했다.

2010년에 긴 이식 수술을 받고 건강을 되찾은 허성윤 사장은 요즘 명동에 자주 나간다. 매달 첫째 주 명동성당에서 열리는 문화예술인 미사에 참례하고 가톨릭연극협회(회장 최주봉)에서 재무 일도 보기 때문이다.

연극과 함께한 허성윤의 인쇄 인생은 대학로 연극동네에 거름 역할을 했다고 본다.

연극인들이 즐겨 찾는 대학로 맛집과 쫑파티 장소

연극을 보고 나면 이런저런 잔상이 남는다. 때로는 감동의 물결이 일기도 하고, 어느 때는 왜 저렇게 연출하고 연기했을까 하는 아쉬움이 남기도 한다. 그래서 연극을 보고 나면 누군가와 관극 소감을 나누고 싶은 것이 인지상정이다. 뮤지컬극장이 몰려 있는 영국의 웨스트앤드나 뉴욕의 브로드웨이 주변은 말할 것 없고 구미의 소극장 주변에는 공연을 보고 나온 관객들이 밤늦게까지 술잔을 기울이며 담화하는 선술집들이 있게 마련이다.

연극의 메카 대학로 역시 식당과 주점들이 밀집되어 있다. 젊은이들이 모이다 보니 이들의 취향에 맞는 다양한 레스토랑과 찻집들도 많지만, 군데군데 중장년들이 즐겨 찾는 맛집들도 있다. 연극동네 극단들은 공연 시작과 끝에 시(始)파티와 종(終)파티를 하는 전통이 있다. 무대 연습을 끝내거나 첫 공연 후 시파티를 하고, 막을 내리면 공연에 참가했던 배우와 스태프들이 한자리에 모여 서로를 격려하고 유종의 미를 거두는 세칭 '쫑파티'를 하는 게 관습처럼 되어 있다.

대학로에는 쫑파티 전문 식당이나 주점이 많지만 극단별로 단골집이 달라 다 파악할 수는 없다. 대형 고깃집이나 횟집도 있지만 토속 음식을 파는 식당들도 애용한다. 연극인들의 주머니 사정이 넉넉지 못하다 보니 싸고도 푸짐한 집이 인기지만 주인들의 연극 사랑과 인심이 단골의 필수조건이다. 대학로 상가번영회도 연극 공연이 잘 돼야 지역 상권이 활성화되는 만큼 음으로 양으로 연극인들을 후원하며 공생의 길을 모색하고 있다.

다음에 필자가 단골로 다니는 대학로 맛집과 뒤풀이 장소 몇 군데를 소개한다. 주로 공연 관람 후 배우나 스태프들과 소주잔을 기울이는 주점들인데, 간혹 쫑파티 초대를 받아 가본 대형 뒤풀이집도 몇 개 넣었다.

달빛마루

배우 김재건의 소개로 알게 되어 자주 찾는 단골 주점이다. 대학로 소나무길 중간 골목에 있는데 입구부터 연극 포스터가 즐비하게 나붙어 분위기부터 연극인들이 많이 찾는 곳임을 직감할 수 있다. 한옥을 개조한 실내에 엔틱을 곁들인 인테리어가 운치 있고 분위기도 좋은 편이다.

이 집의 특징은 첫째, 안주가 맛깔스럽고 푸짐하다는 것이다. 한식과 중식, 양식을 응용한 퓨전으로 메뉴가 다양하고 가격도 합리적이다. 안주나 음식을 주문받으면 즉석에서 요리하기 때문에 시간은 좀 걸리지만 양이나 질에서 만족을 주기에 독촉하지 않는 게 에티켓이다.

우리 일행은 여럿이 갔을 때 냉채족발을 주로 시키는데 족발도 푸짐하지만 각양각색 야채를 가지런히 썰어 둘레를 장식해 눈이 즐겁고 맛도 좋아 특히 여성들에게 인기가 많다. 식사를 안 한 채 2~3인이 갈 때는 해물누룽지탕을 주문하는데 새우·꽃게·조개류 등 해물이 그득하고 걸쭉한 국물에 풀어진 누룽지 맛이 일품이다.

한옥 대문을 연상케 하는 이색적인 메뉴판을 들여다보면 입맛이 당기는 요리들이 수두룩하다. 너무 많아 고르기 어려우면 앞쪽의 추천메뉴를 고르면 실속을 챙길 수 있다. 차돌박이 숙주볶음, 해물떡복이, 소시지스테이크, 석쇠불고기, 부산오뎅전골, 단호박 찹스테이크, 오징어숙회, 골뱅이 스팸 등이 인기 메뉴다. 출출할 때는 얼큰해물짬뽕도 권할 만하다.

둘째는 연극배우들이나 대학로 출신 영화배우들도 종종 찾아 운 좋으면 악수도 나누고 사인도 받을 수 있다는 점이다. 이 술집의 단골로는 오영수·김재건·고인배·이연순·이용녀 등 배우와 연출가 이종훈 등 50대 연극인그룹 멤버들을 꼽을 수 있다. 필자는 배우 겸 분장가 박팔영을 비롯해 백수련·이경희 등 배우들과 이 집에서 자주 만나는 편이다. 어쩌다 만빵구락부 회원들과 이 집에서 2차를 즐기기도 하는데 다들 만족해한다.

셋째는 풍채 좋은 주인 강익진 사장이 연극 팬이라는 점이다. 대학로 소극장에서 심심찮게 그의 모습을 볼 수 있는데, 그게 판촉 수단인지는 몰라도 보기에 좋다. 연극인들을 후원하고 있다는데 구체적인 내용은 모르나 연극인에게만 준다는 할인 쿠폰으로 푸짐하게 안주를 먹은 기억은 있다. 특정 요일에 특정 안주를 서비스한다는 이 쿠폰을 받아보지 못한 게 좀 아쉽다. 필자가 강 사장에게 받는 서비스는 군만두뿐인데 그래도 단골이라 안주 추천을 해주곤 한다.

대학로빈대떡

최근 대학로에서 자주 가는 단골집이다. 아르코극장 뒤편에서 대학로극장 가는 골목 지하에 위치한 대학로 빈대떡집은 연극인들의 아지트 같은 곳이다. 공연 연습 중인 배우들이 식사 때면 우르르 몰려와 맛나게 먹는 구수한 밥집 역할을 오랫동안 해왔다. 공연을 끝낸 극단들이 쫑파티 장소로도 애용하는 이 집의 주 메뉴는 빈대떡이다. 두툼한 녹두빈대떡은 8,000원이고, 해물빈대떡과 고기빈대떡은 9,000원이다. 빈대떡 외에도 모듬전이 인기고, 찌개 종류가 5,000원 선, 연극인들에게 서비스하는 백반 값은 5,500원이다.

사람에 따라 다르겠지만 이 집의 음식 맛이 특별하지는 않다. 자주 다니면 메뉴도 질릴 수밖에 없다. 그런데도 연극인들이 이 집에 몰리는 것은 연극 무대 같은 인테리어와 착한 가격의 안주류, 그리고 주인 지영은 사장의 변함없는 인심 때문이다.

연극인들의 아지트지만 대학로 연극을 즐기는 애호가들도 선호하는 집이다. 대학로의 소극장에서 좋아하는 연극 한 편을 보고 친구나 연인과 빈대떡 안주로 막걸리 한 잔 하는 재미가 솔솔하기 때문이다. 비라도 오는 날은 분위기가 짱이다. 해묵은 노포인 데다 벽에는 요즘 공연되는 연극 포스터들이 즐비하게 붙어 있고 카운터에도 개막을 앞둔 공연 팸플릿들이 가득 놓여 있어 연극 세트 같은 분위기를 물씬 풍긴다. 인터넷에 들어가 보면 이 집에서 연극배우를 보았고 사인도 받았다는 글이 여럿 올라 있다. 주인 지영은 사장은 언니가 대학로에서 유명한 카페 장을 하는 등 형제자매들이 대학로를 지켜온 파수꾼이기도 하다.

이 집에서 매달 만빵구락부 모임이 열린다. 회비 만 원을 내고 연극계 선후배들이 모여 막걸리와 소주잔을 기울이며 안부를 묻고 정보를 교환하고, 축하와 위로를 해주는 정 깊은 모임이다. 필자는 지난 8월 서울연극협회와 한국연극협회 정식 회원이 되고 나서 이 모임에 합류했다. 노경식 선생이 좌장 격이고 권성덕·오영수·김용선·김명희·이태훈·권남희 등 배우들과 김도훈·김성노·이우천 등 연출가들이 자주 참석하는 멤버들이다.

만빵 모임이 있는 날은 노경식 선생이 김성노 연출에게 '만빵메뉴(특별 안주)'를 주문하라고 카톡에 알린다. 이런 날은 빈대떡집에서 닭백숙이 나오거나 멤버가 서해바다에서 직접 낚았다는 쭈꾸미볶음 등 특식을 맛볼 수 있다. 연극인들이 부담 없이 대포 한 잔 나누며 담소하는 편안한 장소, 대학로 빈대떡이 바로 그런 대학로의 명소이다.

포크랜드

대학로 연극단체들의 뒤풀이 장소로 유명한 집이자 연극 애호가들이 즐겨 찾는 맛집 중 하나다. 혜화역 4번 출구에서 나와 성대 쪽으로 가다가 올리브영 골목으로 직진하면 나오는데 홀과 방을 합쳐 200명은 수용할 수 있는 규모가 큰 음식점이다. 50명 정도가 들어갈 수 있는 큰 방이 있어 연극인들의 쫑파티 장소로 애용되고 있다.

필자는 2016년 원로연극제 마지막 작품인 천승세 작, 박찬빈 연출의 <신궁> 쫑파티에 특별 초대받아 출연 배우, 스태프들과 함께 이 집에서 유명한 오겹살구이를 먹으며 걸지게 뒤풀이를 했다.

연극인들이 포크랜드를 애용하는 이유는 공간이 넓기도 하지만 주인 윤진봉 사장이 연극인 출신이라 연극인들에게 각별한 애정을 기울이기 때문이다. 배우 출신의 훈남인 윤 사장은 연극인들을 보면 고생하던 시절이 떠올라 물심양면으로 잘 해주고 싶은 마음이 든다고 했다. 지금은 지역 상인회 일도 하면서 아프리카 난민돕기 운동과 함께 대학로 빛내기 사업에도 동참하고 있는 윤 사장은 옛 추억을 간직하듯 점포 안을 온통 오래된 연극 포스터와 팸플릿으로 장식해 연극인의 집 같은 분위기를 풍기고 있다.

포크랜드는 연극 팬들이 대학로 연극 한 편 보고 즐겨 찾는 맛집이자 데이트 코스이기도 하다. 정준하 등이 진행하는 맛집 기행 프로그램 <식신로드>에 나와 더 유명해진 이 집의 주 메뉴는 '찌구'다. 찌구란 찌개와 구이를 줄인 말로 이 집의 주재료인 돼지고기 목살을 찌개국물에 담가 샤브샤브처럼 살짝 익혀 파절이와 함께 먹는 자체 개발 퓨전 요리다. 차돌찌구도 있는데 국물에는 버섯과 파가 넉넉히 들어가 약간 매콤하지만 맛이 칼칼하다. 여기에 돼지고기를 구워(데쳐) 먹고 오징어나 낙지를 추가하거나 우동/라면사리를 넣어 먹는 맛도 일품이다. 그래도 식욕이 또 당긴다면 밥을 볶을 수도 있지만, 이 집의 명물인 간장새우 비빔밥을 먹는 것이 제격이다. 간장새우 양념장에 비벼 내놓는데 고소한 맛이 젊은층의 입맛을 당긴다는 것이다.

찌구는 애주가들에게도 인기다. 음식 한 가지에서 국물도 먹고 고기도 즐기고 우동이나 밥까지 해결할 수 있으니 소주잔 기울이기에는 안성맞춤이라는 평판이다. 여기에 찌구와 간장새우를 합친 식신세트로 주문하면 식사까지 배불리 해결할 수 있다. 가격은 식신 2인 세트가 28,000원, 짜돌찌구 2인 세트는 34,000원이다. 맛있는 음식에 부가서비스로 무대에서 보았던 연극인들을 만날 수 있다는 것도 이 집의 매력이다.

빈대떡신사

혜화역 1번 출구에서 4번 출구로 가는 대로 뒷골목에 식사와 다양한 안주로 인기가 높은 빈대떡신사가 있다. 이곳 역시 연극인들의 뒤풀이 장소이자 대학로를 찾는 연극팬들의 단골집이기도 하다. 대형 홀과 넓은 방을 갖추고 있어 40~50명의 단체손님도 거뜬히 받을 수 있고, 무엇보다 메뉴가 풍부해 골라서 먹는 재미가 있다.

빈대떡신사는 종로보쌈과 빈대떡이 주종이지만 홍어삼합, 낙지세트, 쭈꾸미볶음, 닭도리탕, 고추튀김 등 메뉴판이 빽빽할 정도로 종류가 많다. 비오는 날에는 '빈대떡이나 부쳐 먹지'라는 가요처럼 공연 보고 막걸리가 당기는 사람들이 이 집을 찾는다고 한다. 제철에는 굴보쌈을 많이 찾는데 낙지전골과 연포탕도 인기 메뉴다.

빈대떡 종류로는 해물빈대떡, 김치고기빈대떡이 있고, 전 종류로는 감자전, 동그랑땡, 김치고기파전, 해물파전, 생선전, 굴전, 고추전 등을 맛볼 수 있다. 늦은 밤 시간에 밥이 먹고 싶을 때는 이 집에서 정식을 시킬 수 있다. 식사나 술안주로 따라 나오는 밑반찬이 맛깔스러운데, 특히 비지찌개가 감칠맛 난다는 평을 얻고 있다.

분장실

연극인 2명이 하는 대학로 유명 족발집으로 연극인들이 단골로 찾는 곳이다. 혜화역 4번 출구로 나와 혜화동 로터리로 가다 첫 번째 골목 입구 대구막창집 2층에 있다. 계단부터 연극 포스터가 즐비하게 붙어 있어 연극인과 애호가들의 명소임을 실감케 한다. 2층에 오르면 전면이 유리로 된 창이 밖의 전경을 시원하게 해주어 분위기가 밝다. 벽에는 동서의 배우들을 유화로 그린 인물화가 즐비하게 걸려 있어 운치가 있다.

남대문에서 유명하다는 황금족발을 대학로에서 맛볼 수 있다는 캐치프레이즈대로 주 메뉴는 족발이다. 겨자 맛이 매콤한 냉채족발을 비롯해 매운 족발, 안 매운 족발로 나뉘는데 반반 메뉴가 인기라고 한다. 가격은 미니가 2만 원대, 레귤러가 3만 원대다.

매일 직접 삶는다는 이 집 족발은 윤기가 자르르 흐르고, 졸깃하면서도 부드러운 맛이 특징이다. 매운 족발을 시원한 콩나물국과 함께 먹는 맛도 일품이라는데 필자는 매운 것을 못 먹어 즐기지는 못했다. 요기 겸 식사로는 막국수와 주먹밥이 있다.

필자는 박팔영 배우, 김도훈 연출 등 연극인들과 이 집을 가끔 찾는데 갈 때마다 연극배우와 스태프들을 만나 합석할 때도 있었다. 연극인이 주인이라 무엇보다 말이 통하고 기왕이면 연극인 맛집 팔아 주는 미덕이란 생각이 드는 그런 곳이다.

잣골

식사 겸 술 한잔 할 수 있는 한식집이다. 대학로 쇳대박물관 앞에 있고 지하엔 아랑소극장이 있다. 이모님 두 분이 한다는데 음식이 정갈하고 맛이 있다.

필자는 지난 8월 아랑소극장에서 <여행을 떠나요>라는 연극을 보고 노경식 선생, 허성윤 사장, 김성노 연출, 김명희 배우 등과 처음 가보았다. 노 선생님이 식사용인 간장게장(8,000원) 2인분과 순두부 두 그릇을 시켰는데 막걸리·소주 안주로는 안성맞춤이었다. 작은 바닷게로 담근 간장게장은 짜지 않아 술 도둑이기도 했다. 무엇보다 값이 싸고 밑반찬이 집밥처럼 깔끔한 게 이 집의 장점이라 점심·저녁 식사 손님이 넘친다.

<여행을 떠나요> 배우와 스태프들이 낮 공연 끝내고 올라와 식사를 했고, 대학로에서 공연 중인 배우 몇 명도 혼식을 하고 있었다. 방이 넓어 단체손님도 받는데 이들을 위한 메뉴도 꽤 많다. 유황오리 주물럭, 훈제오리, 생삼겹살, 닭볶음탕 등이 있고 황태구이, 감자전도 갖춰 놓았다.

우리 일행이 두 번째 갔을 때는 닭볶음탕을 시켰는데 매콤하고 쫄깃한 맛이 인상적이었다. 식사류로는 동태찌개, 동태조림, 고추장찌개, 김치찌개, 뚝배기불고기, 제육볶음, 간장게장, 순두부, 된장찌개, 선지 넣은 장터국밥, 황태해장국 등이 있다. 어느 걸 시켜도 후회하지 않는데 고추장찌개와 황태해장국, 뚝배기불고기 등이 추천메뉴다.

계절메뉴로 여름에는 모밀국수와 반계탕, 겨울에는 생굴과 꼬막이 나온다. 가끔 메뉴판에 없는 제철 해산물 요리도 맛볼 수 있다. 한 가지 흠이 있다면 저녁 공연을 마치고 가면 문이 닫혀 있다는 점이다.

그 밖의 맛집들

개인적으로 대학로에 가면 잘 가는 집이 있다. 우선 국수집 세 곳을 강추할 만하다. 먼저 일반 가정집에 '**손칼국수**'라는 작은 간판이 붙어 있는 혜화동 로터리 SK주유소 골목에 있는 칼국수집이다.

신문기자 시절부터 이 집을 단골로 다녔는데 처음에는 고부가 같이 하더니 지금은 며느리 모녀가 대를 잇고 있다. 간판도 안 보이는데 들어가 보면 늘 손님들로 북적인다. 주 메뉴는 사골 국물에 손수 썰어 면발이 울퉁불퉁한 손칼국수이다. 볶은 소고기와 호박 고명이 올라 있는데 맛이 부드러워 목넘김이 좋다. 반찬으로 나오는 김치와 무생채도 이 집의 전통인데 맛있다. 굴전·생선전·간전 등을 시켜 이 집의 명물인 양주병에 담은 인삼주를 곁들이는 멋도 일품이다.

혜화동 로터리에서 연우소극장 가는 초입에 있는 '**혜화칼국수**'도 전통 있는 대학로 맛집이다. 오래된 집이라 작은 문을 밀고 들어가면 안은 늘 손님으로 차 있다.

이 집 칼국수 역시 사골육수인데 국수 위에 호박 고명이 살짝 올려져 있고 다데기와 후추를 적당량 곁들여 따로 간을 할 필요가 없는 게 특색이다. 칼국수 맛도 좋지만 담백한 맛의 대구튀김이나 쫀득한 맛의 문어숙회, 바싹불고기 등을 곁들여 먹으면 맛의 조화를 한껏 누릴 수 있다. 현대극장의 대표였던 김의경 선생님의 사무실이 가까이 있어 자주 이 집을 찾아 소주 한 잔을 보약처럼 드시곤 했는데 그분이 영면하신 후 요즘은 자주 안 간다.

혜화동 로터리에서 과학고 방면으로 가다가 중간 지점에 있는 '**명륜칼국수**'는 부지런해야 맛볼 수 있다. 영업시간이 오전 11시 30분부터 1시 30분까지 두 시간밖에 되지 않아 자칫하면 헛걸음하기 일쑤다. 당일 준비한 재료가 다 떨어지면 장사를 안 하기 때문에 1시경에 가야 안심하고 자리를 차지할 수 있다. 성균관대 대학원 박사과정 다닐 때 학우들과 몇 번 이 집을 찾았다가 낭패를 보고 골목길 손칼국수집으로 발길을 돌렸던 기억이 떠오른다. 손으로 직접 밀어 만든 칼국수와 수육이 인기 메뉴이고, 여기에 수육·문어·생선전 중 어느 것을 곁들여도 맛이 보장돼 있다.

'**연건삼계탕**'은 대학로 방통대 본관 건물 맞은편 골목에 있는데, 큰길에서도 간판이 보여 찾기가 어렵지 않다. 이곳에서 30년 가까이 삼계탕(12,000원), 닭곰탕(7,000원), 전복죽(12,000원), 인삼주(7,000원)을 팔고 있는데 점심시간은 항상 만원이다.

필자가 이 집을 안 것은 김의경 선생님 영결식을 대학로 마로니에 공원에서 마치고 조문객들과 함께 점심식사를 하면서였다. 당시 필자는 닭곰탕을 시켰는데 국물이 시원하고 고기도 부드러워 밥 한 그릇을 말아 술술 맛있게 먹었다. 탕에는 김치가 맛나야 제격인데 이 집의 김치와 깍두기가 내 입맛에 딱 맞았다. 풋고추와 마늘을 된장·고추장과 함께 내는데 고추장 맛도 좋다. 지난여름 서너 차례 이 집을 찾아 보신을 했는데 고인배 배우가 몇 번 동행했다.

중국집으로는 '**진아춘**'과 '**금문**'을 자주 가는 편이다. 대명로 큰길에서 골목으로 이전한 진아춘은 성균관대 교수이자 연출가인 정진수 선생과 이런저런 모임 장소로 찾았는데 음식이 입에 맞았다. 탕수육이 일품이고 식사류인 삼선짜장, 볶음짜장도 맛있다. 룸이 여러 개여서 가족끼리, 모임별로 회식하기 좋은 곳이다.

혜화동 로터리에 있는 금문은 성대 대학원 시절 여러 행사 때 가던 집인데 요리도 괜찮고 면류도 입에 맞았다. 필자는 폐 절제 수술 이후 맥주는 잘 안 마시는데 연극인 술꾼 중에는 꼭 2차를 해야 직성이 풀리는 이들이 적지 않다. 오영수 배우 등은 비어호프를 즐겨 찾고, 박팔영 배우나 이태훈 배우 등은 대명길 골목의 노랑통닭이나 BBQ 생맥주집을 즐겨 찾는다.

회 좋아하는 배우들인 차유경·고인배 배우와는 성대 앞 바다횟집도 자주 갔는데 실내가 넓고 가격도 착해 마음에 드는 집이다. 이호재 배우는 양꼬치를 즐기는데 최근 대학로 일원에 양꼬치 집이 성황을 이루고 있다. 양고기는 즐기지 않지만 몇 번 따라가 먹어 보았는데 냄새가 나지 않고 굽는 시설도 편리하게 되어 있어 술안주로 선호할 만하다.

그 밖에도 이태훈 배우가 추천한 연극인 단골집으로는 서커스(장용철 배우가 운영하는 실비집), 똥고집, 동숭골(실비), js호프, 부뚜막 고양이 등이 있다. 개그맨 이원승이 운영하는 피자집 디마떼오도 연극 팬들이 즐겨 찾는 명소다.

대학로에는 많은 음식점과 주점이 있는데 여기 소개한 집들은 빙산의 일각이고 다분히 주관적 선택임을 밝혀둔다.

대학로 공연장 안내도

A
C
A01 키작은소나무
A34 재능문화센터
A02 연우 소극장
A03 한얼 소극장
A04 연극실험실 혜화동 1번지
A16 동숭아트센터
(동숭홀, 소극장, 꼭두
Dongsoong Art Center
꼭두박물관
A14 예그린씨어터
A15 동덕여대 공연예술센터
A22
A13 동양예술극장 1~3관
A12 푸른달극장
A11 샘명아트홀
A10 낙산씨어터
A09 소울소극장
A05 한양레퍼토리씨어터
A06 브로드웨이아트홀1,2관
A07 굿씨어터
A08 세종아트센터
B01
혜화아트센터
동성중고교
BUS
P1
P2
C04 게릴라극장
C06 꿈꾸는 공작소
C10 맛있는 극장
C07 예술공간 혜화
C11 예술극장 나무와물
C38 종로아이들극장
C05 미마지아트센터 눈빛극장
C02 천공의 성
C09 동숭무대소극장
C03 나온씨어터
C08 선돌극장
C01 효천아트센터 그라운드 씬
C15 해오름 예술극장
C12 아름다운극장
C16 서완소극장
C17 라이프씨어터
C13 자율소극장
C18 서연아트홀
C14 극장 동국
C19 열린극장
C32 예술공간 서울
C29 한성아트홀1,2관
CGV
C30 극장 동화
C31 성균 소극장
다이소
C28 김대범소극장
C33 성균관대학교 새천년홀
C36 스튜디오 SK
C35 익스트림씨어터 3관
C34 아트씨어터 문
우리은행
GS 편의점
베스킨라빈스

B
D
A18 단막극장
B38 울씨어터
B37 피가로 아트홀
B36 위로홀
B35 탑아트홀
B34 카둑카둑아트홀
A19 대학로 뮤지컬센터 (대극장, 소극장, 공간 피골로)
Daehangno Musical Center
B30 세우아트센터
B29 정보소극장
B31 소극장 혜화당
B32 CJ문화재단 아지트 대학로
B33 하모니아트홀
B28 학전블루
B27 댕로홀
B26 서울콘서트홀
A24 수현재 씨어터
A25 DCF대명문화공장 1,2관
B20 카톨릭관동대학교 방송문화예술센터
B21 대학로 TOM 1, 2관
B18 두레홀3관
B19 휴먼시어터
A26 두레홀4관
B22 틴틴홀
B23 올래홀
A27 JH아트홀
B17 대학로예술극장 (대극장, 소극장)
Daehangno Arts Theater
B14 가든씨어터
B15 드림시어터
B16 이수스타홀
B39 자구인 씨어터
B13 대학로 연극 순위아트홀
B11 뮤지컬 더초콜릿 전용관
B04 레몬아트홀
B05 아츠플레이씨어터
B06 여우별씨어터
B07 바탕골소극장
B08 해피씨어터
B12 아르코예술극장 (대극장, 소극장)
Arko Arts Theater
B02 익스트림씨어터1관
B09 공간아울
B10 샘터파랑새극장1,2관
B40 이음센터
B24 유니플렉스1~3관
Uniplex
B25 브로드웨이 아트홀 3관
D15 연진아트홀
D23 예술공간오르다
D14 마로니에극장
D12 우리네극장
D16 호은아트홀
D13 콘텐츠박스
D32 중앙대 공연예술원 스튜디오 씨어터
D21 대학로 예술극장3관
D22 문화공간 엘림홀
D17 소극장 다르게놀자
D18 봄날아트홀
D28 혜화 최일화스튜디오
D24 삼형제극장
D25 한성극장
D26 설치극장 정미소
D11 대학로 아트홀
D10 세익스피어극장
D09 쁘띠첼씨어터
D08 아트원씨어터1~3관
D07 디마떼오홀
D19 이랑씨어터
D20 마당세실극장
D27 이수아트홀
D33 익스트림씨어터2관
D05 알과핵 소극장
D06 SH아트홀
D04 미마지아트센터 물빛, 풀빛극장 (오아시스 극장)
D29 예술마당1~4관
Artmadang
D03 마로니에 야외공연장
D01 좋은공연안내센터
D02 마로니에 다목적홀
D30 청운예술극장
D31 홍익대 대학로 아트센터 (대극장, 소극장)
C22 소극장 축제
C23 아트홀 마리카 1~3관
C37 콘텐츠룸
Ticket
4호선 혜화역
HyeHwa Station
낙산공원
이화벽화마을
梨花洞壁畵村
Ihwa-dong Mural Village
이화장
아르코 미술관
마로니에 공원
Maronie Park
예술가의 집
Artist House
한국방송통신대학교
이화동주민센터
서울사범대 부속초등학교
서울대병원
KFC
학림다방
소나무길
스타벅스
10X10
샘터빌딩
BUS
P3 P4 P5 P6 P7 P8 P9 P10 P11 P12 P13 P14 P15 P16 P17 P18 P19 P20
간 리퓨퓨
대학로 자유극장
클래식 아트홀
술공간 유비누리 앱점 전용관
아트홀
아이씨어터
소담소극장
신연아트홀
도향아트홀
빛극장
아이